윌리엄 셰익스피어 **오셀로**
다시 쓰기

★

뉴 보이

트레이시 슈발리에 소설

박현주 옮김

차
례

제1부

수업 시작 전

아이스크림소다, 그 위에는 체리
네가 좋아하는 애 이름을 말해 봐!

디는 다른 누구보다도 먼저 그 애의 존재를 알아차렸다. 디는 그 사실이 기뻐서, 거기에 집착했다. 잠깐이나마 그 애를 독차지하는 건 특별한 기분이었다. 그들을 둘러싼 세상이 한 박자 놓치고 그날 내내 회복 불능에 빠지기 전에.

수업 시작 전 운동장은 분주했다. 꽤 많은 아이들이 일찍 학교에 와서 공기놀이, 발야구, 사방치기 등을 하다가, 종이 울린 뒤에야 자리를 떴다. 디는 그렇게 일찍 등교하지는 않았다. 엄마가 2층에 다시 가서 좀 더 헐렁한 옷으로 갈아입고 오라고 했기 때문이다. 엄마는 디가 옷에 달걀을 흘렸기 때문이라고 했지만, 디의 눈에는 노른자 흔적 하나 보이지 않았다. 디는 땋은 머리를 찰랑거리며 등굣길 일부 구간을 뛰어가야 했지만, 같은 방향으로 향하는 학생들이 줄줄이 이어져 아직 지각은 아니라고 안심할 수 있었다. 디는 첫 번째 종이 울리기 전, 약간 여유 있게 운동장에 도착했다.

하지만 가장 친한 친구인 미미가 다른 여자애들과 두 줄 줄넘기를 하는 무리에 낄 틈은 없었다. 그래서 대신에 디는 운동장에서 건물로 이어지는 입구로 향했다. 그곳에서는 브라반트 선생님이 다른 선생님들과 함께 서서 학생들이 한 줄로 서기를 기다렸다. 디의 담임선생님은 이마가 네모나게 보이도록 머리를 짧고 각지게 잘랐고, 선 자세는 무척 꼿꼿했다. 이전에 누군가가 선생님이 베트남전에 참전했던 군인이라고 말해 주었다. 디는 학급 1등은 아니었지만—그 상은 고지식한 패티에게 돌아갔다—할 수 있으면 선생님을 기쁘게 해 드리는 게 좋았고, 그 때문에 선생님이 자기를 알아봐 주는 것도 좋았다. 그러나 아이들이 이따금 디가 선생님의 애완동물이라며 수군대는 것도 모르지 않았다.

디는 이제 줄의 맨 앞을 차지하고 서서 주위를 둘러보았다. 눈이 아직도 두 줄 줄넘기를 하는 여자애들에게 가닿았다. 그때 그 남자애를 보았다. 회전대 옆에 꼼짝도 않고 선 존재. 남자애들 넷이 그걸 돌리고 있었다. 이언과 로드와 4학년 남자애 둘. 판을 어찌나 빨리 돌리던지, 디는 선생님들이 곧 그들을 말릴 거라고 생각했다. 언젠가는 남자애 하나가 거기서 내동댕이쳐져 팔이 부러진 적이 있었다. 4학년 두 명은 겁을 먹은 것 같았지만 회전대를 마음대로 움직일 수는 없었고, 이언은 능숙하게 땅을 차며 속도를 높였다.

 이처럼 부산하게 움직이는 아이들 가까이 선 소년은 청바지와 티셔츠를 입고 운동화를 신은 다른 친구들처럼 캐주얼한 옷차림이 아니었다. 대신에 그 애는 사립학교 학생들이나 입을 법한 교복처럼, 회색 플란넬 바지에 흰 반소매 셔츠, 검은 구두 차림이었다. 하지만 눈에 띄는 건 그 애의 피부색이었다. 디는 몇 달 전 학교 체험 학습으로 간 동물원에서 보았던 곰의 색깔을 떠올렸다. 이름은 흑곰이었지만 실제 녀석의 털은 진갈색으로, 끝에 붉은 기가 돌았다. 곰들은 주로 잠을 자거나 사육사가 우리 안으로 넣어 준 풀 더미 냄새를 킁킁 맡곤 했다. 딱 한 번, 로드가 디의 관심을 끌기 위해 동물들에게 막대기를 던졌을 때, 곰 한 마리가 반응을 보였을 뿐이다. 곰이 누런 이빨을 드러내고 으르렁거리자 아이들은 꺅 비명을 지르며 웃었다. 하지만 디는 거기에 끼지 않았다. 그녀는 로드를 향해 인상을 찌푸리고 고개를 돌렸다.

 새로 온 소년은 회전대를 보지 않고 L 자 모양의 건물을 관찰했다. 8년 전 지어진 이 건물은 전형적인 교외 초등학교로, 상상력도 없이 한데 쑤셔 넣은 빨간 벽돌 신발 상자 두 개 같았다. 디가 유치원에 입학했을 때는 여전히 새 건물 냄새가 났다. 하지만 이제는 너무 여러 번 입은 드레스처럼 여기저기 찢어지고 얼룩이 묻었으며 치맛단을 늘린 자국이 남아 있었다. 디는 모든 교실, 모든 계단, 모든 난간, 모든 화장실 칸을 알았다. 운동장 구석구석을 알뿐더러, 건물 반대편의 저학년용 운동장도 알았다. 디는 그네에서 떨어진 적도 있었고, 미끄럼틀에서 타이츠를 찢어

먹은 적도 있었으며, 너무 겁이 난 나머지 정글짐을 내려오지 못해 중간에서 오도 가도 못한 적도 있었다. 언젠가 운동장 반쪽은 여자 마을이라고 선언하고, 미미, 블랑카, 제니퍼와 함께 감히 선을 넘어오려는 남자애들을 몰아낸 적도 있었다. 디는 체육관 입구 근처 모퉁이 뒤에 다른 아이들과 같이 숨기도 했다. 근무 중인 선생님들에게 들키지 않고 립스틱을 발라 보거나 만화를 보고 진실 게임을 할 수 있는 곳이었다. 디는 이 운동장에서 자신의 삶을 살았고, 웃었고, 울었고, 누군가에게 반하고, 우정을 맺고, 적은 만들지 않았다. 이곳은 디의 세계였으며, 너무 익숙해서 당연하게 여겨지는 장소였다. 한 달 후면 이곳을 떠나 중학교에 진학하게 된다.

지금, 새롭고 색다른 사람이 이 영역으로 들어왔고, 그 때문에 디는 이 공간을 다시 보게 되었다. 갑자기 이곳이 초라해 보이고 자신이 이곳에서 낯선 이방인이 된 듯 느껴졌다. 그 아이처럼.

이제 그 애는 움직이고 있었다. 걸음걸이가 묵직하고 느릿느릿한 곰 같지는 않았다. 그보다는 늑대, 아니—디는 어두운 빛깔의 동물들을 떠올리려 했다—집고양이에서 점점 더 큰 동물로 올라가면 흑표범이 되려나. 무슨 생각을 하고 있는지는 몰라도—아마 자신과 정반대 색깔의 낯선 사람들로 가득한 운동장에서 전학생이 된 상황을 생각하고 있던 게 아닐지—그 애는 선생님들이 기다리는 학교 문으로 소리 없이 걸어갔다. 그 애에게는 자기 몸을 움직이는 방식을 아는 사람의 무의식적인 자신감이 흘렀다.

디는 가슴이 조여 오는 것을 느꼈다. 숨을 들이마셨다.

"이런, 이런." 브라반트 선생이 말했다. "둥둥둥 북소리가 들리는 것 같았는데."

그 옆에 서 있던 여자, 다른 6학년 반 담임인 로우드 선생이 쿡쿡 웃었다. "저 아이 어디 출신인지, 듀크 교장 선생님이 말씀해 주시던가요?"

"기니라는 것 같던데. 아니, 나이지리아였나? 어쨌든 아프리카예요."

"선생님 반이죠? 저보다야 선생님이 맡는 편이 좋죠." 로우드 선생은 치마의 주름을 펴고 귀고리에 손을 갖다 댔다. 떨어지지 않았는지 확인하려는 것 같았다. 그녀가 초조할 때 자주 반복하는 습관이었다. 미혼인 로우드 선생의 외모는 늘 단정했지만, 짧은 금발만은 구불거리는 보브 스타일로 부풀렸다. 오늘은 노란빛이 도는 녹색 치마에 노란 블라우스를 입고 귀에는 녹색 원반형 귀고리를 달았다. 낮은 사각 굽 구두도 역시 녹색이었다. 디와 친구들은 로우드 선생의 옷차림을 두고 이러쿵저러쿵하는 게 좋았다. 선생도 젊은 축에 속했지만, 옷은 학생들이 입고 다니는 분홍색과 흰색의 티셔츠나 바짓단에 꽃 자수가 놓인 나팔바지와는 달랐다.

브라반트 선생이 어깨를 으쓱했다. "난 말썽을 미리 내다보진 않아요."

"네, 물론 그러시겠죠." 로우드 선생은 크고 파란 눈을 동료에게서 떼지 않았다. 아무리 사소하다 해도 자기가 더 나은 교사가 되는 데 도움이 될 만한 지혜의 말은 하나도 놓치고 싶지 않은 듯했다. "음, 선생님은 우리가 학생들에게 저 애에 관해 뭐라도 **얘기**해 줘야 한다고 보세요? 그러니까, 잘은 모르겠지만 저 애가 **다르다**는 얘기를 말예요. 저 애를 환영해 주라는 말이라도 해야 할까요?"

브라반트 선생은 코웃음을 쳤다. "그렇게 조심조심할 거 없어요, 다이앤. 저 애는 특별 취급이 필요하지 않아요. 그저 저 애가 흑…… 전학생이라는 이유만으로는."

"아뇨, 그렇지만……. 아니에요, 물론 그렇죠." 로우드 선생의 눈에 물기가 어렸다. 미미는 디에게 담임선생님이 실제로 교실에서 운 적이 한두 번 있다고 말했었다. 학생들은 선생님 뒤에서 울보 로우디라고 수군거렸다.

브라반트 선생의 눈이 자기 앞에 선 디에게 가닿자, 그는 헛기침을 했다. "디, 가서 다른 애들도 불러오렴." 그는 줄넘기하는 아이들을 향해 손짓했다. "첫 번째 종이 울린 뒤에도 계속 줄넘기하고 있으면 선생님이 줄 압수할 거라고 말해."

브라반트 선생은 학교에 몇 안 되는 남자 교사였다. 그 점이 판단 기준이 되어서는 안 되지만, 아무튼 그로 인해 디에게 있어 브라반트 선생은 언제나 순순히 따라야 하는 존재가 되었다. 할 수만 있다면 잘 보이고 싶은 선생님. 디가 아빠에게 느끼는 감정과도 비슷했다. 디는 아빠가 퇴근하고 집에 오시면 늘 기쁘게 해 드리고 싶었다.

디는 서둘러서 줄넘기하는 여자애들에게로 갔다. 아이들은 아스팔트 바닥에 닿으면 찰싹하고 차진 소리를 내는 굵은 줄 두 개를 돌리며 노래 부르고 있었다. 블랑카가 뛸 차례여서, 디는 약간 망설였다. 블랑카는 학교에서 두 줄 줄넘기를 제일 잘하는 아이였고, 줄이 돌아올 때면 무척 가뿐하게 뛰면서 한 번도 걸리지 않고 몇 분 동안이나 넘을 수 있었다. 여자애들은 블랑카 말고 다른 애가 끼어 들어올 수 있거나 블랑카 본인이 줄에서 나갈 수 있는 노래를 선호했다. 물론 블랑카는 나가지 않고 뛰려 했고, 오늘 아침 아이들은 이런 노래를 부르고 있었다.

아이스크림소다, 그 위에는 체리
네가 좋아하는 애 이름을 말해 봐!
이런 이름일까, A, B, C, D⋯⋯.

뛰는 아이가 글자를 다 읊을 때까지 줄에 걸리지 않으면, 숫자로 넘어가서 20까지 세고, 그다음에는 좋아하는 색깔을 늘어놓았다. 블랑카는 길고 검은 곱슬머리를 통통 날리며, 통굽 샌들을 신고서도 날렵하게 발을 놀려 색깔까지 뛰어넘는 중이었다. 디는 그런 신발을 신은 채로 뛰어 본 적이 없었다. 하얀 컨버스 운동화 쪽이 더 좋았고, 디는 되도록 깨끗하게 그 신발을 관리했다.

디는 줄을 돌리는 미미에게로 갔다.

"쟤 지금 색깔 **두 번째** 판 하고 있어." 친구가 웅얼거렸다. "잘난 척 왕."

"비 선생님이 지금 그만두지 않으면 줄 압수할 거래." 디가 알렸다.

"잘됐네." 미미가 두 손을 내리자 줄 한쪽 끝이 느슨해졌지만, 다른 쪽에서 돌리는 애는 몇 초 동안 계속했다. 블랑카의 발이 걸렸다.

"왜 안 돌려?" 블랑카가 입을 내밀며 따졌다. "걸려서 넘어질 뻔 했잖아! 그리고, 다시 알파벳으로 돌아가야 내가 C에서 그만두지!"

디와 미미는 줄을 감으면서 곁눈질을 했다. 블랑카는 캐스퍼에게 홀딱 반해 있었다. 6학년에서 제일 인기 있는 소년이었다. 공정하게 말하자면 캐스퍼도 블랑카에게 반했지만, 두 사람은 주기적으로 헤어졌다.

디도 늘 캐스퍼를 좋아했다. 좋아하는 것 이상이었다. 두 아이에게는 자기들이 다른 사람들보다는 더 편하게 산다는 공통의 이해가 있었다. 두 아이는 친구를 사귀거나 타인의 환심을 사기 위해서 안간힘을 쓰지 않아도 된다는 것. 그 전해에, 디는 자기가 캐스퍼를 좋아하는 게 아닐까, 혹은 좀 더 밀어붙여서 그 애와 사귀어야 하나, 잠깐 생각해 본 적이 있었다. 캐스퍼는 호감을 주는 솔직한 얼굴에 반짝이는 파란 눈으로 사람 마음을 편하게 했다. 그러나 두 사람이 사귀는 게 자연스러웠을지는 몰라도, 디는 캐스퍼를 그런 식으로 생각해 본 적이 없었다. 그 애는 형제에 좀 더 가까웠다. 두 사람은 비슷한 활동에 참가했고, 서로 마주 보기보다는 같이 앞을 향했다. 캐스퍼가 블랑카처럼 좀 더 헝클어지고 에너지 넘치는 애와 사귀는 편이 더 그럴듯했다.

"엄마야, **저게** 뭐야?" 블랑카가 외쳤다. 교실에서는 말이 거의 없는 애였지만, 운동장에서는 시끄럽고 뻔뻔했다.

디는 블랑카가 전학생을 가리킨다는 것쯤은 보지 않고도 알 수 있었다. "나이지리아에서 왔대." 디는 팔꿈치와 한쪽 손 사이에 줄을 끼고 감으며 태연하게 말했다.

"어떻게 알아?" 미미가 물었다.

"선생님들이 그러시더라."

"우리 학교에 흑인 남자애라니. 정말 믿어지지가 않는다!"

"쉿……." 디는 소년이 들을까 당황해서 블랑카를 진정시키려 했다.

밧줄을 겨드랑이에 긴 디와 미미, 블랑카는 아이들이 줄 서 있는 쪽을 향했다. 줄은 브라반트 선생의 교실에 보관했고, 디가 책임자였다. 디는 블랑카가 그 점을 질투한다는 것을 알았다. 미미와의 우정을 질투하는 것처럼.

"넌 저렇게 이상한 애를 왜 그렇게 좋아해?" 언젠가 블랑카가 물은 적 있었다.

"미미는 이상한 애가 아냐." 디는 자기 친구를 변호했다. "저 애는…… 예민한 거야. 감정이 풍부한 거지."

블랑카는 어깨를 으쓱하더니 〈크로커다일 록〉*을 부르면서 이 대화를 확실히 끝내 버렸다. 세 사람이 사귀려면 교묘한 항해술이 필요했다. 한 사람은 늘 남겨진 기분을 느끼기 마련이었다.

선생 하나가 전학생에게 어디로 가라고 말을 한 건지, 그 애는 이제 브라반트 선생 앞에 있는 줄 맨 끝에 서 있었다. 블랑카는 연극적으로 발걸음을 멈추더니 발꿈치로 서서 몸을 뒤로 뺐다. "이제 우리 어떡해?" 블랑카는 외쳤다.

디는 망설이다가 나아가서 그 애 뒤에 섰다. 블랑카는 디의 곁으로 오면서 큰 소리로 소곤거렸다. "믿어져? 쟤 우리 반이야! 어디 한 번 손으로 만져 봐."

"그만 좀 해!" 디는 남자애가 듣지 못했기를 바라며 작게 속삭였다. 디는 그 애의 뒷모습을 자세히 보았다. 전학생은 두상이 정말 아름다웠다. 돌림판에서 돌려 빚은 흙 도자기처럼 매끄럽고 고르며 완벽하게 형태가 잡혀 있었다. 디는 손을 뻗어 그 머리를 감싸고 싶었다. 머리카락은 둥근 산 위에 다닥다닥 박혀 있는 나무숲처럼 짧게 잘려 있었다. 당시 유행하던 무성한 아프로 스타일과는 사뭇 달랐다. 근처에 비교할 만한 다른 아프로 스타일이 있다는 뜻은 아니었다. 디의 학교에는 흑인 학생이 없었고, 디가 사는 교외 동네에도 흑인 거주자는 없었다. 하지만 1974년에 워싱턴에 사는 흑인 인구는 꽤 많아서 초콜릿 시티라는 별명이 붙

* Crocodile Rock, 영국 가수 엘턴 존이 1972년에 발표한 곡.

을 정도였다. 가끔 가족과 함께 시내에 갈 때면 거대한 아프로 머리를 한 흑인 남녀를 보기도 했고, 미미의 집에 갔을 때 텔레비전에서 〈솔 트레인〉을 보면서 어스 윈드 앤드 파이어나 잭슨 파이브의 노래에 맞춰 춤을 추기도 했다. 집에서는 그 쇼를 본 적이 없었다. 엄마는 흑인들이 나와서 노래하고 춤추는 텔레비전 프로그램을 보도록 허락한 적이 없었다. 디는 저메인 잭슨에게 반했지만, 아프로 머리가 좋아서라기보다는 이가 훤히 보이도록 싱글거리는 그의 웃음 때문이었다. 디의 친구들은 모두 꼬마 마이클을 좋아했지만, 디에게 그것은 너무 뻔한 선택처럼 보였다. 학교에서 가장 귀여운 남자애를 골라 반하는 거나 다름없었다. 어쩌면 그것이 캐스퍼를 그런 식으로 생각하지 않는 이유인지도 몰랐다. 블랑카가 그런 식으로 생각하는 이유이고. 블랑카는 언제나 뻔한 것을 찾아갔다.

"디, 오늘은 네가 우리 전학생 좀 돌봐 줘야겠다." 브라반트 선생은 줄 맨 앞에서 디에게 손짓했다. "학교 식당, 음악실, 화장실이 어딘지 알려 주렴. 교실에서도 모르는 게 있으면 설명해 주고. 알겠니?"

블랑카는 숨을 헉 들이마시며 팔꿈치로 디를 쿡 찔렀다. 디는 얼굴이 빨개져서 고개를 끄덕였다. 어째서 브라반트 선생님은 디를 골랐을까? 무슨 잘못을 했기에 벌을 주려는 걸까? 디는 벌 받을 일을 한 적이 없었다. 엄마도 그 점만은 확실히 말했다.

디 주위의 동급생들은 킥킥거리며 수군댔다.

"쟤 어디서 왔대?"

"정글!"

"으으으…… 아야, 아프잖아!"

"애처럼 굴지 마."

"디 안됐다. 쟤를 돌봐 줘야 하다니!"

"비 선생님은 왜 디한테 시킨 거야? 보통 남자애들은 남자애들이 돌봐 주잖아."

"남자애들은 아무도 안 하려고 그랬나 보지. 나라도 안 하겠다."

"나도 안 할 거야!"

"그래, 하지만 디는 비 선생님이 예뻐하는 애잖아. 그 애라면 싫다고 못 할 줄 알았겠지."

"머리 좋네."

"잠깐. 그러면 저 남자애가 우리 책상에 앉는다는 거야?"

"하하! 덩컨 안됐다. 전학생한테 걸렸네! 패티도 마찬가지야."

"나 자리 옮길 거야!"

"비 선생님이 허락 안 할걸."

"난 할 거야."

"꿈 깨시지."

전학생은 뒤를 쓱 돌아보았다. 디의 예상과는 달리 그 애의 얼굴에는 조심하거나 경계하는 기색이 없었다. 오히려 꾸밈없고 따뜻한 표정이었다. 검은 눈은 동전처럼 반짝이면서 호기심을 담아 디를 바라보았다. 소년이 눈을 더 크게 뜨며 눈썹을 치키자, 디의 몸속에서 철렁하는 느낌이 질주했다. 언젠가 담력 시험을 하려고 전기 울타리에 손을 댔을 때 경험했던 것과 비슷했다.

디는 그 애에게 말을 걸지는 않았지만, 고개를 끄덕여 보였다. 소년은 답인사를 하더니 다시 몸을 돌려 앞을 향했다. 그들은 조용히, 당황스러운 마음으로 줄을 섰다. 디는 아직도 자기를 보는 사람이 있는지 주위를 둘러보았다. 모두 자기들을 보고 있었다. 디는 학교 건너편 거리의 집 하나에 눈을 고정했다. 사실 그곳은 캐스퍼의 집이었다. 자기가 지금 앞에 있는, 전기로 진동하는 듯 보이는 소년보다는 더 넓은 세상의 중요한 것에 마음을 쏟고 있다고 남들이 생각해 주기를 바랐다.

그 순간 디는 운동장을 둘러싼 사슬 울타리 바깥쪽에 서서 한 손으로 철조망을 움켜쥐고 있는 흑인 여자의 존재를 알아챘다. 본디 키는 작았으나, 높이 쌓아 올린 터번처럼 머리 위에 빨강과 노랑 무늬가 있는 스카프를 감고 있어서 훨씬 커 보였다. 또, 스카프와 같이 선명한 색의 천으로 만든 긴 드레스를 입고 있었다. 5월 초의 따뜻한 날씨인데도 그 위에는 회색 겨울 코트를 걸쳤다. 여자는 아이들을 바라보고 있었다.

"우리 엄마는 내가 전학생으로서 어떻게 처신해야 할지 모른다고 생각하시나 봐."

디는 그 애가 입을 열었다는 사실에 놀라며 몸을 돌렸다. 자기가 그 애의 입장이라면 한 마디도 하지 않을 것 같았다. "이전에도 전학해 본 적 있어?"

"응. 6년 동안 세 번. 여기가 네 번째 학교야."

디는 늘 같은 집에 살았고, 같은 학교에 다녔고, 같은 친구만 사귀었다. 그리고 자기가 하는 모든 일 아래 깔려 있는 편안한 친밀감에 익숙했다. 아는 사람 하나 없는 전학생이 된다는 건 상상도 할 수 없었다. 비록 몇 달 뒤 초등학교에서 중학교로 진학하면 같은 학년에 있는 학생 중 4분의 1 정도만 아는 얼굴이 되겠지만. 여러 가지 측면에서 디는 이제 학교가 감당할 수 없을 만큼 자라 새 학교로 옮겨 갈 준비가 되어 있었지만, 낯선 사람들에게 둘러싸인다는 생각을 하면 가끔은 배가 살살 아팠다.

건너편, 다른 6학년 아이들이 선 줄에서 미미는 휘둥그레진 눈으로 이 대화를 바라보고 있었다. 디와 미미는 거의 매번 같은 반이었으므로, 초등학교 마지막 학년에서 다른 반을 배정받자 디는 서운했다. 앞으로는 가장 친한 친구와 종일 같이 있을 수 없기 때문이었지만, 운동장에서 놀 때는 만나서 함께 놀자고 입을 맞췄다. 또한, 이건 디와 같은 반인 블랑카가 더 가까워질 수 있다는 뜻이기도 했다. 이제 블랑카는 말 그대로 디에게 매달려서 한 손을 디의 어깨에 얹은 채 전학생 남자애를 쏘아보고 있었다. 블랑카는 언제나 남의 몸 만지기를 좋아해서, 사람들을 껴안거나 친구들 머리카락을 가지고 장난치거나 자기가 좋아하는 남자애들에게 가서 몸을 부딪기도 했다.

디는 남자애에게 집중하려고 블랑카를 떨쳤다. "너 나이지리아에서 왔어?" 디는 그 애에 관해 이미 아는 게 있다는 걸 과시하고 싶어서 물었다. **네가 다른 색을 가졌다고 해도 나는 너를 알아.** 디는 생각했다.

소년은 고개를 저었다. "난 가나에서 왔어."

"아." 디는 가나가 아프리카에 있다는 사실 외에는 아무것도 알지 못했다. 그 애는 여전히 친절해 보였지만, 표정은 얼어붙어 있었고 조금 전만큼 진심을 드러내지도 않았다. 디는 자기가 아프리카 문화에 대해 아는 게 있다는 것을 보여 주기로 결심했다. 디는 울타리 옆 여자를 가리켰다. "다시키 입고 계신 분 너희 엄마지?" 디가 그 단어를 아는 건 크리스마스에 히피족인 이모가 다시키 문양이 새겨진 바지를 주었기 때문이었다. 디는 이모를 기쁘게 해 주려고 크리스마스 저녁 식사 때 그 바지를 입었다가 엄마의 찌푸린 얼굴과 오빠의 놀림을 참아야만 했다. 오빠는 식탁보는 벌써 깔았는데 왜 입고 왔냐면서 놀려 댔다. 그 후로 디는 그 바지를 서랍장에 처박아 놓고 다시는 손대지 않았다.

"다시키는 아프리카 남자들이 입는 셔츠야. 아니면 흑인 미국인들이 가끔 포인트를 주고 싶어서 입는 거지." 소년이 말했다. 디를 경멸하거나 비웃을 수도 있었지만, 그 애의 말투는 그저 사실을 전할 뿐이었다.

디는 고개를 끄덕였지만, 대체 그 포인트가 뭘까 생각했다. "잭슨 파이브가 〈솔 트레인〉에서 입은 걸 봤어."

소년은 미소를 지었다. "난 맬컴 엑스 생각했는데. 그 사람도 다시키를 한 번 입었으니까." 이제 그 애의 말투에는 약간 놀림조가 어렸다. 이렇게 해서라도 딱딱하고 얼어붙은 표정이 사라진다면 디는 괜찮을 것 같았다.

"우리 엄마는 켄테 천으로 만든 옷을 입은 거야." 그 애는 말을 이었다. "우리 나라에서 난 천이야."

"왜 겨울 코트를 입으셨어?"

"가나에 있지 않으면, 엄마는 밖이 따뜻해도 춥다고 해."

"너도 추워?"

"아니, 나는 춥지 않아." 소년은 완전한 문장으로, 정중하게 대답했다. 디와 학교 친구들이 일주일에 한 번 프랑스어 수업 시간에 말하는 식이었다. 그 애의 억양은 미국식은 아니었지만, 미국식 어구를 포함했다. 그 안에는 영국식 영어의 기운이 약간 담겨 있었다. 디의 엄마는 텔레비전에서 방영하는 〈업스테어스, 다운스테어스〉*의 애청자였다. 소년은 그와 약간 비슷한 투로 말했지만, 그만큼 무뚝뚝하거나 부유층 같지는 않았고, 아프리카에서 유래한 게 분명한, 노래하는 듯한 억양이 더 강했다. 완전한 문장, 축약형을 쓰지 않는 습관, 말할 때 부드럽게 울리는 어조, 모음을 한껏 과장한 발음, 이 모두에 디는 살짝 웃고 싶었지만, 무례하게 굴고 싶지는 않았다.

"엄마가 학교 끝난 후에도 데리러 오셔?" 디는 물었다. 디의 엄

✦ Upstairs, Downstairs, 영국의 상류계급과 고용인 계급을 대조해 보여 준 드라마.

마는 학부모회 때를 제외하고는 학교에 오는 법이 없었다. 엄마는 집에서 나오려 하지 않았다.

소년은 다시 웃었다. "엄마한테 오지 않겠다는 약속을 받았어. 나도 집에 가는 길쯤은 아니까."

디도 웃음으로 답했다. "아마도 그게 더 나을 거야. 저학년 운동장에 있는 애들이나 부모님이 와서 데려가시니까."

두 번째 종이 울렸다. 4학년 담임선생들이 몸을 돌려 줄줄이 선 학생들을 데리고 운동장에서 교실로 들어갔다. 그다음에는 5학년이 가고, 마지막이 6학년 차례였다.

"내가 대신 밧줄 들어 줄까?" 소년이 물었다.

"아! 아니야, 괜찮아. 그렇게 무겁지 않아." 밧줄은 약간 무거웠다. 어떤 남자아이도 디 대신에 들어 주겠다고 나선 적이 없었다.

"내가 들어 줄게." 소년이 두 팔을 내뻗자 디는 밧줄을 건넸다.

"너 이름이 뭐야?" 6학년 줄이 움직이기 시작할 때 디가 물었.

"오세이."

"오……." 너무 이국적으로 들려서, 디는 그 이름 어디에 고리를 걸어야 할지 알 수 없었다. 마치 매끄러운 암벽을 오르는 것 같았다.

디가 당황한 기색을 비치자 소년은 미소 지었다. 그런 일에 익숙한 게 분명했다. "오라고 부르는 게 더 편해." 소년은 문자의 익숙한 영역으로 자기 이름을 가져왔다. "난 신경 안 써. 우리 누나도 가끔은 나를 오라고 부르는걸."

"아니, 나 말할 수 있어. 오세이이. 너희 나라 말이야?"

"그래. '고귀하다'라는 뜻이야. 그런데 네 이름은 뭐야?"

"디. 다니엘라를 줄여서. 하지만 모두 나를 디라고 불러."

"디? 알파벳 D처럼?"

디는 고개를 끄덕였다. 두 사람은 마주 보았다. 자신들의 이름을 글자 하나로 나타낼 수 있다는 단순한 유대 덕분에 두 사람은 웃음을 터뜨렸다. 오의 고른 치아가 아름다웠다. 짙은 색의 얼굴에 빛이 반짝여 디 안의 무언가에도 불꽃이 튀었다.

이언은 회전대를 빨리 돌려서 4학년 아이들이 비명을 질러 대도록 괴롭히는 와중에도 그 소년의 존재를 금방 알아보았다. 이언은 자기 영역에 들어선 새로운 사람의 존재는 늘 알아챘다. 운동장은 자신의 것이기 때문이었다. 6학년이 된 이래로 1년 내내 그랬다. 운동장을 지배할 나이 많은 남자애들은 없었으니까. 이언은 몇 달 동안 지배의 기쁨을 누렸다. 다른 소년이 전학 온다면 누구든 도전장을 던질 수 있었다. 그리고 이 전학생은, 음……

이언은 자기 학년에서 가장 키가 크지도, 가장 빠르지도 않았다. 발야구를 제일 잘하지도 않았고, 농구공 던지기 시합에서 가장 높이 뛰지도 않았으며, 철봉에서 턱걸이를 할 때 가장 많이 하는 아이도 아니었다. 수업 시간에 발표를 많이 하지도 않았고, 미술 작품을 내도 황금 별을 받은 적도 없었으며, 학년 말에 수학 최우수상이나 필기 최우수상, 품행 표창장을 받은 적도 없었다.

품행으로 표창을 받을 수 없는 것만은 확실했다. 여자애들에게 가장 인기 있는 아이도 아니었다. 그 영광은 캐스퍼에게 돌아갔다.

이언은 가장 교활한 아이였다. 가장 계산적이었다. 새로운 상황에 가장 빠르게 반응하고, 그 상황을 자신에게 유리하도록 바꾸었다. 싸움이 붙으면, 이언은 결과를 두고 내기를 걸었고, 참가자들이 겁먹고 빼지 못하도록 붙잡았다. 이언은 누가 이길지 예측하는 데 능했다. 가끔은 싸움이 얼마나 오래갈지, 어떤 선생님이 말릴지를 두고도 내기를 걸었다. 종종, 판돈은 사탕으로 받아서 나중에 팔았다. 이언은 단것에는 취미가 없었다. 가끔은 다른 아이들의 도시락값을 요구하기도 했지만, 다른 때는 어린 학생들이 돈을 뜯기지 않게 막아 주고 자기 몫을 떼어 갔다. 그는 일들을 이리저리 뒤섞어서 애들이 계속 짐작하게 놔두는 것을 좋아했다. 최근에는 부모님을 설득해서 은행 계좌를 열어도 좋다는 허락을 받았다. 부모님은 그렇게 많은 돈을 어떻게 모았는지 묻지 않았다. 형들도 이언 나이에 똑같았다.

반 아이들이 체육 시간에 동네를 뛰는 동안, 이언은 다시 돌아가서 뒤처지는 애들을 모아 오겠다고 자청했다. 그러면 낮 동안 세계에서 무슨 일이 일어나는지 연구할 기회가 생겼다. 우편물을 배달하는 사람은 누군지, 세차하는 사람은 누군지, 장미 가지를 치는 동안 집 문을 열어 놓는 사람은 누군지. 이언은 늘 자기에게 유리한 각도를 찾아다녔다.

항상 완벽히 성공하는 것은 아니었다.

가령, 며칠 전, 뜬금없이 폭풍우가 밀어닥쳤다. 로우드 선생이 이등변삼각형을 설명하려는 찰나, 이언이 손을 들었다. 로우드 선생은 주황색 바지 정장에 분필 가루를 온통 묻혀 가며 필기를 하면서 기하학도 자기한테는 힘에 부친다는 듯 어안이 벙벙한 표정을 짓고 있었다. 이언이 손을 드는 일은 드물었기에, 선생은 허를 찔린 듯 필기를 멈췄다. "그래, 이언?"

"선생님, 비가 오는데 국기가 아직 걸려 있어서요. 제가 가서 내릴까요?"

로우드 선생은 창밖으로 몰려드는 먹구름과 학교 앞에서 종일 날리고 있는 국기를 흘끔 내다보았다. "브라반트 선생님 반 여자애들 담당이잖아. 너도 알잖니."

"하지만 걔들은 빠르지가 못해서요. 게다가 오늘 브라반트 선생님이 안 계셔서 시킬 수도 없고요. 제가 뛰어가면 깃발이 젖지 않을걸요?"

로우드 선생은 망설였지만, 이내 문을 향해 고개를 끄덕였다. "좋아, 그럼. 서둘러 다녀와. 그리고 깃발을 접어야 하니 누구 하나 데려가렴."

국기를 다루는 데는 여러 규칙이 있었다. 밤이나 비가 올 때 게양해서는 안 되었다. 땅에 닿아서도 안 되고, 정중한 태도로 다뤄야만 했다. 디와 블랑카가 매일 아침저녁 자기들에게 주어진 특권을 과시하며 깃대로 향할 때면 이언은 시샘하며 창밖 너머 그 광경을 지켜보았다. 보통 여자애들은 조심스럽게 기를 다루지만,

또 그 애들이 허술하게 접어서 모서리 자락이 땅에 닿는 것도 보았다. 그 애들이 노래하는 소리도 들었다. 가끔은 애국적인 노래였지만, 라디오에서 나오는 노래를 더 자주 불렀다. 그 애들은 천천히 여유를 부리며 이야기하고 꾸물대기를 좋아했다.

이언이 미미를 데려가겠다고 하자 모두가 놀랐다. 로우드 선생, 로드, 다른 남자애들 대부분, 그리고 손으로 입을 가리고 킥킥 웃는 여자애들 모두. 미미 본인은 놀라움을 넘어 전율을 느끼고 두려워하는 듯 보였다. 5학년이 되기 전까지 남자애들과 여자애들은 이따금 함께 놀기도 하고 친구라고 선언하기도 했다. 하지만 학교를 다니면서 지난 2년 동안, 아이들은 성별에 따라 갈라져서 따로 놀았다. 다만 선생님 눈을 피해서, 체육관 뒤에서, 햇볕 쨍쨍한 날 작은 그늘을 드리우는 나무들 사이 모퉁이에서 남몰래 짬짬이 만나는 애들은 있었다. 지난주 이언은 한 팔을 미미의 몸에 감고서 체육관 뒤로 데려갔고, 미미는 이제 봉긋하게 솟아오르는 가슴을 이언이 한 손으로 더듬도록 놔두었다. 그렇지만 로드가 바지와 속옷을 내리고 여자애들에게 어떻게 해야 하는지 보여 주겠다고 나서는 바람에 더 이상은 하지 못했다. 미미는 다른 애들과 함께 꺅 소리를 지르며, 이언의 팔 아래서 빠져나갔다. 하지만 이언은 마지못한 느낌을 감지했다.

미미가 이언을 따라 깃대로 가는 동안, 간간이 빗방울이 흩뿌렸지만 거센 비는 여전히 구름 속에 잠겨 있었다. 이언은 미미에게 너무 많이 관심을 두지 않고, 대신 허리 높이의 깃대에 나사로 박힌 받침대에서 밧줄을 풀어내는 데 집중하는 척하며 신중하게 굴었다. 그런 다음 이언은 기를 내렸다. "끄트머리를 잡아." 소년 이 명령했다.

미미는 그 말에 순순히 따르며 기가 내려올 때 양쪽 모서리를 잡았다. 이언은 다른 두 모서리를 밧줄에 고정한 클립에서 떼어 냈고, 두 사람은 마치 침대 시트처럼 양쪽에서 깃발을 편편하게 당겨 잡았다. 이언은 필요보다 1초 이상 길게 미미를 쳐다보았고, 미미는 눈을 휘둥그레 뜬 채로 꼼짝 않고 서 있었다. 군데군데 검은 얼룩이 뒤섞인, 크리스털 같은 푸른 두 눈이 반짝이며 이언의 마음을 어지럽혔다. 미미는 빨간 머리에 고전적인 주근깨 피부를 갖고 있었다. 아마도 아일랜드 혈통일 것이었다. 입은 컸지만 입술로도 치아 전체를 가로지르며 번득이는 교정기를 다 덮지는 못했다. 미미의 외모는 지나치게 고르지 못해서 예쁘다고 생각하기는 힘들었다. 눈 사이는 너무 멀었고, 입은 너무 컸으며, 이마는 넓었다. 그럼에도 미미에게는 어딘가 사람의 마음을 강렬히 끄는 구석이 있었다. 이제는 같은 학교를 다닌 지 7년째였다. 이언은 3학년 때 미미를 한 번 넘어뜨린 적이 있었다. 그렇게 할 수 있었기 때문이다. 하지만 최근까지는 크게 관심을 둔 적이 없었다. 미미에게 초점을 맞추기로 한 건 그 애가 자기와 비슷하기 때문이었다. 운동장의 모든 사람에게서 한 발 떨어져 있기 때문에. 정상적으로 보이는 언니와 여동생이 있고 인기 있는 디와 제일 친한 친구이지만, 미미는 종종 머릿속에서 혼자가 된 듯 보였다.

줄을 돌릴 때나 사방치기를 할 때조차도. 미미는 혼자 조금 동떨어져 있고, 이상한 때에 기절하고, 말은 별로 없지만 모든 것을 본다는 소문이 있었다. 어쩌면 그 점이 그 애의 매력인지도 몰랐다. 이언은 미미가 말이 많은 것을 원치 않았다.

이언은 오른손을 돌려 긴 선의 3분의 1 지점에서 접어야 한다는 것을 알렸다. 그런 다음에 깃발이 3분의 1 너비가 되도록 다른 면을 위로 접어야 했다. 이언은 또다시 미미를 너무 오래 쳐다보았고, 미미는 얼굴을 붉혔다. "네가 접어." 이언이 말했다. "어떻게 하는지 알아?"

미미는 고개를 끄덕이고, 자기 쪽 끝을 사선으로 접어 삼각형을 만든 후 다시 접고 또 접었다. 매번 접을 때마다 두 사람의 거리는 가까워졌다. 이언이 깃발 끝을 가슴 가까이 들고 있어서, 미미는 이언에게로 다가갈 수밖에 없었다. 미미가 30센티미터 정도 떨어진 거리에서 마지막으로 접으려 할 때, 이언은 깃발을 홱 잡아당겼고 미미는 이언에게로 넘어졌다. 이언이 미미의 입을 향해 몸을 내밀자 삼각형은 두 사람 사이에서 찌부러졌다. 두 사람의 이가 덜그럭 부딪쳤고, 미미는 움찔했지만 뒤로 물러설 수는 없었다. 그랬다간 깃발이 땅에 떨어질 것이었다.

미미의 교정기가 입에 닿아 아팠지만, 이언은 아픔을 참고서 자기 입술로 미미의 입술을 세차게 누르며 빨기 시작했다. 잠시 후 미미도 반응해서 같이 빨았다. 곧 둘 사이에 진공상태가 만들어지며 침이 많이 흘렀지만, 미미가 입을 너무 꼭 갖다 대고 있어

이언은 혀를 집어넣을 수가 없었다. **이전에도 해 봤군.** 이언은 깨달았다. 약간 못마땅한 생각이었다. 이언은 몸을 떼어 냈지만, 기분은 좋았고 뭔가 점점 느껴지던 차였다. 미미도 알아차리지 않았나 싶은 의심이 들었다. 미미에게서 깃발을 받아 들며, 이언은 마지막으로 한 번 접고 남은 천을 단단히 고정되도록 주름 사이에 집어넣었다. 아이들이 테이블 풋볼을 할 때 공 대신 튕기려고 만드는 종이 삼각형처럼. "다른 애하고는 이런 거 하면 안 돼." 이언은 말했다.

미미는 약간 아찔한 듯, 심지어 겁먹은 듯 보였다. "한 적 없어."

"거짓말 잘 못하네. 너 다른 남자애들하고 키스했잖아. 필립, 찰리, 덩컨, 캐스퍼하고도." 이언은 지레짐작이지만 머리를 쓰고 있었다. 어떤 놈인지는 모르지만 하나는 맞을 테니까. 미미는 고개를 들었다. 비가 더 세차게 내리면서 빗방울이 얼굴 위로 점점이 떨어져, 미미는 꼭 울고 있는 것 같았다.

"나랑 사귀고 싶으면 그놈들은 쳐다보지도 않는 게 좋을걸. 나랑 사귈 거야?"

미미는 고개를 끄덕였다.

"그러면 키스할 때 입을 벌려. 그래야 내가 혀를 집어넣을 수 있으니까."

"브라반트 선생님 반 여자애들이 올 텐데. 걔들이 우릴 보면 어떡해."

"안 와. 내가 이때껏 봤어. 그 애들 여기까지 나오는 데 100만년은 걸린다고. 깃발은 항상 젖어 버려서 디가 집에 가져가서 건조기에 넣더라. 해 봐."

이언은 미미의 입술에 다시 입을 갖다 댔다. 미미가 입을 벌리자, 이언은 그 안으로 혀를 깊숙이 집어넣으며 미미를 깃대로 밀어붙였다. 그래야 들어갔다 나왔다 하면서 미미의 이와 뺨, 혀를 탐색할 수 있으니까. 이언은 미미의 몸 쪽으로 하체를 밀어붙이며 이번에는 확실히 그 애가 자기를 느끼도록 했다.

몸을 뗐을 때는 둘 다 숨이 가빠져 있었다. 미미에게 키스하자 이언도 머리가 어지러웠고, 처음으로 자유로운 기분이 들었다. 밧줄이 빗속에서 대롱거렸다. 이언은 그 밧줄을 잡고 주변을 한번 돌아보더니 삼각형으로 접은 깃발을 미미에게 건넸다. "물러서, 너한테 보여 줄 게 있으니까." 이언은 밧줄 끝을 손에 쥐더니 깃대 반대 방향으로 달리기 시작했고, 밧줄은 팽팽하게 당겨졌다. 그러다 이언은 뛰어올라 땅을 디뎠다가 깃대 바깥을 향해 한바퀴 돌았다가 다시 안으로 들어갔다. 그런 다음 다시 땅을 박차고 뛰어올라 밖으로 몸을 날리며 깃대를 돌고 돌았다. 떨어지는 비가 멀어져 갔다. 미미가, 학교가. 이언이 느끼는 건 날고 있다는 감각뿐이었다.

가속도가 떨어지고 이언이 다시 내려올 때, 미미는 깃발을 가슴에 꼭 끌어안은 채 바라보고 있었다. 이언은 기분이 너무 좋아서 너그럽게 대하기로 마음먹었다. "너도 해 볼래? 자, 해 봐. 재밌어." 이언은 깃발을 도로 받으며 미미에게 밧줄을 건넸다. "빨리 달리다가 점프해."

미미는 망설였다. "듀크 교장 선생님이 보면 어떡해. 아니면 다른 선생님들이라도. 우리 걸릴 거야."

이언은 코웃음 쳤다. "보긴 누가 본다고 그래. 다들 삼각형 공부하느라 바빠 죽을 판인데. 넌 하기 싫어?"

미미는 결심한 표정을 지었다. 그러더니 갑자기 허공으로 뛰어올라 깃대에서 멀어지며 한 바퀴 빙 돌았다. 발이 땅에서 떨어질 때 미미는 웃고 있었다. 이언은 그 애가 그토록 즐거워하는 모습을 본 적이 없었다. 이언은 미소를 지었다. 짧았지만 드문 일이었다. 미미가 멈추자, 이언은 다시 키스했다. 이번에는 더 부드러웠다. 두 사람의 몸이 떨어졌을 때, 디와 블랑카가 기를 내리러 학교 현관에 나타났다. 디는 둘을 보고 이상한 눈길을 보냈다. 두 아이가 같이 있는 걸 보고 놀란 건 확실했지만, 키스하는 것까지 보았는지 이언은 알 수 없었다. 중요한 것도 아니었다. "너희 둘 다 너무 꾸물대." 이언은 딱 잘라 말하고, 접은 깃발을 겨드랑이에 낀 채로 두 여자애를 홱 지나쳐 성큼성큼 걸어갔다. 그 뒤를 쫓아가는 미미의 얼굴이 벌겋게 달아올랐다.

불운하게도 이언 역시 너무 꾸물댄 건 매한가지였다. 깃발은 흠뻑 젖어 버렸고, 애초에 이언이 나갔던 건 깃발이 젖지 않게 가져오겠다고 했기 때문이었다. 로우드 선생은 이언이 교탁에 놓아 둔 천 삼각형을 꽉 쥐면서 얼굴을 찡그렸다.

"이거 이등변삼각형 아닌가요, 로우드 선생님?" 이언은 선생의 주의를 다른 데로 돌리려고 물었다.

"아!" 선생은 실눈을 뜨고 깃발을 보았다. "모르겠네. 하지만 저건…… 제니퍼, 이거 브라반트 선생님 반에 갖다 드리고 오렴."

"제가 책임질 수 있어요." 이언이 끼어들었다. "비가 멈추면 제가 다시 올렸다가 해가 저물 때 내릴게요."

"그 책임은 브라반트 선생님 반에 맡겨 두는 편이 좋을 것 같구나. 자, 가서 자리에 앉으렴, 이언. 이것만 해도 오늘 수업이 꽤 오래 끊겼잖니."

이언은 밧줄을 타고 도느라 시간을 너무 오래 끈 자기 자신을 발로 차 주고 싶었다. 그 감각에 몰두하느라 다른 특권을 차지할 기회를 잃고 말았다. 하지만 이언은 로우드 선생이 늘 브라반트 선생의 뜻에 따르지 않을까 생각했다.

운동장에 첫 번째 종이 울리자, 이언은 회전대의 손잡이를 잡고 속도를 늦추었다. 거기 타고 있던 남자애 중 하나는 속이 메슥거리는 표정이었다. 이언은 히죽 웃으면서 손잡이를 잡고 다시 속도를 냈다. "멈추고 싶으면 10센트." 이언이 소리치자 그 애는 불쌍하게 고개를 끄덕였다. 이언은 두 다리로 땅을 단단히 디뎠고, 회전대는 갑작스레 뚝 멈추었다. 다른 소년들은 이번에는 이언의 타깃이 되지 않았다는 데 안도하며 문 앞에 학급별로 줄 서는 아이들을 향해 뛰어갔다. 운이 나쁜 소년은 뒤에 혼자 남아 어깨를 구부정하게 움츠리고 고개를 떨어뜨린 채로 가만히 서 있었다.

"이제 돈 내놔." 이언이 말했다.

소년은 땅에 시선을 고정한 채로 어깨를 으쓱했다. "돈 없어."

"회전대 위에 있을 때 그 생각을 미리 했어야지." 이언은 소년에게로 한 발 다가갔다. "다시 올라가. 토할 때까지 돌려 줄 테니."

"내, 내일 줄게. 약속해."

"내일은 소용없어. 지금이 더 낫지. 그거 말고 뭐 있어? 사탕 있냐?"

소년은 고개를 저었다.

"야구 카드는?"

다시 고개를 젓는다.

"그럼 뭐가 있는데?"

다시 어깨를 으쓱한다.

이언은 자기 주변에서 일어나는 모든 일들을 관찰하고 기록하면서 흡수한 지식을 뒤졌다. "네가 가진 미니카 줘. 빨강 카마로 말이야."

정곡을 찔렀다. 소년이 자기 주머니를 뒤지기 시작했으니까. "5센트 있어. 일단 이것부터 가져가. 나머지는 내일 줄게. 아니면 점심 먹고. 점심시간에 집에 가서 5센트 더 가져올게."

하지만 이언은 몇 분 전 소년이 아무것도 모르고, 수업 시작 전 회전대를 타면 재미있을 거라고 생각하던 때에 울타리 옆에 걸어 놓은 캔버스 책가방에 벌써 손을 뻗었다. 이언은 커다란 바퀴가 달리고 차체가 낮은 빨간 스포츠카를 가방에서 꺼냈다. 차는 손바닥에 완벽하게 딱 들어맞았다. 아직도 반짝반짝 빛이 났다. 최근에 손에 넣은 게 분명했다. 이언이 차를 주머니에 넣는데, 그 소년이 웅얼거리는 소리가 들렸다. "나쁜 새끼."

이언은 주머니에서 차를 다시 꺼내 툭 떨어뜨린 후 밟았다. 바퀴가 떨어져 나가고, 문짝이 튀어 열리고, 지붕이 움푹 들어가고, 후드의 빨간 페인트가 벗겨졌다. "아차." 이언은 이렇게 말하고 그대로 떠났다. 잠시 후, 이언은 분노에 사로잡혀 좋은 미니카를 낭비해 버린 자신을 비난했다. 전에 "나쁜 새끼"보다 더 심한 말도 들어 본 적 있으면서. 하지만 소년의 얼굴에 떠오른 표정을 보는 기분은 흐뭇했다. 회전대에 타고 있을 때보다도 더 메스꺼워하는 표정이었다.

이런 대화를 하는 와중에도 이언은 운동장 가장자리를 떠도는 신입에게서 눈을 떼지 않았다. 이제 그는 방향을 바꿔 전학생 소년에게 갔다. 흑인 소년에게. 그 소년은 무척 검었기에. 이언은 조사 임무 수행 중에 전학생이 6학년에 들어갈 거라는 정보를 얻었다. 하지만 피부색이라는 중요한 부분은 놓치고 말았다. 이언은 가까이 다가가면서 마음속으로 움찔했고, 짙은 피부, 검은 눈, 정수리에 바짝 붙여 깎은 머리카락에 반짝이는 땀방울을 살폈다. **기선을 잡아.** 그는 생각했다. **친구는 가까이에, 적은 더 가까이에.** 이언의 아버지가 즐겨 인용하는 말이었다. "종이 울리면 줄을 서야 해." 이언이 말했다. "저기 서. 너 브라반트 선생님 반이잖아."

전학생은 고개를 끄덕였다. "고마워." 그 한 마디, 그리고 그 애의 말투, 꾸밈없고, 외국어 억양이 있는데도 자신감이 묻어나는 태도와 벌써 운동장을 잘 알고 자기 거라는 듯 줄을 향해 걸어가는 발걸음이 이언의 배 속에 자리한 분노에 불을 붙였다.

"망할." 로드가 자신 없는 개처럼 쭈뼛쭈뼛 다가왔다. 작고 야윈 로드는 검고 텁수룩한 머리카락을 어깨까지 기르고 화가 날 때는 뺨을 쉬이 붉혔다. 지금 그 뺨이 벌겋다. "이 개똥 같은 곳에 무슨 일이래?" 이언의 부하는 여기저기 욕지거리를 하고 다니는 걸 즐겼는데, 그래야 강해 보인다고 생각하는 게 분명했다. 이언은 절대로 욕하지 않았다. 이언의 아버지는 어린 시절 이언을 때리면서 욕은 자기 영역이지 아들의 영역이 아니라는 걸 명확히 해 두었다.

이언은 오랫동안 로드를 참아 주고 있었지만, 그를 친구로 분류하지는 않았다. 하지만 로드가 자기를 가장 친한 친구라고 말하고 다니는 것은 들은 적이 있었다. 그런 말은 여자애들이나 할 법한 말 아닌가. 이언에게 로드는 운동장에서 자기 위치를 유지하는 데 도움이 되는 소도구 같은 존재일 뿐이었다. 이언이 내기를 걸거나 점심값을 빼앗거나 재미 삼아 아이들을 괴롭힐 때 선생님이 오나 안 오나 망을 보는 역할. 다른 사람들뿐 아니라 주인에게도 멸시당하는 것이 부하가 감내해야 하는 역경이었다. 로드는 약하고 징징대기를 좋아했으며 필사적이었다. 지금은 징징대고 있었다. "저것 봐. 쟤가 저놈에게 말하잖아. 난 이제 쟤랑은 절대 안 사귈 거야."

미미의 친구 디가 흑인 소년 뒤에 줄을 서서 이제 그 애에게 말까지 걸고 있었다. 이언은 그들을 바라보며 디의 대담한 행동에 깊은 인상을 받을 뻔했다. 하지만 디가 흑인에게 줄넘기 줄을 건네고 웃기 시작하자, 이언은 얼굴을 찡그렸다. "마음에 안 들어." 소년은 웅얼거렸다. 이걸 어떻게든 처리해야만 했다.

미미는 두 줄 모두 고르게 찰싹 소리를 내며 땅에 닿도록 리듬을 맞춰 돌렸다. 그녀는 주변의 운동장이 활기로 쿵쿵 뛰는 것을 느꼈다. 근처에서는 여자애 둘이 삐뚤빼뚤 그린 사방치기 판을 두고 말다툼하는 중이었다. 남자애 셋이 운동장을 가로질러 달려갔고, 그중 한 명이 결승점에서 다른 아이들을 제치고 몸을 내밀었다. 여자애 하나가 낮은 담 위에 앉아 책을 읽고 있었다. 일렬로 늘어선 남자애들은 학교를 등지고 선생님 눈을 피해서 보도에 친 사슬 울타리 너머로 누가 가장 멀리까지 오줌 싸나 내기를 하고 있었다. 여자애들은 아치 만화책⁺을 같이 보면서 깔깔댔다. 한 소년이 나무 아래 모래밭에서 모래를 발로 찼다.

운동장에서 일어나는 일들 중 두 가지 부분이 미미를 끌어당겼다. 둘은 너무 달라서 서로 균형을 이루었다. 하나는 회전대를 돌

⁺ 아치 앤드루스가 주인공으로 등장하는 만화 시리즈로, 1941년 밥 몬태나, 존 L. 골드워터가 만화 잡지 《펩 코믹스》에 발표했다. 후에 라디오 드라마와 애니메이션으로도 만들어졌으며 최근에는 드라마로도 제작되었다.

리며 4학년 아이들을 괴롭히는 이언이었다. 미미는 벌써 이것이 어떤 결말로 이어질지 알았다. 미미 본인도 이언과 함께 일종의 회전대를 타고 있었지만, 이쪽은 어떤 결말로 이어질지 알 수 없었다. 사흘 전 깃대를 도는 동안, 미미는 희열과 두려움을 동시에 느꼈다. 그네를 타고 높이 올라갔다가 몸을 뒤로 빼며 내려올 때 눈을 똑똑히 뜨고 있는 것과 비슷했다. 뒤로 떨어질 때 앞을 보고도 싶지만, 속이 뒤집히는 낙하의 기분도 느끼고 싶어 하는 것처럼. 그때 이후로 미미는 이언에게 묶인 기분이었고, 그 애에게서 자유로워지고 싶은 건지도 확실히 알지 못했다.

너무 빠른 속도로 돌아서 그 위에 탄 사람이 떨어지기 직전인 회전대 반대편에는 전학생이 있었다. 새로 온 **흑인** 소년. 그 애의 피부색을 무시하기란 불가능했다. 그 애는 미동도 없이 서 있었고, 그 정적인 차분함이 시선을 모았다. 미미가 전학생이었다면, 운동장을 걸어 다니며 사람들 사이로 움직여서 목표물이 되지 않으려 했을 것이다 한자리에서 어물거리다가 남의 눈에 띄는 일이 없도록. 미미는 전학을 가 본 적이 없었지만, 그렇다고 어딘가에 완전히 속한 적도 없었다. 디와 가장 친한 친구, 이제는 이언의 여자 친구. 이런 구체적인 관계가 미미를 묶어 놓았다고 여길 수도 있겠지만, 그렇지 않았다. 미미는 운동장 세계를 떠다니는 기분이었다.

회전과 정지. 동작과 부동. 흑과 백. 이전에 운동장에 불균형이 있었다면, 이 새로운 요소를 더하여 이제는 방향을 찾을 수 없는 평형을 이루었다. 미미는 머리를 비우고 싶어 고개를 흔들었다.

그 동작으로 미미의 팔이 움직였고, 줄 하나가 흔들리는 바람에 뛰던 아이의 발에 걸렸다. 이 5학년 아이는 계속 투덜거렸지만, 미미는 매서운 눈길로 불평을 끊었다. 그 여자애가 넘어진 게 자기 탓임을 알았지만 미미는 티 내지 않았고, 사과하거나 설명할 수도 없었다. 그랬다가는 줄을 가장 안정적으로 돌린다는 평판에 흠집이 날 터였다. 줄을 안정적으로 돌리는 아이, 사물을 예민하게 감지하는 소녀. 미미는 이 다른 두 가지의 선물 같은 재능에 매달려야만 했다. 가진 건 그뿐이니까. 그에 더해 이젠 이언이 있었지만, 그것은 딱히 선물이라고 할 수 없었다.

5학년 아이가 슬금슬금 가 버리자, 미미는 후회했다. 블랑카가 대신 들어왔기 때문이다. 블랑카는 6학년에서 제일 귀여운 여자애였지만, 천박하다 싶은 옷을 입어서 외모를 깎아내렸다. 운동용 브래지어의 끈과 윤곽이 다 드러나게 딱 붙는 분홍색 탑, 짧은 청치마, 베이지색 통굽 샌들, 검은 머리에 꽂은, 반짝이는 분홍 보석이 붙은 빨간 핀, 뛸 때마다 손목에서 짤랑거리는 금팔찌 대여섯 개. 그러고는 뛰고 또 뛰었다. 미미가 줄 잘 돌리는 애로 유명한 만큼 블랑카도 잘 뛰는 애로 유명했다. 두 사람은 서로의 역할을 지루하게 만들었다.

미미는 블랑카가 뛰도록 놔두고 리듬을 유지했다. 그렇게 쿵쿵 울리는 배경 속에서 운동장이 점차 낯선 아이에게로 관심을 돌리는 광경을 바라보았다. 굳이 말하자면 누구도 하던 일을 멈추지 않았다. 한순간 깜짝 놀라서 술래잡기 중에 잠깐 멈추거나, 공기놀이 중에 공깃돌을 주고받으면서 약간 머뭇거린 후에 다시 던지거나, 수다 떨던 중에 말이 끊기는 정도일 뿐이었다. 미미는 운동장과 그 속에서 노는 애들이 실처럼 아무렇게나 서로 교차하다가 이제는 그 실이 한 방향으로 향하도록 배열되고 있다는 감각을 느꼈다. **어떻게 저런 관심을 견딜 수 있을까?** 미미는 생각했다.

그 모든 실들 위로 부르르 떨리는 진동이 디에게 이르렀다. 양 갈래로 꼭꼭 땋은 금발의 디. 디의 어머니는 여자애들은 되도록 오랫동안 단속해야 한다고 믿는 사람이라서 딸의 머리카락을 그렇게 땋아 주곤 했다. 디는 미미에게 다가와서 그만두라고 말하고 밧줄을 가져가더니 전학생 옆에 줄 섰다. 디는 그 애에게만 집중하겠지. 미미는 그렇게 되리란 걸 이미 알았다. 그렇게 미리 알 수 있는 일이 종종 있었다.

미미의 생각은 맞았다. 디는 미미와 블랑카에게는 관심을 두는 둥 마는 둥 하더니 전학생 바로 옆으로 가서 섰다. 미미도 자기네 학급 줄에 섰지만, 거기서도 디와 소년을 쳐다보지 않을 수 없었다. 모두가 그들을 지켜보고 있었다. 가차 없는 호기심이 쏟아져 번쩍이는 휘광이 두 아이 주위를 감싸는 듯했다. 가끔 두통이 몰려와서 눈을 감았을 때 보이는 그런 빛이었다. 사실, 지금도 미미는 그렇게 두통이 오기 전처럼 웅웅 울리고 신경이 쏠리는 기분을 느끼고 있었다. 뇌우가 일어나려 할 때 공기 중에 감도는 긴장 감처럼.

그때, 디가 소년에게 소중한 학급 줄넘기 줄을 넘겼고, 두 사람은 마치 그들 외엔 청중이 아무도 없는 듯이, 오로지 서로를 위해서만 행동하는 것처럼 고개를 뒤로 젖히며 웃기 시작했다. 무척이나 의외였다. 대체 어떤 학생이 전학 온 첫날 5분 만에 웃음을 터뜨린단 말인가? 어느새 미미도 웃고 있었다. 놀라서, 공감되어서, 흉내 내느라. 미미만이 아니었다. 다른 애들도 역시 감염되었는지 미소를 띠거나 웃음을 터뜨렸다. 달리 도리가 없었기 때문이다.

이언만은 달랐다. 미미의 남자 친구는—이제 모두 두 사람을 그렇게 불렀다—떨어져 서서 디와 소년을 쏘아보고 있었다. 그 얼굴에 떠오른 험상궂은 표정이 미미의 기쁨에 구멍을 냈다.

쟤랑은 더 이상 못 사귀겠어, 미미는 생각했다. **웃음에 저렇게 반응하는 남자애랑은 사귈 수 없어.** 한순간 미미는 깃대 주변을 돌던 느낌과 혀와 하체를 밀어붙이던 이언을 떠올렸다. 이제는 이언을 좋아하지 않을 거라고 생각했지만 스위치가 깜박 켜진 조명처럼 몸이 반응하는 걸 깨닫고 놀라고 말았다. 하지만 이언 같은 애가 그 불을 켜도록 놔둘 수는 없었다.

미미는 언제 이언에게 헤어지자고 말할까 고심해 보았다. 어쩌면 오늘 일과가 끝날 때 말하고 곧장 집으로 뛰어가 버리면 다음 날은 심한 두통이 있는 척해서 학교에 오지 않아도 될 것 같았다. 내일은 금요일이고 그다음은 주말이니, 사흘 후에는 이언의 화가 다 타올라 없어져 버리기를 바랐다. 그러고 나면 여름방학 전까지 한 달만 피해 다니고 그다음에 새 학교가 시작하면 그 속에 자기를 묻어 버리면 그만이었다.

계획을 세우고 나니 기분이 한결 나아졌다. 그래도 디와 전학생이 학교 입구로 같이 들어가는 모습을 보자 질투가 칼처럼 파고들었다. 둘의 발걸음은 같은 속도로 걷는 친구나 커플처럼 벌써 잘 맞았다.

그래, 미미는 기분이 나아졌다. 그러나 미미의 눈 뒤에는 아직 깜박이는 빛이 도사렸고, 관자놀이를 집게로 천천히 죄는 듯한 감각도 남아 있었다. 이 아픔은 머리를 완전히 지배할 때까지 사라질 것 같지가 않아서, 미미는 다시 가벼워져서 자유로워지기 전에 통과해야 하는 시험처럼 그저 거기에 굴복했다.

오세이는 능숙한 시선으로 운동장을 훑었다. 이전에도 세 번이나 새 운동장을 살핀 적이 있었기에, 어떻게 읽어야 하는지는 알았다. 운동장에는 모두 같은 요소가 있었다. 그네, 미끄럼틀, 회전대, 철봉, 정글짐. 소프트볼과 발야구를 할 수 있게 아스팔트 위에 그려 놓은 선과 베이스. 맨 끝에는 농구 골대. 사방치기와 줄넘기를 하는 공간. 이 운동장에는 남다른 특징 두 가지가 있었다. 올라갈 수 있는 돛대와 삭구가 달린 해적선, 그리고 나무 둥치 옆에 만들어 놓은 모래밭.

언제나 같은 놀이를 하는 아이들도 보였다. 아수라장 속을 뛰어다니며 수업 시간에 엉덩이를 들썩일 에너지를 태워 없애는 남자애들. 사방치기를 하거나 줄넘기를 하는 여자애들. 책을 읽거나, 철봉 위에 앉아 있거나, 구석에 처박혀 있거나, 안전한 자리를 찾아 선생님 가까이에 서 있는 외톨이들. 순찰하듯 돌아다니면서 운동장을 휘어잡고 약한 아이들을 괴롭히는 애들. 그리고 자기 자신. 닳고 닳아 생긴 홈 한가운데에 서서 자기 역할을 수행하는 전학생.

아이들을 훑어보면서 오세이는 또한 다른 걸 찾아내고 싶었다. 동맹. 특히, 자기 자신의 동맹. 또 다른 검은 얼굴, 혹여 그것이 불가능하다면 갈색 얼굴, 아니면 노란 얼굴이라도. 푸에르토리코인, 중국인, 중동인, 줄 지어 걸어가는 분홍색과 크림색의 교외 미국인과는 다른 사람. 하지만 아무도 없었다. 거의 없었다. 있을 때에도 늘 도움이 되는 건 아니었다. 런던에서 다니던 학교에는 다른 흑인 학생들이 있었다. 자메이카인 부모를 둔 여자애. 하지만 그 애는 오세이와 한 번도 눈을 맞추려 하지 않았고, 되도록 멀리 떨어져 있으려고 애썼다. 마치 서로 밀어내는 두 자석이라도 된 것처럼. 그 여자애는 자기만의 위태로운 자리를 찾아서 걸터앉았고, 안전한 장소를 찾으려는 오세이의 몸부림 속으로 끌려들어가기를 원치 않았다. 뉴욕에서 다니던 학교에는 중국인 쌍둥이 형제가 있었는데, 그 애들은 누군가 시비를 걸 때면 싸움에서 쿵푸 기술을 쓰곤 했다. 그걸로 적을 다치게 했지만, 구경꾼들은 즐거워했다. 형제 역시 오세이와는 거리를 두었다.

그는 오랜 시간을 거치며 전학생으로서 자기가 어떤 생각을 하는지 감추는 법을 배웠다. 집안에서는 아버지가 외교관일지 모르지만, 오세이 또한 일종의 외교관으로 새 학교에서 매번 기술을 발휘했다. 새 직장에서 퇴근한 아버지가 아내와 아이들에게 함께 일하게 된 온갖 새로운 사람들에 대해 늘어놓고, 주차를 어디에 해야 하는지, 또 화장실은 어디인지 알 수가 없었다고 이야기하면, 오세이는 이렇게 말할 수도 있었다. "오늘 저도 그랬어요." 아버지가 새 비서의 이름을 매번 잊어서 모두 다 "미스"라고 불렀다는 말을 하면, 오는 빅토리아 시대 사람들은 하녀들의 원래 이름이 무엇이건 새로 기억할 필요가 없도록 모두 "애비게일"이라고 불렀다는 사실을 배운 적 있노라고 말할 수도 있었다. 자기 또한 선생님 한 분이 교실 앞에 서 있을 때 머릿속에 저장해 놓은 온갖 어른들의 이름을 뒤져서 맞는 이름을 꺼내야 했다고. 선생님을 "서Sir"나 "미스Miss"처럼 지나치게 격식을 갖춰 부르면, 선생님들은 눈살을 찌푸릴 테고 다른 학생들은 웃음을 터뜨릴 것이며, 자기만 더 멀어질 테니까. 그리고 그에게도 새 일이 생겼다고 말할 수도 있었다. 전학생이 되어 아이들 틈에 끼려고 노력하는 일. 혹은 노력을 그만두는 일. 하지만 오는 이런 이야기를 하나도 꺼내지 않았다. 소년은 연장자들을 존경해야 한다고 배웠다. 그들에게 질문하거나 거역해서는 안 된다는 뜻이었다. 아버지가 아들의 하루를 구체적으로 알고자 했다면, 물어보았을 것이다. 하지만 아버지가 한 번도 묻지 않기에 오는 잠자코 있었다.

  오늘, 오는 또 한 번, 자기를 응시하는 백인 아이들로 가득한 운동장을 마주하고 있었다. 자기를 이리저리 재어 보는 또 다른 남자애들의 무리. 전 세계에서 똑같은 음높이로 울리는 또 다른 종, 줄의 맨 앞에 서서 그를 불안하게 쳐다보는 또 다른 선생님. 이전에도 이 모든 것들을 겪었고 모두 익숙했다. 그 여자애만 빼면.

오세이는 등에 불이 붙은 것처럼 뒤에 선 그 여자애의 존재를 느꼈다. 뒤를 돌아보자 그 애는 깜짝 놀라면서 시선을 아래로 떨어뜨렸다. 조금 전까지는 오의 머리를 보고 있었는데. 오는 이전에도 자기 머리를 바라보는 아이들의 시선을 포착한 적이 있었다. 그가 가진 가장 좋은 특징은 두상인 것 같았다. 동그랗고 대칭에다 뾰족하게 튀어나온 부분도 없었다. 어머니는 오세이를 제왕절개로 낳아서 부드러운 두개골이 짓눌리지 않은 거라는 얘기를 즐겨 했다. "그만해!" 오는 그 광경을 그려 보고 싶지 않아서 늘 소리 질렀다.

디가―그 애도 한 글자짜리 이름으로 부른다니 얼마나 완벽한지―눈을 들었을 때, 오의 몸속에서는 불이 타올라 번져 갔다. 그 아이의 눈은 갈색이었다. 메이플시럽처럼 맑은 액체의 갈색. 수많은 운동장에서 보았던 그런 푸른색이 아니었다. 영국인, 스코틀랜드인, 아일랜드인 조상에게서 물려받은 푸른색. 독일과 스칸디나비아의 푸른색. 북미에 정착하러 와서 인디언들의 갈색 눈을 정복하고 자기 일들을 대신 시키려 아프리카의 검은 눈을 데려왔던 북부 유럽인의 푸른색. 오는 검은 눈으로 여자애를 보았고, 그 애는 갈색 눈으로 대답했다. 지중해, 아마도 스페인이나 이탈리아, 그리스의 갈색.

　그 애는 아름다웠다. 보통 열한 살 된 소녀를 묘사할 때 쓸 법한 단어는 아니지만. "귀엽다"가 더 흔하고, 아니면 "예쁘다"라고 한다. "아름답다"는 나이가 일반적으로 상징하는 소녀보다 더 깊은 곳까지 파고들었다. 하지만 디는 아름다웠다. 고양이 같은 얼굴은 종이접기처럼 각진 뼈, 광대뼈, 뺨, 턱으로 이루어졌다. 대부분의 소녀들은 베개처럼 말랑한 부분이었다. 디의 금발은 머리 위에서부터 땋아 양 갈래로 나뉘어서 밧줄처럼 등까지 내려왔다. 오는 그 애의 샴푸 향을 맡았다. 로즈메리의 날카로운 잔가지에서 풍기는 냄새가 섞인 꽃의 향기. 허벌 에센스 브랜드 제품으로, 누나 시시도 좋아했지만 아프리카인의 모발에 충분한 정도의 유분이 함유되어 있지 않아서 쓸 수 없는 샴푸였다. 시시는 그런 점과 긴 금발의 백인 여자가 분홍색 꽃과 녹색 이파리에 둘러싸여 있는 상표에 대해 불평을 늘어놓았다. 그러면서도 시시는 어쨌든 냄새만이라도 맡겠다며 한 병을 샀다.

　하지만 오의 뒤에 서 있는 이 소녀의 아름다움은 육체적인 것만은 아니었다. 오가 보기에 그녀는 대부분의 아이들이 갖지 못했거나 깊은 곳에 숨겨 둔 내면의 무언가로 빛나는 듯했다. 영혼. 그 누구도 그 애를 싫어할 수 없을 것 같았고, 그건 이 세상에서 드문 면이었다. 그 애는 상황을 더 좋게 바꾸려고 그 자리에 있었다. 그리고 벌써 오에게 유리하게 상황을 바꾸고 있었다. 말을 걸어 주고, 같이 웃어 주고, 오를 맡아 주고. 다른 학생들이 쳐다보며 놀리고 있대도 중요하지 않았다. 오는 디에게만 시선을 고정하고, 나머지 아이들은 무시했다.

새로이 배정된 교실로 향할 때, 오세이는 그 애에게 자기를 괴롭히는 사소한 문제를 해결하도록 도와달라고 부탁해도 된다는 걸 알았다. 모두가 백인인 학교에서, 자기만이 유일하게 백인이라는 거대하고 고칠 수 없는 문제와는 정반대인 사소하고 구체적인 문제였다. "저기, 너 필통 있어?" 오가 물었다.

디는 어리둥절한 표정을 지었다. "응, 내 책상에. 왜? 너 없어?"

"있긴 한데……." 오는 밧줄을 겨드랑이에 끼우고 책가방을 열었다. 다행히 눈에 띄지 않는 진녹색 가방은 세 학교를 거치면서도 큰 관심을 모으지 않고 버텨 왔다. 그러나 오가 남들이 보지 못하게 끄트머리만 살짝 끄집어내서 디에게만 보여 준 필통은 사정이 달랐다. 분홍색 플라스틱 직사각형 필통에는 거대한 점자처럼 매끄러운 표면에 볼록 튀어나온 빨간 딸기들이 박혀 있었다. 오는 자기 필통을 찾을 수가 없었다. 최근에 이사한 뒤로 아직 풀지 않은 짐 상자 속에 묻혀 있는 모양이었다. 그런데 엄마는 오가 딸기 필통이라도 가져가야 한다고 우겼다. 원래는 시시 것이었지만, 시시도 이제 그런 물건을 쓸 나이는 지나 버렸다. 오가 엄마에게 어째서 남자애가 분홍색 딸기 필통을 쓸 거라고 생각하느냐고 물어보자, 엄마는 눈을 깜박이며 대답했다. "오세이, 학생은 연필 넣을 필통이 필요한 거야. 엄마는 우리 아들을 연필도 없이 학교에 보내진 않는다."

오는 엄마와 말다툼할 수 없었고, 엄마가 자기 책가방에 직접 필통을 넣는 걸 말릴 수도 없었다. 엄마는 오가 절대 쓰지 않을 손수건, 필요한지도 모르는 샌드위치, 학교에서 과연 마시게 해 줄까 의심스러운 코카콜라까지 함께 넣었다. 가방에는 쓸모 있는 것이라고는 하나도 없었지만, 오는 그걸 어깨에 둘러메고 학교에 갔다. 속으로는 필통을 어딘가 숨겨 놓고 싶었지만 그럴 수도 없었다. 엄마가 학교 문 앞까지 동행했고, 오가 혼자 가겠다고 아무리 애원해도 굽히지 않았기 때문이다. 운동장까지 같이 들어오진 않았지만, 엄마는 울타리 옆에 머무르며 오가 안으로 들어갈 때까지 지켜보았다. 어떤 부모님도 그러지는 않았다. 6학년에서는.

딸기 필통을 보자 디의 눈이 휘둥그레졌다. 디는 남들 앞에서 그걸 굳이 꺼내 들어 오를 망신 주는 짓은 하지 않았다. 대신에 손을 뻗어 그 딸기를 만져 보았다. 손가락으로 오돌토돌한 표면을 쓸고 윤곽을 따라 그렸다. 누나 시시가 식탁에서 숙제를 할 때면 멍하니 딸기를 손으로 만지작거렸던 것처럼. 누나가 방으로 숙제를 가지고 가서 라디오를 켜 놓고 문을 닫기 전의 이야기였다. 이제 오세이는 누나가 숙제를 어디서 하는지도 확실히 알지 못했다. 아니, 애초에 숙제를 하기는 하는지도.

"우리 누나 거였어. 하지만 이제는 안 써. 누나는 고등학교에 다니거든. 10학년이야. 고등학생들은 필통을 안 쓰잖아. 내 필통을 못 찾아서 누나 걸 들고 온 거야." 오는 설명했다.

오는 누나를 생각하며 침묵에 잠겼다. 어렸을 때 시시는 항상 동생의 뒤를 받쳐 주었다. 같은 학교에 다닐 때는 지켜 주고, 반 친구들이 자기를 어떻게 대하는지 불평하면 들어 주고, 나이가 들면 더 편해질 거라고 안심시켜 주었다. 남매는 서로 말을 맞추면서 부모님에게는 얘기하지 말자고 암묵적으로 합의했었다. 책가방을 도둑맞고, 셔츠에 잉크가 잔뜩 튀어도, 입술이 터져 피가 나도 거짓말로 덮었다. 한번은 여러 가닥으로 땋은 시시의 머리카락 끄트머리 한 줌이 잘려 나간 적도 있었다. (오세이가 그 잘못을 뒤집어쓰고 아버지에게 엉덩이를 맞았다. 그래도 오세이는 불평하지 않았다.)

하지만 시시가 중학교에 진학하고 둘이 다른 학교에 다니게 되자, 시시는 동생과 부모님과 멀어지기 시작했다. 학교를 마치면 동생과 어울리는 대신 자기 방에 틀어박혀서 전화를 몇 시간씩 붙들고 종일 어울려 다닌 친구들과 또 실없는 대화를 했다. 그 대화가 실없다는 걸 알게 된 것은 오가 가끔 다른 방에 연결된 전화를 들고 엿들었기 때문이었다. 오는 텔레비전 프로그램이나 누나 학교의 애들, 반한 남자애들, 사고 싶은 옷에 대한 이야기를 질릴 때까지 들었다. 저녁 식탁에서 시시는 부모님에게 대들거나 퉁명스럽게 입을 다물고 있을 뿐이었다. 아버지 주위에서는 그편이 더 안전한 선택이었다.

시시는 십 대 소녀들 전문인 오만한 거리를 두고 오세이를 대했다. 마음 아픈 일이었다. 오세이는 이제 누나에게 학교에서 일어난 일을 말하지 않았고, 로마에서는 찢어진 셔츠를, 뉴욕에서는 발에 걸려 깨진 무릎을 아무에게도 말하지 않고 혼자 간직했다. 좋은 일도 나누지 않았다. 축구 경기에서 몇 골이나 막은 얘기도, 그에게 어떤 소녀가 말을 건 얘기도, 『프리스비 부인과 국립보건원의 쥐들』을 읽고 쓴 독후감을 어떤 선생님이 갑작스레 칭찬한 얘기도 하지 않았다. 오는 누나가 더는 관심 없다는 것을 파악했다. 누나는 『이집트 게임』이나 『버드나무에 부는 바람』 『시간의 주름』을 읽지 않았다.⁺ 그 대신 『가서 앨리스에게 물어 봐』⁺⁺와 같은 십 대용 책이나 흑인들에 관한 책을 읽었다. 랠프 엘리슨의 『보이지 않는 인간』, 치누아 아체베의 『모든 것이 산산이 부서지다』, 마야 안젤루의 『새장에 갇힌 새가 왜 노래하는지 나는 아네』 같은 책들.

어머니는 시시의 변화에 대해 낙관적이었다. "오세이, 네 누나는 성장하고 있는 거야." 어머니는 아들을 다독였다. "누나는 이제 동생을 달고 다니고 싶어 하지 않는 거지. 그래도 여전히 네 누나가 너를 사랑한다는 거 알지? 시시가 나이를 먹으면 사랑을 표현하는 게 좀 더 편해지겠지. 네가 누나를 참아 주면 언젠가 돌아올 거야."

뉴욕에서 보낸 두 번째 해에 열다섯이 된 시시는 한층 더 소원한 사람으로 변해 버렸고, 이제 오는 그 사람이 자기 누나라는 사

⁺ 『이집트 게임』『버드나무에 부는 바람』『시간의 주름』은 모두 아동용 소설이다.
⁺⁺ 마약중독에 빠진 십 대 소녀를 그린 소설로 당시에는 저자의 정체에 대한 논란이 있었다.

실을 애써 기억해 내야 할 정도가 되었다. 먼저, 시시는 학교에서 사귀었던 백인 친구들을 하나둘 버렸고 결국 친구는 하나도 남지 않게 되었다. 시시가 다니던 학교에는 백인뿐이었기 때문이다. 그런 후에는 어딘가에서 만난 흑인 아이들과 어울려 다니며 속어가 흩뿌려진 미국 말투를 받아들였다. "당근이지Solid" 같은 말을 쓰기 시작했다. 남을 모욕하고 싶을 땐 "네 엄마your mama"라고 했다. 부모님 앞에서는 아니었지만 백인들을 언급할 때 "흰둥이honkies"라는 말을 쓰는 날이 오자, 오세이는 남매의 길이 진정으로 갈라졌다는 사실을 알았다.

이 성난 흑인 소녀 연기는 불과 한두 달 계속되다가 좀 더 복잡한 무언가로 이어졌고, 그것도 오세이에게 당혹스럽기는 매한가지였다. 미국 속어는 버리고, 시시와 오세이가 어릴 적 쓰던 노래하는 가나 억양으로 올라섰다. 시시는 켄테 천으로 만든 환한 색깔의 튜닉을 입기 시작했고, 어머니는 기뻐했다. 하지만 시시가 아프로가 될 만큼 머리를 오래 길러 그 무게 때문에 휘어질 정도가 되자 코코테 부인은 못마땅해했다. 꾸지람을 들을 때면, 시시는 웃으면서 한 팔을 어머니에게 둘렀다. "하지만 **어엄마**, 하느님이 아프리카 머리카락으로 만들어 주신 대로 내가 머리카락을 자연스럽게 기르면 좋아해야 하는 거 아니야?"

시시는 이제 방과 후와 주말에 외출하는 일이 더 잦아졌다. 오세이가 누나의 방문 밖에서 엿들은 바에 따르면, 누나는 누구와 어디에 가는지 부모님께 거짓말을 하고 있었다. 어느 날 몰래 누나를 따라 센트럴파크까지 가 보았더니 누나는 오세이가 잘 모르는 다른 십 대 무리와 함께 앉아 있었다. 모두 시시와 유사하게 다시키나 켄테 천으로 만든 웃옷을 입었고 머리는 아프로 스타일로 길렀다. 멀리서는 그들이 무슨 얘기를 하는지 들을 수 없었지만, 그 전에 엿들은 전화 통화로 추측할 수 있었다. 그들은 미국인이지만, 와쿠나, 말라이카, 아샨티 같은 네오아프리카 계열 이름이었고, 대화마다 맬컴 엑스나 마커스 가비,⁺ 블랙 팬서,⁺⁺ 블랙 파워나 "검은 것이 아름답다" 같은 구호들을 흩뿌렸다. 오세이가 좀처럼 이해할 수 없었던 "백인 우월주의"나 "범아프리카주의", "내면화된 인종차별" 같은 용어도 썼다. 오세이는 누가 오갈 때마다 시시가 블랙 파워 운동의 경례 방식대로 주먹을 쳐드는 것을 보았다. 오세이는 누나가 방에 붙여 놓은 포스터에서 그 손동작을 본 적 있었다. 1968년 멕시코 올림픽에 출전했던 육상 선수 토미 스미스와 존 카를로스가 한쪽 주먹을 높이 쳐든 모습. 오세이의 마음은 불편해졌다. 누나는 열다섯 살이었다. 급진주의자가 되기엔 너무 어리지 않은가? 오세이는 어린 시절 둘이 함께했던 때의 편안함이 그리웠다. 같이 카드놀이를 하거나 〈솔 트레인〉에 나오는 춤을 배우려 했던 때. 십 대다운 뚱한 침묵조차 그리웠다. 억압하는 자들이나 억압받는 자들에 대해 누나가 하는 이야기를 듣고 싶지 않았다.

⁺ 20세기 초 아프리카 복귀 운동을 주도한 흑인 지도자.
⁺⁺ 강경 투쟁을 주장한, 급진적인 흑인 운동 단체.

오는 그날 들키지 않고 센트럴파크에서 슬금슬금 물러났다. 그 후에도 시시에게 아무 말 하지 않았다. 부모님에게도 당신들의 딸이 무얼 하고 다니는지 말하지 않았다. 다행히도 코코테 부부는 시시의 새로운 활동에 대해 아무것도 알지 못했다.

반면, 오는 워싱턴을 떠나기 직전에 어머니가 머리카락을 잘라 주어 커다란 아프로 머리를 잃고 말았다. 오는 아프로 머리를 자랑스럽게 여겨서 어디를 가든 뒷주머니에 피크를 넣어 다니며 덤불 같은 머리를 가지런하고 단정하게 빗었다. 오세이는 어지간해서는 부모님과 싸우는 법이 없었으나, 머리카락을 자르겠다는 말에 심한 말다툼을 벌였다. "왜 잘라야 해요?" 오세이는 연신 물었다.

"이 집안에서는 머리카락을 지나치게 강조해. 산뜻하게 시작하는 게 더 좋잖니." 어머니는 에둘러 우겼다.

오가 계속 불평하자 아버지가 끼어들었다. "아들, 시키는 대로 하고 네 엄마 결정에 토 달지 마라. 엄마가 뭘 하자고 하면 잘 알아서 그러는 거니까."

그게 말다툼과 아프로 머리의 끝이었다. "미안, 동생아." 시시는 머리를 자른 동생의 모습을 보고 말했다. 누나는 키들거렸다. "너 꼭 털 밀어 버린 양 같다!"

오세이는 누나의 아프로는 여전히 멀쩡하다는 것을 깨달았다.

이제 오세이가 디를 따라 교실로 들어가자, 새 담임선생님은 다른 학생의 자리를 옮겨서 디와 오세이가 같은 모둠에 앉을 수 있게 해 주었다. 한 모둠은 네 명으로, 서로 마주 보고 앉아 직사각형을 이루었다. 여느 때와는 다른 결정이었는지, 오는 교실에 물결처럼 퍼져 가는 수군거림을 들을 수 있었다. 마침내 선생님이 헛기침을 하자 모두 조용해졌다.

"연필이랑 펜, 자와 지우개는 있니?" 선생님은 전학생에게 물었다.

오세이는 딸기 필통을 꺼내고 싶지 않아서 그대로 얼어붙었다. 그다음에 어떤 놀림을 받을지 눈에 훤했기 때문이었지만, 그러면 어떻게 해야 하는지도 확실히 알지 못했다. 하지만 디는 알았다. 디는 자기 서랍 속에 손을 넣어 필통을 꺼낸 다음 슬쩍 무릎에 떨어뜨린 뒤 아무도 보지 않을 때 오의 무릎으로 밀어 주었다.

"네……."

"브라반트 선생님." 디가 속삭였다.

"브라반트 선생님." 오는 필통을 들었다. 필통은 하얀색, 오세이라면 고르지 않을 색깔이었지만 적어도 분홍색은 아니었다. 그 위에는 찰리 브라운 만화에 나오는 개 스누피가 빨간 개집 위에 구부정하게 앉아 타자기를 치는 그림이 찍혀 있었다. 스누피는 괜찮았다. 오는 불쌍한 찰리 브라운이나 남을 휘두르는 루시보다는 스누피 쪽이 좋았다. 합리적인 라이너스나 피아노를 치는 슈뢰더도 받아들일 만했다. 하지만 스누피에게는 그 누구보다도 유리한 점이 하나 있었다. 하얀 피부가 아니라, 검정과 흰색의 털을 가졌다는 것.

교실 건너편에서는 여자애—예쁘지만 옷에 너무 신경을 써서 미워진 애—하나가 대놓고 숨을 헉 들이마셨다. 디의 필통임을 알아본 게 분명했다.

하지만 브라반트 선생님은 모든 학생의 필통을 아는 그런 유의 선생님은 아니었다. 그는 그저 고개를 끄덕이더니 출석을 부르기 시작했다. 디의 성은 베네데티였다. 오의 생각이 맞았다. 이탈리아계. 다른 애들의 경우 쿠퍼, 브라운, 스미스, 테일러처럼 평범한 미국 성이 많았다. 하지만 이민자 이름도 꽤 있었다. 페르난데스, 코레프스키, 한센, 오코너. 이렇게 이름들이 아무리 다방면에 걸쳐 있다고 해도, 그의 이름, 브라반트 선생님이 출석부 맨 아래에 썼던 오세이 코코테는 여전히 튀었다.

선생님이 등을 돌린 사이에 오는 스누피 필통을 도로 건넸다. 그런 후에 딸기 필통의 내용물을 다 꺼냈다. "너 가져." 오는 소곤거리며 필통을 디의 무릎 위에 놓았다.

"어어." 디는 숨을 들이마셨다. "정말 그래도 되겠어?"

"응."

"고마워!" 디는 미소를 띠고 자기 연필을 딸기 필통에 옮겨 담았다. 그러더니 빈 스누피를 오에게 내밀었다. "바꾸자."

"그럴 필요 없어." 오는 속삭였다.

"내가 그러고 싶어서 그래. 그게 좋아." 디는 오의 누나가 썼던 필통을 꼭 쥔 채로 자기 필통을 계속 내밀었다. "네가 내 거 가졌으면 좋겠어."

　오는 스누피 필통을 받았다. 디의 건너편에 앉은 여자애―쥐색 생머리에 이마 위로는 조심해서 자른 앞머리를 내리고 격자무늬 멜빵 치마를 입은 소녀―는 두 사람의 교환 과정을 빤히 쳐다보면서도 못마땅한 기색을 숨기지 못했다. 오가 눈을 크게 뜨고 그 애를 보자, 여자애는 시선을 떨구고 얼굴을 붉혔다.

　"쟤는 패티야." 디가 말했다. "그리고 덩컨." 디는 오의 건너편에 앉은 덩치 좋은 애 쪽으로 고개를 끄덕였다. 그 애는 교실에 있는 다른 모둠의 친구들에게서 시선을 받고 웃지 않으려 애쓰고 있었다. 오는 그 남자애에게 시선을 고정했고, 마침내 두 사람의 눈이 마주치자 덩컨의 얼굴에선 미소가 사라졌다.

　오는 자기 물건을 디의 필통에 넣었다. 그래도 지금 물건을 교환하면서 누나의 물건을 줘 버렸다는 데 약간은 후회를 느꼈다. 딸기 필통은 그들과 함께 여러 곳을 다녔고, 시시가 숙제를 할 때마다 부엌 테이블 위에서 익숙한 광경을 이루었다. 여름방학 때는 가나까지도 가져갔고, 같이 놀던 요리사의 딸들이 탐내기도 했다. 사실 이 필통은 그 애들에게 돌아가야 했지만, 이제는 그애들도 그런 물건을 좋아하기에는 나이가 들었을 것이다. 그럼에도 여전히 가족 역사의 한 조각을 잃어버리는 느낌이 들었다.

　이제 디는 시시가 그랬듯이 손가락으로 딸기를 하나하나 쓸어보고 있었다. 오는 그 애의 그런 행동이 마음에 들었다. 그리고 정다운 표정으로 그를 향해 미소를 짓자, 처음 그 애를 보았을 때 느꼈던 불꽃이 다시 일었다.

제2부
오전 휴식 시간

오와 디가 나무속에 앉아
키스했대요
처음엔 사랑이더니, 다음엔 결혼이래요
그러다가 디가 유모차를 밀고 온대요!

블랑카는 쉬는 시간에 운동장으로 나가면서 미미를 향해 직진했다. 미미의 머리는 그날 아침 로우드 선생님이 알려 준 엑스축과 와이축으로 어질어질했다. "엄밀히 말하자면 8학년이 되어야 기하학을 배웁니다." 선생님은 공표했다. "하지만 7학년 수학에도 기하학의 요소가 약간 포함되어 있고, 선생님은 우리 학교를 나온 학생들이 미래에 그 과목을 배울 때 멍한 얼굴로 앉아 있는 건 싫답니다. 게다가 브라반트 선생님 반은 벌써 등식을 배우기 시작했다니까요. 우리 학생들도 뒤처지긴 싫겠지요."

로우드 선생은 좀 더 경험 많은 교사들과 패티나 캐스퍼, 디처럼 영리한 학생들이 있는 다른 6학년 반이 자기네 반보다 더 잘한다는 인식에 민감했다. 하지만 미미는 브라반트 선생님 반에 패티가 아무리 많다 한들, 블랑카도 있다는 말을 하고 싶었다. 몸에 딱 붙는 탑을 입고 '나우앤드레이터'제 빨간 립스틱으로 얼룩진 입술로 수업 시간에 몰래 사탕을 빠는 블랑카. 합성 체리 향이 풍기는 숨을 내뿜으며 블랑카는 미미를 붙잡고 외쳤다. "디가 자기 필통을 전학생한테 줬어! 그 남자애가 갖고 있는 걸 봤어!"

"뭐, 스누피를?" 다른 많은 여자애들처럼 미미도 친구들의 옷장과 소지품을 물건 하나하나 꿰고 있었다. 특히 자기가 탐내던 것들이라면. 블랑카의 물방울무늬 플라멩코 구두, 디의 부엉이 목걸이, 그 애 언니의 반짝이는 빨간 레인코트. 미미는 누가 파트리지 가족◆ 도시락통을 갖고 있는지, 끄트머리에 작은 트롤 지우개가 달린 연필이나 스마일 얼굴 핀을 갖고 있는지 알았다. 물론, 디의 필통이 어떻게 생겼는지도 알았다. 미미의 필통은 옛날에 입던 청바지로 만든 것이고, 바깥쪽 주머니에는 위급 상황을 대비해서 윈터그린 맛 라이프세이버 민트를 넣어 두었다는 사실을 디가 알고 있듯이.

"믿을 수가 없었다니까!" 블랑카는 두 사람이 친한 친구라도 되는 양 미미의 어깨에 한 팔을 올렸다. 그녀는 언제나 다른 소녀들의 기분은 아랑곳하지 않고 친한 척했다.

미미는 블랑카의 팔 아래에서 슬쩍 빠져나왔다. "그러면 디는 필통 대신에 뭘 쓴대?"

블랑카는 어깨를 으쓱했다. "난들 아니. 게다가 걔네 나란히 앉

◆ 1970년대의 미국 뮤지컬 시트콤.

아 가지고 내내 얘기했다니까. 책상 아래에서 손도 잡았을 게 뻔
해."

"너 줄넘기 가져왔어?"

"디가 가져올 거야. 배 위에서 기다리자."

나무로 된 해적선에는 꿈틀꿈틀 통과할 수 있는 선실과 거친
바람을 뚫고 항해하는 기분을 낼 수 있게 살짝 기울어진 갑판이
있었다. 높은 돛대도 있고 그 꼭대기에 망루도 있어서 삭구나 밧
줄 사다리를 타고 올라갈 수 있었다. 배는 25년 동안 학교 교장
으로 있다가 몇 년 전 은퇴한 헌터 선생님을 기념해서 지어진 것
이었다. 여자애들은 기울어진 갑판 위에 한 줄로 누워서 다리를
선실 위에 올려놓고 누가 풍선껌을 제일 크게 불 수 있나 시합하
기를 좋아했다. 교실에서는 껌을 씹는 게 금지돼 있었기 때문에,
아이들은 분홍과 빨강, 보라색 빅버디 풍선껌을 입에 잔뜩 쑤셔
넣은 채 기다렸다가 배로 뛰어갔다. 미미는 그럴 수 없었다. 껌이
교정기에 붙기 때문이었다.

4학년 남자애 두 명이 밧줄을 타고 올라왔다가 미미와 블랑카
를 보고 뛰어내렸다. 미미는 갑판 위에 앉으며 한숨지었다. "내년
에는 우리가 운동장에서 막내겠다." 미미는 눈을 감으며 태양을
향해 얼굴을 돌렸다. "중학생 운동장에는 놀 거리 자체가 없어.
그네도 없고, 미끄럼틀도 배도 없잖아. 줄넘기도 안 할걸."

"맞아. 하지만 난 준비가 됐지." 블랑카는 껌을 딱딱 씹으며 긴
맨다리로 갑판을 동동 두드렸다. "이 학교 지겨워. 새 친구들 만

나고 싶다.”

미미는 여전히 눈을 감은 채로 미소 지었다. “새 남자애들을 말하는 거겠지.”

“새 남자애를 만난 건 디고. 나라면 그런 애를 원할까 모르겠네.” 블랑카는 자기가 그러기로 마음만 먹으면 그 애를 가질 수 있다는 듯한 투로 말했다.

“왜 안 돼? 넌 걔가 어떤 애인지도 모르잖아.”

“알아, 하지만……. 그러면 이상할 거야.”

미미는 눈을 뜨고 블랑카를 보았다. “뭐가 이상한데?” 블랑카가 불편하게 꼼지락대는 걸 보는 건 재미있었다.

“뭐, 있잖아. 걔 머리카락을 만지면 어떻겠어? 그러니까…… 기름지거나 뭐 그러지 않을까?”

미미는 어깨를 으쓱했다. “그게 중요해? 너 캐스퍼 머리카락 만져?” 블랑카는 1년 내내 캐스퍼랑 사귀었다가 헤어지기를 반복했다. 미미는 두 사람이 지금 사귀는지 헤어졌는지도 알지 못했다. 보통은 캐스퍼가 블랑카의 관심을 얼마나 언짢아하느냐에 달려 있었다. 하지만 두 사람이 사귈 때는, 보통 사귀려고 노력하는 어떤 다른 “커플들”보다도 더 진지해 보였다. 그 애들은 확실히 미미와 이언보다는 더 진짜같이 보였다.

“그래도 역시 괴상할 게 뻔해.” 블랑카는 분홍 풍선을 불었고, 풍선은 그 애의 두툼한 입술 위에서 터졌다.

“어쩌면 걔가 널 괴상하다고 생각할지도.”

"난 괴상하지 않아! 괴상한 건 **너**잖아!"

말다툼은 더 크게 번질 수도 있었지만, 그 순간 디가 끼어드는 바람에 두 소녀는 디에게로 관심을 돌렸다. "줄 어딨어?" 블랑카가 따졌다.

"아, 잊어버렸네." 디는 방금까지도 자다가 온 사람처럼 멍해 보였다.

블랑카는 웃음을 터뜨렸다. "네가 잊어버리는 때도 다 있고! 누가 **사아아아아랑**에 빠진 거 아닐까?"

미미는 매끈한 포장도로가 깔린 줄넘기 구역을 힐끔 돌아보았다. 한 줄 줄넘기를 하는 애들이 두 팀 있었고, 두 줄 줄넘기를 하는 애들까지 끼어 들어가서 벌써 만원이었다. 두 팀은 5학년이어서 원하면 쫓아낼 수 있었다. 하지만 디는 그들 옆에 자리를 잡았고, 디든 블랑카든 딱히 안에 들어가서 줄을 가지고 올 것 같진 않았다. "늦어서 미안." 디는 말했다. "오세이에게 남자 화장실이 어딘지 알려 주느라고."

"오세이?" 미미가 되풀이했다.

"전학생. 자기를 오라고 불러도 된다고 했어. 오늘 아침 내내 그 애 챙겨 주느라고. 하지만 그 애는 별로 그럴 필요가 없어. 새 학교에 익숙하대. 지난 6년 동안 학교를 세 군데나 다녔다더라."

"어떤 애야?"

"진짜 착해. 진짜로. 그리고 똑똑해. 그건 그렇고, 가나에서 왔대. 처음에는 나도 틀렸지 뭐야. 너 걔 억양 들어 봤어? 정말 귀여워. 그 애가 말하는 걸 온종일 들으래도 들을 수 있을 것 같아."

완전히 빠졌네, 미미는 생각했다. "워싱턴에는 왜 왔대?"

"걔네 아버지가 외교관인데 시내의 대사관에 발령받았대."

"하지만 왜 지금? 학년도 한 달이면 끝날 텐데. 어차피 9월에 새 학교에서 다시 시작할 거면, 이렇게 짧은 시간 동안 전학생 노릇을 하며 고생할 필요가 있을까."

"그 애 말로는 부모님이 여기, 더 작은 학교에서 친구를 사귀어야 한다고 생각하셨대. 몇 주 동안만이라도. 그래야 중학교에 올라갈 때 몇 명이라도 아는 사람이 있을 테니까."

"황당한 소리다." 블랑카가 끼어들었다. "전학생이 두 번 되고 싶은 애가 어디 있겠어?" 하지만 블랑카는 캐스퍼를 쳐다보느라 벌써 흥미를 잃은 상태였다. 소년은 커다랗고 빨간 고무공을 들고 배 옆을 지나갔다. "캐스퍼, 너도 여기 낄래?"

캐스퍼는 그들을 보고 미소를 지었다. 편안한 미소가 어깨까지 내려오는 곱슬머리 금발과 푸른 눈과 결합하자, 캐스퍼는 운동장에서 제일 잘생긴 소년이 되었다. "안 돼. 우리 발야구 할 거거든. 나중에 보자."

"너희 팀이 이겼으면 좋겠다!"

미미는 참으로 멍청하게 들리는 블랑카의 말투에 같이 눈알을 굴리자는 뜻으로 디를 쳐다보았다. 하지만 디는 입구에 시선을 고정하고 있었다. "오세이가 길을 잃어버리지 않아야 할 텐데. 그러면 너무 늦어서 발야구 못 할 거야."

미미는 얼굴을 찡그렸다. 디가 하는 모든 행동, 모든 말은 이제 전학생 남자애와 관련되어 있었다. 디는 기회가 있을 때마다 그 애 얘기를 꺼냈고, 그 애 이름을 큰 소리로 말하고 싶어 했고, 주변 모든 이들이 아무것도 알아차리지 못하는 사이 거기에 담긴 특별한 의미를 음미했다. 이 또한 달콤함의 일부였다. 그건 비밀이었으니까. 미미조차도 잠깐 거기 빠져들었던 적이 있었다. 깃대에서 이언과 함께했던 그 순간 직후 평소보다 더 많이 그 애의 이름을 말하면서.

이제 오가 왔다. 마치 슬로모션처럼 배 옆을 지나가며, 운동장에 여자애라고는 디밖에 없는 듯 이쪽을 보며 미소를 지었다. 미미는 아름답지만 높은 담이 둘러쳐진 정원의 바깥쪽에 서 있는 양 강한 소외감을 느꼈다. 고양이처럼 으르렁대고 싶은 기분이었다. **저 애한테 잘해 줘야 해,** 미미는 자기 자신을 꾸짖었다. **디는 내 친구잖아. 이제 디가 내내 쟤랑만 다닌다고 해도.**

미미는 운동장 구석, 이언과 캐스퍼 주위에 벌 떼처럼 모인 남자애들을 쳐다보았다. 발야구는 남자애들과 여자애들이 함께 할 수 있는 몇 안 되는 게임이었지만, 아무도 묻지 않는 불문율이 있었다. 오전 휴식 시간에는 오직 남자들만 게임을 했다. 오후에는 여자애들도 할 수 있었다.

"이언이 오를 자기 팀으로 데려갈 게 뻔해." 미미가 불쑥 말했다. 하지만 지금은 이언의 이름을 말해도 기분이 밝아지진 않았다. 디가 전학생 이름을 말할 때는 그렇지만. 미미와 이언이 사귄지는 고작 사흘째였지만, 미미는 벌써 자기가 그만두어야 한다는 것을 알았다. 학교 끝날 때 이언을 차 버린다는 계획을 생각하기만 해도 속이 쓰렸다. 이언은 하찮게 취급했다가는 절대 잊지 않고 복수할 기회만 노릴 남자애였다. 설령 몇 년이 걸리더라도. 미미는 이제 이언과 헤어질 수 있을지조차 자신이 없었다. 이언이 자기에게 질릴 때까지 기다려야 할지도 몰랐다. 그게 얼마나 오래 걸릴지는 알 수 없었다.

이언과 사귀어서 좋은 일은 딱 하나 있었다. 미미는 여전히 밧줄 끝을 잡고 깃대 주위를 날던 감각을 곱씹고는 했다. 이언에게 이젠 어떤 감정이든, 적어도 이언은 미미에게 자유의 순간을 주었다.

"아니면 캐스퍼가 오세이를 자기 팀으로 데려갈지도." 디가 말했다.

"여기 앉아서 남자애들이 게임하는 걸 가만히 보고 있을 거야?" 블랑카가 불평했다. "지겨워 죽겠어! 차라리 두 줄 줄넘기 하는 걸 구경하겠다." 블랑카는 배에서 폴짝 뛰어내리더니 줄넘기 구역으로 향했다. 블랑카는 어디든 슬쩍 잘 기어들어 가는 재주가 있었다. 결국에는 자기 차례를 잡을 터였다. 미미는 마음이 흔들려서 눈으로 블랑카의 뒤를 좇았다.

"오의 두상 정말로 아름답지 않니?" 디가 자신 있게 말했다. "그리고 눈은……. 걔가 보면, 정말로 바라본다는 느낌이 드는 거 알아?"

"난 몰랐는데." 사실 미미도 알았다. "블랑카 말로는 네가 그 애한테 스누피 주었다던데."

"응, 서로 바꿨어. 걔는 나한테 딸기가 박힌 분홍 필통을 주었거든. 정말 예뻐, 너도 좋아할 거야. 얼마나 마음이 넓은지 몰라."

미미는 둘이 필통을 바꾼 거라면 그 애도 뭔가 받았을 테니 딱히 마음이 넓다고 할 건 아니지 않느냐고 지적해 볼까 생각했지만, 마음을 고쳐먹었다. 미미는 일어서려 했다. 디가 그 남자애에 대해 하는 얘기를 듣는 것보다는 두 줄 줄넘기를 보는 편이 확실히 더 나을 것 같았다.

"가지 마." 디가 한 손을 미미의 팔에 얹었다. "난 정말로 너도 오를 좋아하게 될 거라고 생각해. 오늘 아침 지리 수업을 하는데, 세계 지도에 수도 이름 쓰기 활동을 오랑 하게 됐거든. 그런데 정말 빨리 하는 거야. 게다가 다 맞혔고. 너 그 애가 로마에 살았다는 거 알아? 그리고 런던에도 살았대. 가나의 아크라에도 살았고, 지금은 여기. 네 나라의 수도에 살았던 거야! 게다가 뉴욕까지."

"걔 이탈리아어 할 줄 알아?" 미미는 자기도 모르게 흥미가 동했다.

"물어보진 않았는데, 네가 궁금하면 물어볼게. 그 애가 여기 와서 정말 기뻐. 이전에 본 어떤 남자애들보다도 그 애가 더 좋아."

"디, 걔는 흑인이야." 마음이 언짢았던 나머지 미미의 말은 의도한 것보다도 더 퉁명스럽게 나왔지만, 미미는 친구를 흔들고 싶었다. 그리고 약간은 벌주고도 싶었다. 남자애 때문에 자기를 버렸으니까.

디는 콧방귀를 뀌었다. "그래서?"

"그래서…… 그게 너한테는 안 중요해?"

"왜 중요해야 하는데?"

"그 애가 우리랑 다르니까. 그 애는 튀잖아." 미미는 자기가 왜 그 말을 하고 있는지도 몰랐다. 심지어 자기가 그렇게 믿고 있는지도 자신할 수 없었다. 또 자기 말이 몇 분 전의 블랑카처럼 들린다는 것도 알았다. 하지만 미미는 버텼다. 자기 감으로는 앞으로 일어날 일이 훤한데, 친구에게 경고해 주고 싶었다. "사람들이 너를 놀릴 거야. 원숭이랑 다닌다고 말하겠지. 물론 **내가** 그런다는 게 아니라, 다른 사람들이 말이야."

디는 미미를 빤히 쳐다보았다. "지금 장난하니? 그 애에 대해 할 말이 그것밖에 없어? 그 애가 우리랑 너무 달라서 사귈 수 없다는 말을 하고 싶은 거야?"

"아니, 나는…… 내가 한 말 잊어버려. 나는 네 가장 친한 친구잖아. 그냥 네가 상처받지 않게 하려고 그랬던 거야. **걔가** 상처를 준다는 게 아니라……"

"그 애 이름은 오세이야, 미미. 왜 그 애를 이름으로 부르지 않아?"

"그래, **오세이**. 걔는 그럭저럭 괜찮아 보이더라. 하지만 너 걔랑 사귀면 곤란한 점이 한둘이 아닐걸. 그리고 너희 엄마가 뭐라고 하시겠어? 발작 일으키실걸?"

디는 어머니 얘기가 나오자 창백해졌지만, 곧 반항적인 태도로 이를 감췄다. "다른 사람이 뭐라고 생각하든 상관 안 해, 엄마라고 해도. 그리고 나는 그 애가 달라서 좋은 거야."

소년들은 이제 팀을 나눠 발야구를 하기 시작했다. 디는 외야로 나가 뒤쪽으로 향하는 오에게 눈길을 주었다. "너도 알잖아." 디는 덧붙였다. "네가 이언과 사귄다고 했을 때 나라고 할 말이 없었던 건 아냐, 하지만 안 했거든."

나는 무슨 말을 들어도 쌌어, 미미는 생각했다. "미안해." 미미는 사과했다. "나는 그냥 도와주려고 했던 거야. 화내지 마."

"나 화 안 내. 낼 수도 있었지만. 네가 한 말은 몹시 불쾌할 수 있었어. 오세이뿐만 아니라 내게도. 하지만 네가 진심이 아니었다는 거 알아. 걱정 마. 내 일은 내가 알아서 할게." 짐짓 어른스러움을 내비치는 디의 말은 미미에게는 자신 없고 오만하게 들렸다. 하지만 미미는 친구가 화가 난 게 아니라는 사실에 그저 안도해서 고개를 끄덕이기만 했다. 디는 지금 그 애한테 완전히 반한 상태라서 화를 낼 수 없었다.

이언이 첫 번째 타자에게 공을 굴리는 모습을 보려고 몸을 돌리면서 미미는 머릿속과 배 속에 쌓여 가는 긴장감을 느낄 수 있었다. 결국에는 터뜨려야만 할 것이었다.

오전 휴식 시간 종이 울리자 오세이는 안도했다. 교실은 안전하긴 했지만―자기 책상, 즉 자기가 있어야 할 자리가 있었고, 해야 할 일이 있었다. 그리고 무엇보다도 자기에게 관심을 쏟는 디가 있었다. 한 시간 반이 지나자 교실은 답답하게 짓눌렸고 오세이는 운동장에 어떤 위험이 도사리고 있건 그곳에 나가 신선한 공기를 쐴 준비가 되었다.

교실은 오세이가 이제껏 다녔던 다른 학교들과 비슷했다. 하지만 영국이나 이탈리아의 학교보다는 좀 더 진보적일 터였다. 벽마다 학생 작품이 걸려 있었다. 학생들이 미술 시간에 그린 자화상, 광합성, 판다, 호주, 마틴 루서 킹 주니어에 관한 포스터들, 창틀에는 돌맹이들이 있었다. 석영, 대리석, 화강암, 현무암. 아폴로 우주 계획으로 전면을 장식한 벽도 있었고, 한쪽 구석에는 쿠션과 빈백 의자를 잔뜩 비치해 숙제를 끝내면 갈 수 있는 독서 공간을 만들어 놓았다. 그곳 벽은 피스 사인이 있는 포스터와 비틀스의 〈옐로 서브마린〉 앨범 표지로 덮여 있었다. 디가 넌지시 알려 준 바에 따르면 그곳은 "열린 교실"이라는 사상에 심취했던 보조 교사가 꾸며 놓았지만, 브라반트 선생은 그 공간을 마음에 들어 하지 않았고 보조 교사를 히피 급진주의자라고 흉보았으며 학생들에게는 그 보조 교사가 있는 오후에만 그곳을 쓰도록 허락해 주었다고 했다.

브라반트 선생의 책상은 교실 앞에 놓여 있었는데, 그는 그 뒤에 차려 자세로 앉아 있었다. 그러면 모든 학생들도 마찬가지로 등을 펴고 똑바로 앉아 있을 수밖에 없었다. 선생은 양복을 입고 넥타이를 맸으며, 허튼짓을 그냥 넘기지 않을 것 같았다. 오세이는 그런 선생님들을 선호했다. 선생님이 엄격하면 자기 위치를 알 수 있었다. 오해가 일어나는 것은 선생님이 친구가 되려 할 때였다. 반면, 브라반트 선생의 냉정한 시선은 환영한다기보다 경계하는 것 같았다. 오가 처벌받을 수 있는 어떤 짓을 하길 기다리기라도 하는 눈빛. 오세이는 그런 훈련에는 익숙했다. 그는 자기 자신을 감시해야 할 것이다.

브라반트 선생이 필통에 대해 묻고, 오세이가 말없이 디와 필통을 바꾸었을 때, 선생은 "좋아, 일동" 하고 말했고, 모두 일어나서 미국 국기가 걸린 문 옆 모서리를 향했다. 학생들은 왼쪽 가슴에 오른손을 올려놓고 읊기 시작했다. "나는 미국 국기에 맹세합니다……." 디는 오세이를 슬쩍 쳐다보았지만, 그가 다른 아이들과 함께 맹세를 읊기 시작하자 눈에 띄게 마음을 놓는 눈치였다. 오는 슬며시 웃음을 짓고 싶었지만 맹세의 엄숙함을 깎아내릴까 봐 애써 참았다. 미국 이외의 나라에서 학교에 다닐 때는 그런 애국 행위를 할 필요가 전혀 없었다. 하지만 한 번, 아버지와 함께 런던의 로드 경기장에 크리켓 경기를 보러 갔다가 영국 국가를 불렀던 적은 있었다. 아무도 왜 국기에 대한 맹세를 외워야 하느냐고 묻지 않았다. 다만 뉴욕 학교에서 소수의 학생들이 "신 아래서 하나의 나라"라는 구절을 읊어야 한다면 무신론자로서 시민권을 침해당하는 것이 아니냐고 불평한 적은 있었다. 오세이는 그 토론이 이어지는 동안 침묵을 지켰다. 가뜩이나 부정적인 관심을 더 끌어올 필요까지는 없었으니까. 게다가 오가 무신론자라고 하고 다니면 어머니가 울어 버릴지도 몰랐다. 일단 그 말의 뜻을 알게 된 후에는 그런 감이 들었다. 오 본인은 신의 존재를 확신할 수 없었다. 교회 안에서 신의 존재는 합리적이었지만, 학교에서 다른 아이들에게 붙들려 얻어맞을 때는 신이 어디 있었을까 생각했다.

나중에 누나인 시시에게 무신론자들이 했다는 말을 들려주자, 시시는 툴툴거렸다. "걔들이 시민권에 대해 알고 싶으면 너한테 물어야지." 그 당시 누나는 아프리카인보다는 미국 흑인에 더 가깝게 말하려고 애쓰던 단계를 거치고 있었다. 어조가 더 높고, 문법은 더 느슨하고, 모음은 시간을 들여 발음했다. 오세이는 거기까지 누나를 따를 준비는 되어 있지 않았지만, 필요할 때는 미국인처럼 말할 수 있었다. 그들은 1학년을 가나에서 보냈고 여름방학 때마다 그곳에 갔기 때문에 부모님과는 다르게 수도꼭지처럼 억양을 틀었다가 잠갔다가 할 수 있었다. 가끔은 그게 편리했다.

오는 이 워싱턴 학교에서는 아프리카식 말투를 강조해야겠다고 벌써 정해 놓았다. 백인들은 아프리카인들에게는 위협을 덜 느끼는 듯했다. 물론 늘 그런 건 아니었다. 하지만 오는 미국 흑인에 대한 백인들의 두려움을 감지했다. 그 두려움을 이용할 방법을 발견한 사람들. 그게 그들이 가진 유일한 이점 같았다.

국기에 대한 맹세가 끝나자, 브라반트 선생은 디에게 빨강, 하양, 파랑이 섞여 있는 삼각형 천을 건넸고, 디는 다른 여자애와 재빨리 나가면서 먼저 속삭였다. "나 국기 걸러 가야 해. 곧 돌아올게." 오세이는 디가 한 말이 무슨 뜻인지 몰랐지만, 디가 없어진 순간 자기가 좀 더 훤히 드러난 느낌이 들었다. 주위에서 수군거림과 킬킬대는 웃음소리가 들렸지만, 오는 무시하려고 했다. 건너편에 앉은 패티는 앞머리 아래로 슬쩍 훔쳐보다가 오에게 들키자 얼굴을 붉혔다. 그 옆에 앉은 덩컨은 좀 더 노골적으로 쳐다보았다. 그 애는 오에 관한 재치 있는 농담을 하려다가 그만큼 똑똑하지 못해 실패하고서 자기도 그 사실을 알고 있는 것처럼 당혹스러운 표정을 짓고 있었다.

인정하고 싶지는 않았지만, 오는 디가 옆자리로 스르르 돌아와 앉자 안도감이 들었다.

브라반트 선생은 엄격했지만, 오전 내내 디가 낮은 목소리로 오에게 이런저런 설명을 해 주는 건 눈감아 주었다. 디는 확실히 선생님이 제일 편애하는 학생, 미국식 표현을 따르자면 선생님의 애완 학생이었다. 오는 한 번도 선생님의 애완 학생이었던 적이 없었다. 선생님들은 오를 어떻게 이해해야 할지 진정으로 알지 못했기 때문이다. 오는 그럭저럭 성실했다. 숙제는 빠짐없이 했고, 수업 시간에 집중했고, 말썽을 피우지도 않았다. 하지만 그렇다고 손을 자주 들지도 않았고, 딱히 흥미로운 이야기를 쓰지도 않았으며, 그림을 잘 그리거나 능력 이상의 책을 읽지도 않았다. 너무 자주 이사를 다닌 탓에 지식에는 구멍이 많았으며, 주기적으로 걸려 넘어졌다. 오는 확실히 B를 받는 학생이었다.

오는 자기가 버릇없이 굴거나 낙제를 하지도 않고, 그렇다고 인기 학생이 되지도 않아서 관심을 끌지 않기 때문에 선생님들이 안도하는 게 아닐까 생각했다. 분명히 어떤 선생님들은 일탈을 기대했다. 흑인 소년이 자기들을 힘들게 할까 봐 약간 불안해하는 선생님도 있었겠지만, 혼내 줄 수 있도록 오가 나쁜 짓을 저지르기를 바라는 사람들도 있었다. 가끔, 선생님들은 오가 수학 퀴즈에서 100점을 맞거나 청동이 주석과 구리의 합금이라는 사실이나 베를린을 둘로 가르는 벽이 있다는 사실을 알고 있으면 허를 찔린 듯 놀라워했다. 선생님들은 오가 무슨 속임수를 쓰지 않았나 의심에 찬 눈길을 보냈지만, 실제로 오는 시시가 숙제할 때 귀동냥으로 꽤 많이 얻어들은 것뿐이었다.

하지만 다른 때는 가장 쉬운 숙제에도 걸려 넘어지곤 했다. 미국 남북전쟁에서 양측 사령관이 누구였는지, 에이브러햄 링컨을 암살한 사람이 누구인지, 존 핸콕은 서명할 때 우아한 필체로 했다든지 하는 것은 알지 못했다. 긴 나눗셈은 영국식으로 해서 미국식하고는 무척 달라 보였다. 그래도 어쨌든 답은 똑같았다. 오세이는 자기가 실수할 때마다 선생님들이 티 나지 않게 흐뭇해하면서 고개를 끄덕인다는 것을 감지했다. 선생님들이 기대했던 건 이것이었다. 엉망진창 흑인 소년.

한 시간 후, 반의 모든 아이들이 갑자기 우르르 일어섰고 오세이도 그 흐름에 따랐다. 중년 여자 하나가 문간에 모습을 드러냈다. 회색 머리카락을 헬멧처럼 자르고 진녹색 치마 정장을 입고 굵은 가짜 진주알 귀고리를 낀 여자였다. 여자에게서는 어딘가 모르게 권위가 풍겨서 오세이는 이 사람이 교장이며 자기를 보러 왔다는 것을 깨달았다.

"듀크 선생님이셔." 디가 속삭였다.

"안녕하세요, 학생 여러분." 교장 선생님이 인사했다.

"안녕하세요, 교장 선생님." 학생들은 오세이가 다닌 모든 학교에서 그러했듯 고분고분하게 음률이 있는 말투로 따라 했다.

"자리에 앉아도 좋습니다. 선생님은 우리 전학생 오세이 코코테에게 인사를 하려고 여기 온 거예요." 듀크 선생님은 성은 맞게 말했지만 이름은 고의적으로 강조하며 "오스아이"처럼 발음했다. 그런 이름을 발음하려면 노력이 필요하다는 투였다. 오는 교장 선생님을 바로잡아 줄 마음은 없었다.

"가나에서 온 오스아이예요. 맞지, 오스아이?" 선생님의 시선은 오의 머리 바로 위에 내려앉았다.

"네, 교장 선생님." 오는 자동적으로 대답했다.

"듀크 선생님." 디가 다시 속삭여 주었다.

"그래, 오스아이, 일어서서 우리에게 가나에 대해 좀 알려 주겠니?" 끝에서 억양을 살짝 올리긴 했어도, 듀크 선생님의 말투는 질문이라기보다는 명령에 가까웠다.

"네, 듀크 선생님." 오세이는 자리에서 일어섰다. 이런 상황이면 보통은 걱정이 되기 마련이지만, 오는 별로 그렇지 않았다.

"가나는 서아프리카에 있는 나라입니다." 오세이는 말문을 열었다. "토고와 코트디부아르 사이에 위치해 있으며 해안선은 대

서양과 맞닿아 있습니다. 인구는 900만 명입니다. 수도는 아크라로, 제가 태어난 곳입니다. 1957년까지는 영국의 식민지였지만, 후에 독립을 선언했습니다. 1776년에 미국이 그랬던 것처럼요." 오는 덧붙였다. 다른 학생들이 어리둥절해하는 것을 보았기 때문이다. "1972년에 아체암퐁 장군이 군사 **쿠데타**를 이끌었고 지도자가 되었습니다." 오세이는 그해 여름 가나로 돌아갔을 때 느꼈던 긴장감을 떠올렸다. 공항에 줄지어 선 탱크와 기관총을 든 군인들. 오세이 가족은 아크라에 머물지 않고 곧장 할아버지의 마을로 갔다. 그곳에선 모든 것이 여느 때와 다름없었다.

더욱 어리둥절해하는 얼굴들. 미국에선 **쿠데타**가 일어난 적이 없으니, 그들이 어떻게 이해할 수 있을까? 오는 좀 더 익숙한 주제로 돌아갔다. "가나는 열대기후입니다. 1년 내내 따뜻하고 봄과 여름에는 우기가 있습니다. 주요 생산물은 코코아, 황금, 석유입니다."

오는 말을 멈추고 듀크 선생님이 계속하기를 원하는지 살피려고 얼굴을 한 번 쳐다보았다. 오는 활기차고 복잡한 조국을 몇 마디 밋밋한 문장으로 축약해 버리는 게 싫었다. 하지만 교장 선생님이 원하는 것이 그것임을 오도 알고 있었다.

교실은 조용했다. 브라반트 선생은 창밖을 내다보며 얼굴을 찡그렸다. 하지만 듀크 교장은 만족해서 고개를 끄덕였다. "아주 잘했어요, 오스아이. 아주 명확하네요. 나는 이 학교에 온 전학생이 다른 학생들에게 세계의 여러 곳을 가르쳐줄 수 있는 기회를 늘 환영한답니다." 교장은 반 아이들에게로 몸을 돌렸다. "오스아이가 남은 한 달 동안 이곳에서 편히 지낼 수 있도록 여러분 모두가 환영해 주기를 바랍니다."

거기까지만 했으면 좋았을 텐데.

"오스아이는 여러분 모두가 우리 학교에서 누렸던 기회를 얻지 못했을지도 몰라요. 그러니까 더 불우한 학생들에게 우리가 하는 모든 활동에 참여할 기회를 주었으면 좋겠네요."

'더 불우한 학생들', 이 세 단어에 오세이는 이를 악물었다. 듀크 교장의 말은 셜리 잭슨이 쓴 「당신 먼저, 친애하는 알퐁스」라는 단편을 떠올리게 했다. 어떤 어머니가 자기 아들이 집으로 데려온 흑인 친구에 대한 편견을 드러낸다는 이야기였다. 그해 초, 선의가 넘치던 뉴욕 학교의 선생님 하나가 오세이의 학급에 그 책을 읽고 의논하는 과제를 내주었다. 아이들이 그 주제를 다룰 만큼 충분히 나이가 들었으며, 이 활동이 선생님 표현을 빌리자면 "인간 사이의 관계"에 도움이 될지 모른다는 것이었다. 대신에 같은 반 아이들은 그 후 몇 주 동안 오의 주위에서 어색하게 굴었다.

교장은 브라반트 선생을 향해 고개를 끄덕였다. "고마워요, 여러분. 수업을 계속하세요." 교장이 떠난 후에도 플로럴 계열의 지나치게 달콤한 향수 냄새가 맴돌았다.

종이 울리자 디가 속삭였다. "오전 휴식 시간이야." 오는 이제까지 참고 있는지도 몰랐던 숨을 내쉬었다. 그래도 오는 밖으로 나가기 전에 늑장을 부리며, 먼저 화장실부터 갔다. 거기까지는 디가 데려다주었지만, 오가 운동장으로 가는 길 정도는 알고 있다고 우겨도 디는 오를 두고 가지 않으려 했다. "네 친구들이 기다리잖아." 오가 말했다.

디는 어깨를 으쓱했다. "좀 기다리면 어때서."

"네 얘기를 할 텐데."

디가 웃음을 터뜨렸다.

"진짜야." 오는 마침내 말했다. "나는 괜찮을 거야. 가."

그러자 디는 얼굴을 붉혔지만, 결국은 갔다. 디가 사라지는 순간, 오는 그 애가 다시 돌아와 주기를 바랐다. 누군가 그렇게 자기에게 마음을 쏟다니 우쭐한 기분이 들었다.

화장실은 텅 비어 있어서 마음이 놓였지만, 그래도 소변기를 쓰는 대신 칸막이 안으로 들어갔다. 누가 들어오더라도 그의 성기가 얼마나 크고 색깔은 어떤지 알아보려고 힐끔힐끔 쳐다보는 시선을 참을 필요가 없었기 때문이다.

전학생으로서 두 번째로 운동장에 들어서는 건 처음보다도 더 어려웠다. 처음에는 놀라움이라는 요소가 책상이라는 안전한 항구까지 실어다 주기 때문이었다. 이제, 건물을 나가 운동장에 들어서면서, 오세이는 사람들이 자기를 기다리고 있다는 것을 느꼈다. 오가 무엇을 하는지 지켜보고, 오가 자기들과 다르다는 선을 가능한 한 확실히 긋기 위해.

매해 여름 가족들과 아크라 공항에 내릴 때와는 사뭇 다른 기분이었다. 땀이 철철 흘러 정수리가 갈라질 것 같은 강렬한 열기 속으로 발을 들여놓았을 때. 사람들과 차들이 뒤얽힌 혼란, 여기저기서 울리는 경적 소리, 손님들 관심을 끌기 위해 속삭이는 택시 운전사들, 높아졌다 낮아지는 주변의 목소리들, 낯선 기분을 눌러 죽이지 못했던 사회의 비명과 외침 소리. 이런 것들 외에도 오세이는 늘 좀 더 심오한 어떤 것들을 감지하고는 했다. 자기와 비슷하게 생긴 사람들 사이에 있다는 편안함. 빤히 쳐다보거나 피부색으로 그를 판단하지 않는 자신의 민족. 물론, 그들도 곧 다른 것들로 그를 판단할 것이었다. 인간은 비교할 수밖에 없다. 옷, 돈, 학교 전공, 아버지의 직업, 어떻게 말하고 어디로 휴가를 가고, 머리를 어떻게 하느냐까지. 하지만 첫 순간 즉각적으로 느꼈던 소속감, 그리고 비슷한 피부색의 사람들 속에 숨어 있다는 익명성을 오세이는 매년 여름 환영했고, 한 해의 나머지 동안에는 그리워했다.

오가 운동장에 서서 주위를 둘러보자 푸른 눈동자들이 일제히 그를 향했고 대화는 잦아들었으며 모든 것이 그에게 날카로운 초점을 맞추는 듯 공기가 옅어졌다.

하지만 오래가지는 않았다. 종종 그러하듯이, 스포츠가 그를 구했다. 오세이는 구구단이나 즉석 퀴즈, 미국의 연대기보다는 공을 치고 운동장을 돌거나 골을 넣는 팀 경기에 좀 더 자신이 있었다. 스포츠는 그가 유창하게 구사하는 언어였다. 전학을 다닐 때마다 새롭게 배울 필요가 없었기 때문이다. 크리켓과 소프트볼은 차이가 있었지만, 방망이를 휘두르거나 공을 잡거나 뛰는 것, 이런 동작들은 쉽게 변환할 수 있었다.

6학년 남자애들은 발야구를 하려고 운동장 끝에 모여 있었다. 오세이는 그들 사이에 끼는 게 제일이란 걸 알았다. 참여하는 편이 혼자 남는 것보다 더 안전한 선택지였다. 그는 가나와 로마에서 축구를, 런던에서는 크리켓을 배웠고, 뉴욕에서는 소프트볼과 농구를 익혔다. 발야구는 소프트볼, 혹은 영국식으로는 라운더스와 비슷했다. 모든 루를 한 바퀴 돌면 득점하게 되고, 외야수와 농구공만 한 빨간 고무공을 굴리는 투수가 있으며, 그걸 차고 뛰는 경기였다. 통통 튀는 공을 잡는 게 쉽지는 않았고, 발로 차는 동작은 누가 해도 약간 바보 같았다. 하지만 재미있는 게임이었고, 공을 차거나 잡는 데 딱히 큰 기술이 필요하지도 않았다. 누구나 잘할 기회가 있었다. 심지어 미국 여자애들도 발야구를 했지만, 오는 이탈리아나 영국에서는 여자애들이 축구하는 것을 본 적이 없었다.

오에게 게임 자체는 걱정거리가 아니었다. 하지만 팀을 고르는 일은 따뜻한 수영장에 다다르기 위해 뛰어서 지나쳐야 하는 차가운 샤워 같았다. 전학생인 자기가 제일 마지막에 뽑힐 가능성이 높았다. 능력은 검증되지 않았고, 믿을 만한 동맹도 없었다. 다른 남자애들이 뽑혀 가고 양쪽에 선 사람들이 점점 줄어들어서 다른 애들 한두 명하고 서 있게 되는 순간은 늘 굴욕적이었다. 약하고, 아프고, 친구가 없는 아이들. 그리고 흑인. 보통은 히죽거리는 웃음이나, 더 나쁘게는 가여워하는 표정을 보지 않으려고 저 멀리에 시선을 고정했다. 주장이 자비로운 애일 때는 머뭇거리지 않고 남은 애들을 재빨리 나눴다. 하지만 가끔 어떤 주장은 남은 애들이 누구인지 천천히 살펴보다가 웃으면서 친구들에게 뭔가 무시하는 말을 했고, 오는 거기 서서 주먹을 쥐고 어머니의 말을 떠올리곤 했다. "폭력은 안 돼, 오세이. 싸움은 해결책이 아니야." 그렇다고 늘 어머니의 말을 따르는 건 아니었다.

오늘은 한쪽에 서서, 체념하고 다른 패배자들과 함께 종반전을 기다렸다. 적어도 저 멀리 뭔가 쳐다볼 건 있었다. 디는 운동장의 해적선에 친구와 함께 앉아서 오를 보고 웃음을 띠었다.

오도 미소를 보냈을 때 누가 팔꿈치를 쿡 찌르는 게 느껴졌다. "어이." 덩치 큰 아이가 그 옆에 있었다. "이언이 오래."

오는 놀라서 고개를 들었다. 양측 주장인 캐스퍼와 이언은 차례로 한 명씩 뽑았고 이제 2회전을 돌고 있었다. 이언은 수업이 시작되기 전에 오에게 서야 할 위치를 알려 준 소년이었다. 그 애의 눈은 석판처럼 회색이었고, 속마음을 잘 읽을 수 없게 경계심이 어려 있었다. 오세이는 그렇게 눈을 닫아 버리는 것을 이해했다. 그 역시 이전에 스스로를 보호하려고 똑같이 한 적이 있었다. 그리고 지금도 그렇게 하고 있었다.

"너, 이름이 뭐야?" 이언이 물었다.

오세이는 망설였다. **아산테 왕의 이름에서 따온 거야.** 그렇게 말하고 싶었다. **내 이름은 '고귀하다'라는 뜻이야.** 하지만 제아무리 자기 이름이 자랑스러워도 오는 둘 중 어떤 말도 하지 않았다. 그 이름이 자랑스러웠기 때문에 남을 괴롭히고 놀리는 아이들에게서 안전히 지키고 싶었다. "오라고 불러."

"오, 이전에 발야구 해 본 적 있나?"

"응, 뉴욕에서."

침묵이 흘렀다. 오는 뉴욕이라는 이름을 꺼내면 종종 다른 도시에 사는 아이들이 경탄한다는 것을 알아챘다. 뉴욕은 거대하고 위험하다고 생각하니까. 오는 자기가 거친 공립학교가 아니라 이곳처럼 모든 학생이 백인이었던 조용한 사립학교에 다녔다는 말은 하지 않을 생각이었다. 다른 주장인 캐스퍼는 존경을 표하며 고개를 끄덕였다. 오세이는 그 같은 부류를 알아보았다. 그는 〈파트리지 가족〉에 나오는 금발의 데이비드 캐시디를 약간 닮았다. 시시는 몇 년 동안 그의 포스터를 방에 붙여 놓았지만, 다음에는 맬컴 엑스가 나온 것으로 바꾸었다.

"좋아." 이언은 그렇게 말하더니 고개를 까닥여 오에게 합류하라는 신호를 보냈다.

"쟤가 뭘 해?" 오세이가 어색하게 이언의 팀으로 걸어갈 때 덩치 큰 남자애가 옆에 있는 애에게 웅얼거렸다. 오세이는 열다섯 쌍의 눈이 자기에게 쏠리자 압박을 느꼈다.

오가 팀에 막 합류했을 때 이언이 말했다. "흑인들은 스포츠를 잘하거든, 그렇지 않냐?"

다른 소년들은 잇새로 휘파람을 불며 웃었다.

오세이는 얼굴을 찡그리지도 않았고, 이언을 치지도, 팀에서 도망가지도 않았다. 솔직하게 말하는 애가 하나는 있네. 그런 편견을 공공연하게 들으니 오히려 안도가 되었다. 이제 오세이도 솔직하게 대꾸할 수 있었다. "이 흑인은 그래."

이제 죽도록 공을 차야 할 터였다.

동전 던지기에서 진 이언의 팀이 먼저 수비를 맡았다. 이언은 포지션을 지정하지 않았지만, 오는 자동적으로 움직일 일이 많지 않은 외야로 갔다. 1루수나 유격수를 맡아서 솜씨를 뽐내지 않는 편이 좋다는 것을 알았기 때문이다. 허약한 놈들하고 같이 눈에 띄지 않는 곳에서 숨어 있다가 때를 기다리는 것에 만족했다.

소프트볼처럼 발야구도 루가 넷이었고, 한 바퀴를 돌면 1점이 났다. 자기가 찬 공을 수비수들이 잡아서 루에 도착하기 전에 던지거나 루에 닿기 전에 공으로 태그당하거나 공을 높이 찼는데 땅에 닿기 전에 수비수가 잡으면 아웃이었다. 한 팀이 삼진을 잡으면 공수 교대였다. 점수를 더 많이 낸 팀이 이긴다.

로드라는 이름의 소년이 1번 타자였다. 그 애는 공을 낮고 세게 찼고, 공은 1루와 2루 사이로 빠져 오세이의 왼쪽, 더듬거리는 외야수에게로 곧장 날아왔다. 행동이 굼뜬 남자애가 공을 잡아서 거칠게 던지는 바람에 공은 내야보다는 오에게로 날아왔다. 오가 공을 받아 내야로 던졌을 때 로드는 이미 2루까지 진루했다. 팀에서 끙 신음 소리가 흘러나왔고 이언은 "잘 좀 해!"라고 말했지만, 적어도 오를 딱 집어 건넨 말은 아니었다. 오가 더 잘할 수 있었던 건 없었다.

하지만 공을 만지니 기분이 좋았다. 첫 번째로 공을 만진 후에 오는 언제나 더 큰 자신감을 얻곤 했다.

다음 타자는 공을 짧고 높이 찼고, 공을 굴리던 이언이 쉽게 잡았다. 원아웃. 그다음으로 나온 소년은 괜찮은 선수가 할 만한 플레이를 했고 상대 팀의 약점을 이용했다. 오세이의 왼쪽에 있는 소년을 고의적으로 노린 것이었다. 오세이는 너무 떨어져 있어서 그 애를 도울 수 없었다. 그래서 1루수가 뛰어가서 잡아야 했다. 로드는 그사이에 3루까지 갔고 타자는 1루까지 진루했다. 하지만 다음으로 찬 공은 높고 세서, 허약한 남자애는 팔을 벌리고 그 아래에 섰다. 기적적으로 운동 능력을 찾아서 적절한 순간에 공을 팔로 안을 수 있을 거라는 희망을 품은 듯했다. 오세이는 그 애를 밀쳐 버리고 자기가 직접 공을 잡을 수도 있었다. 이런 계산을 할 만한 시간은 있었다. 하지만 그렇게 하진 않았다. 약한 애를 힘으로 몰아붙이는 건 잘못된 일이라는 생각이 들었고, 둘 중 어느 쪽에도 도움이 되지 않을 것이었다. 그래서 오세이는 그냥 뛰어가서 가만히 선 채 공이 그 애의 팔 아래로 빠져나가는 것을 보기만 했다. 그런 후에 주워서 힘껏 2루까지 던졌고, 2루수는 간신히 주자를 태그아웃 할 수 있었다. 투아웃. 하지만 로드는 홈까지 돌아가 1점 냈다.

1루에 주자 하나만 남았을 때 캐스퍼가 공을 차러 나왔다. 경기하는 걸 본 적은 한 번도 없지만 한눈에도 잘할 것 같은 아이가 있다. 오세이와 다른 수비수들은 캐스퍼의 실력에 대한 존경의 표시로 몇 발짝 물러섰다. 이제까지 나온 어느 누구보다도 캐스퍼가 세게 찰 것임을 알았기 때문이다. 캐스퍼는 그만큼 명예를 중시하는 성격이었다. 약한 애 쪽으로 공을 차려 하지도 않았다. 오는 배 쪽을 힐끔 쳐다보았고, 여자애들이 캐스퍼를 바라보는 것을 보고 누군가 모든 관심을 독차지한다는 사실에 가슴을 파고드는 아픔을 느꼈다. 그 대상이 아무리 캐스퍼 같은 괜찮은 애라 해도. 이언은 공을 굴렸고, 캐스퍼는 그 공을 발로 찼다. 공은 공중에 높이높이 떠서 빙그르르 돌고 돌며 오를 향해 내려왔다. 별로 움직일 필요도 없었다. 그저 한 발짝 나가서 마중하니 공이 팔 안으로 세차게 떨어졌다. 뺨이 얼얼하고 가슴에 쿵 충격이 왔지만, 오는 공을 꼭 붙들고 놓지 않았고 캐스퍼는 아웃되었다.

오의 팀에서 환호성이 터졌다. "잘한다, 오!" 누군가 외쳤다. 오는 고개를 끄덕이는 이언에게 공을 가져다주었고, 아이들은 오의 이름을 연호했다. 먼 곳의 소녀들은 응원을 보냈고, 잠시간이지만 오는 검은 피부에 대한 지나친 자의식을 버리고 운동장에 새로이 나타난 또 한 명의 빛나는 영웅이 되었다.

그가 수비하러 나가면서 지나칠 때 캐스퍼가 말했다. "잘 잡았어." 그 말 뒤에는 질투나 냉소가 깔려 있지 않았다. 그는 진심이었다. 그의 솔직함과 자연스러운 자신감은 매력적이었다. 동시에 그 애의 발을 걸고 싶은 마음을 불러일으켰다.

오세이는 공을 잘 잡는 애가 반드시 팀의 스타라고 전제할 수 없으며, 이언이 좋은 타순에 넣어 주리라고 기대해서도 안 된다는 걸 잘 알았다. 보통 좋은 타순은 4번이나 5번으로, 주자가 나가 있어 한 번 잘 차면 득점을 많이 할 수 있는 순서였다.

그리고 이언은 그러지 않았다. "너 확실히 잘 던지고 잘 잡네." 팀이 홈플레이트에 모여 있을 때 이언이 말했다. "하지만 차는 것도 잘해?" 그 애는 탁한 회색 눈으로 오를 한참 쳐다보았다. 미간이 너무 좁아서 그 사이를 들여다보면 약간 기울어진 느낌이 드는 눈이었다. 그러더니 이언은 플레이트를 몸짓으로 가리켰다. 오는 1번으로 나가라는 뜻이란 것을 알아차렸다.

미친 전략은 아니었다. 얼마나 잘할지 예측할 수 없을 땐, 차라리 먼저 내보내서 아웃을 당하게 하는 쪽에 걸면 팀은 그래도 득점할 기회가 더 남아 있을 것이었다. 물론 1번 선수가 나가서 공을 멀리 차면, 자기 점수 말고는 다른 득점을 못 하니까 팀으로서는 커다란 낭비가 되겠지만.

그게 바로 오세이가 하려는 것이었다. **해야만** 하는 것이었다. 공을 잘 던지고 잘 잡지만 차는 건 못하는 꼴을 보여 줄 순 없었다. 1루 정도에만 가는 것은, 중간 정도로 잘하는 것은 안 될 일이었다. 홈런을 차야 했다.

플레이트로 올라갈 때 운동장에는 웅성거리는 소리가 들렸고, 오는 야수들이 몇 발짝 뒤로 물러나는 모습에 흐뭇했다. 오세이에게 거는 기대가 큰 것이었다. 디와 미미는 이제 배 위에 서서 지켜보고 있었다. 사실상 운동장 전체가 멈춘 것 같았다.

로마의 학교에서 축구할 때 오세이는 골키퍼를 맡았다. 다른 남자애들이 검은 피부와 접촉하는 것을 꺼렸기에, 오세이가 골대를 맡으면 대부분 피할 수 있는 일이었다. 그 포지션에서 적어도 높고 멀리 차는 법은 배울 수 있었다. 보통 골키퍼는 가만히 선 자세에서 공을 차기 때문에, 캐스퍼가 오를 향해 의외로 빠르게 공을 굴렸을 때, 오는 순식간에 그걸 가늠해 보고 뛰어나가 공을 맞이하면서 발가락이 연결된 느낌을 받았다. 진짜로, 세게. 멀리 나가겠구나.

공은 정말 멀리 나갔다. 공은 모든 야수의 머리 위로 솟구쳤다가 운동장 구역을 나눈 사슬 울타리를 넘어서 거리에 주차되어 있던 푸른 올즈모빌 커틀러스 수프림의 지붕을 맞히고 통 튀었다. 외야에서 환호성이 솟았다. 여자애들에게서, 전 운동장에서. 다만 오세이의 팀원들만은 잠잠했다. 그들은 끙 신음했다.

오는 그들의 반응에 당황해서 돌아보았다. "이거 홈런 아냐?"

"운동장 밖으로 나간 건 안 쳐 줘." 이언이 말했다.

"그래." 덩컨이 덧붙였다. "그렇게 되면 더 이상 경기를 못 하잖아. 선생님 규칙이야. 선생님들은 공 찾으러 가는 걸 싫어하거든. 봐, 저기 메이플까지 갔잖아."

공은 거리를 굴러 주차된 차들의 바퀴에 부딪치다가 교차로를 향했다. 운전자들은 핸들을 꺾으며 경적을 울렸다.

"미안. 몰랐어."

"너 캐스퍼 부모님 차 맞힌 거야." 이언이 덧붙였다. "바로 길 건너에 살거든."

"아, 내가 미안하다고 할게."

이언은 어깨를 으쓱했다. 게임이 끝나서 화가 났다기보다 오가 무안당한 것이 더 재미있다는 얼굴이었다.

하지만 오래가지는 않았다. 디가 배에서 내려 달려오고 있었다. 디는 오세이의 앞에 이르자 두 팔로 그를 끌어안았다. "정말 끝내줬어!"

오는 얼어붙었고, 운동장의 다른 애들도 마찬가지였다. 환호성이 잦아들었고, 웅성거리는 소리가 고요해졌다. 이언의 얼굴에서 웃음이 사라졌다.

"쟤가 저 남자애를 **만졌어!**" 패티는 경악과 공포가 뒤섞인 목소리로 속삭였다. 여러 목소리가 합창이 되어 끼어들었다.

"만진 것뿐만 아니야, **껴안았잖아!**"

"죽인다!"

"나라면 못 해. 너라면 하겠니?"

"쟤네 사귀는 거 같아?"

"그렇겠지."

"디는 아무나 사귈 수 있는데, 하필 **저런 애를** 골라?"

"디 정신 나간 거 아냐?"

"모르겠어. 그렇지만 저 남자애 좀 **귀엽잖아.**"

"농담해? 쟤는…… 너도 알잖아!"

"그것만이 아냐. **새로 온** 애잖아. 쟤가 누군지 잘 알지도 못한다고."

"그래, 도끼 살인자일 수도 있고, 〈크립트 스토리〉에서 산타 옷 입고 여자를 목 졸라 죽인 남자 같은 걸지도."

"너 그거 봤어? 우리 부모님은 허락 안 해 줘서."

"난 〈엑소시스트〉도 봤는데. 오빠랑 몰래 숨어 들어갔어. 짱 무섭더라. 특히 그 여자애가 이상한 목소리로 말할 때."

오세이는 아이들이 하는 말을 들을 수 없었지만, 그건 중요하지 않았다. 그들은 모두 오가 넘을 마음이 없었던 선線의 존재를 드러내는 증인들이었다.

오세이를 껴안았을 때 디는 그 애의 몸이 굳어지는 것을 느꼈다. 그리고 그 애의 부드러운 품에서 떨어져 나왔을 때 주위의 경직된 분위기를 알아차렸다. 미미는 운동장에 시선을 고정했다. 남자애들―이언과 캐스퍼, 로드 그리고 다른 애들은 차려 자세로 팔을 내리고 병사처럼 서 있었다. 패티는 고개를 살짝 저었다. 디가 모든 사람 앞에서 오에게 손을 댔고, 운동장의 모든 이들, 그리고 오까지도 불편해하는 기색이 너무 역력해서 디는 거기에 눈을 감아야 했다. "저기 나무들 있는 데로 가자." 디는 말했다. 성역.

사이프러스나무는 운동장의 가장 놀라운 요소였다. 건축가가 아무래도 나무에 약했던지, 학교를 지을 때 이미 서 있는 사이프러스나무 숲을 없애지 않고 그 둘레에 운동장을 지었기에 나무들은 한쪽 구석에 우뚝 서 있었다. 나무들을 놔두는 것을 정당화

하기 위해서인지 모래밭을 거기 만들어 놓긴 했지만, 놀이에 쓰이는 법은 없었다. 그쪽은 고학년을 위한 운동장이었고, 모래밭을 열심히 파 대는 건 어린애들이나 하는 짓이었다. 대신에, 그곳은 모든 학년의 남자애들과 여자애들이 가서 어울리는 곳, 운동장에서 몇 안 되는 중립지대가 되었다.

디는 오를 끌고 나무 밑으로 가서 모래 위에 털썩 주저앉았다. 오는 잠시 망설이다가 그 옆에 앉았다. 두 아이가 나란히 앉자 운동장이 서서히 살아나기 시작했다. 남자애들은 공을 도로 찾아와서 피구를 시작했다. 이언과 로드는 공을 유난히 세게 던져서 반바지 차림을 한 아이들의 정강이에 붉은 자국을 냈다. 여자애들은 사방치기를 시작했고, 미미는 모래밭과 그리 멀지 않은 곳에서 같은 반 친구 제니퍼와 함께 공기놀이를 했다. 블랑카는 두 줄줄넘기를 시작했다.

"너 정말 잘 차더라." 디가 말을 꺼냈다.

오는 어깨를 으쓱했다. "하지만 캐스퍼네 차나 맞혔는걸. 그러다가 게임도 망치고."

"뭐, 넌 몰랐잖아. 그런 규칙은 이언이 처음부터 네게 말해 줬어야지." 디는 아직도 이슬로 축축한 모래를 한 줌 움켜쥐었다가 손가락 새로 흘려보내며 사이프러스 바늘과 방울을 골라냈다. "뉴욕에서 발야구 했었어?"

"조금 했어." 오는 한 손으로 모래를 쓸어 평평하게 만들었다.

"뉴욕은 어때? 무서운 곳이라는 얘기 자주 들었는데. 소매치기도 많고 살인도 일어난다며. 그리고 너무 더럽다고."

"아, 그렇게 나쁘진 않아. 우린 시내에서도 괜찮은 동네에 살았어." 오는 마치 뉴욕에 관한 어떤 기억이 떠오른 듯 말을 멈췄다.

"뭐야?"

디는 그 애가 자기를 재어 보는 것을 알아차렸다. 무슨 말을 할 수 있고, 무슨 말은 할 수 없는지 결정하려는 듯. "말해 줘." 디는 덧붙였다. "나한텐 아무 말이나 해도 돼." 그 말은 간청이나 다름없었다. 그 애를 더 잘 알고 싶다는 이런 욕망.

"우리는 어퍼이스트사이드에 살았어. 아파트 건물마다 도어맨이 있는 곳이야." 오는 교외에 사는 순진한 사람 특유의 멍한 표정을 보고 미소를 지었다. "도어맨은 건물 입구에 경비원처럼 앉아 있다가, 짐이 많을 때나 장을 보고 돌아왔을 때, 그리고 택시를 잡아야 할 때 도와주는 사람이야. 그 동네에는 우리 같은 사람들이…… 별로 많진 않았거든. 그래서 매번 도어맨 앞을 지나갈 때마다 나를 빤히 보더니 휘파람을 부는 거야. 옆 건물 도어맨이 알아차릴 수 있게. 그럼 **그 아저씨**도 나를 보고 휘파람을 불지. 휘파람이 그 블록을 따라 내려가는 내내 이어져. 보통은 예쁜 여자가 지나갈 때만 하거든. 일단 내가 누군지 알게 되고 나를 몇 달 동안 매일 보았을 때도, 이 휘파람 불기가 계속 이어졌어. 아저씨들은 장난이라고 말했고, 한동안 그 아저씨들에겐 그랬겠지. 하지만 나한테는 장난처럼 느껴지지 않았어. 내가 뭔가 하기를 기다리는 듯한 느낌이었어."

"뭘 해?"

"뭔가를 훔치거나, 누군가를 털거나, 돌을 던지거나."

"그건……." 디는 그게 어떤 건지 알지 못했다. 디는 여전히 자기나 다른 친구들이 사는 일반 주택이 아니라 아파트에서 산다는 게 어떤 건지 감을 잡으려 궁리하는 중이었다. 이곳에는 아파트가 별로 없었다. "너희 도어맨은 어땠어?"

"그 아저씨는 괜찮았어. 나중에는. 다른 도어맨들이 좀 놀려 대긴 했지만, 우리 아빠가 크리스마스에 팁을 꽤 넉넉히 챙겨 주었거든. 그게 도움이 됐나 봐. 하지만 우리에게 택시를 잡아 주진 않더라. 빈 택시가 지나가는 게 훤히 보이는데도 말이야. 택시가 없거나 다른 예약이 잡혀 있어서 가는 거라고만 하더라고. 거기 사는 동안 택시를 타 본 건 딱 두 번뿐이었어."

디는 택시를 타 본 적이 한 번도 없었다. 그럴 필요도 없었다. 택시를 탈 일이 있다니, 얼마나 이국적인 삶인지! "가나 얘기 좀 더 해 봐." 디는 그저 오의 이야기를 듣고 싶어서 이렇게 말했다.

오세이는 앉은 자세에서 허리를 꼿꼿이 폈다. "우리 나라에 대해 뭘 듣고 싶은데?" 가나라는 말을 꺼내자 오는 좀 더 형식을 차리는 것 같았다.

"그게……." 디는 처음 가나라는 말이 나왔을 때부터 머릿속에서 떠돌던 생각을 꺼낼까 말까 고민하며 머뭇거렸다. 하지만 디는 그 애가 좋았다. 정말로 좋았다. 그래서 할 수 있는 만큼 속을 털어놓고 싶었다. "거기 사람들은…… 사람을 먹어?"

오는 미소 지었다. "넌 파푸아뉴기니를 생각했구나, 가나가 아니라. 파푸아뉴기니는 호주 근처에 있어."

"아! 미안."

"괜찮아. 이전에 로마에 살 때 우리 누나 선생님 중에도 똑같은 실수를 하고 식인주의에 대해 학급 발표를 하라는 숙제를 내준 사람이 있었어. 누나가 내 앞에서 연습하는 걸 봤기 때문에 그 내용을 다 들었지."

도어맨과 택시보다도 더 놀라운 이야기였다. "이탈리아어로 식인주의를 뭐라고 해?"

"**칸니발리스모**Cannibalismo."

디는 킬킬거리다가 진지해졌다. "그럼 어째서 사람들이 서로 잡아먹는지 나한테 설명해 줄 수 있겠네. 나는 전혀 이해가 안 되더라. 너무 구역질 나."

"뭐, 한 가지 이유를 대자면 가끔 먹을 게 충분치 않다는 거겠지. 가뭄이 들거나 사람들이 어딘가 먹을 게 없는 곳에 갇혔을 때 말이야. 2년 전 안데스산맥에서 비행기 사고 났을 때 사람들이 시체 먹으면서 버텼다는 얘기 들어 봤어?"

디는 몸을 파르르 떨었다. 자기가 왜 이 방향으로 대화를 돌렸는지도 알 수 없었지만, 방향을 다시 바꾸고 싶은지도 알 수 없었다. 디는 다른 남자애들과는 이런 진지한 얘기를 해 본 적이 없었다. 그 문제로 말하자면 상대가 여자인 경우에도 마찬가지였다.

"하지만 대부분 식인주의는 굶주림 때문만은 아니야." 오는 말을 이었다. "사람들이 다른 사람을 먹는 건 전쟁에서 적을 물리쳤을 때 승전을 기념하기 위해서야. 가끔은 사랑하는 사람이 죽었을 때 몸의 일부를 먹는대. 다시 그 세계로 되돌리기 위해서. 자기 몸을 통해서 그 사람들을 환생시키는 거야."

"와."

오는 키득거렸다. "가나에서 우리는 사람이 죽으면 춤추고 노래하긴 하지만, 먹진 않아!"

디는 사우스캐롤라이나의 교회에서 열린 관 속에 누워 있던 할아버지를 생각했다. 엄숙하고 어색했으며 디의 새 신발은 발에 꼭 끼었었다. "너 춤출 줄 알아?"

"그럼. 밤새 시끌벅적하게 파티를 해. 먹을 것도 많고 밴드가 음악을 연주하고 사람도 진짜 많지. 가족들이 시내 주위에 광고판을 세우고, 모두가 와. 우리는 장례식에 큰돈을 써. 결혼식에 쓰는 것만큼." 오는 가나에 대해 말할 때는 좀 더 아프리카인 같은 억양을 썼다. 모음은 좀 더 극단적이 되고, 목소리에는 좀 더 힘이 들어갔다.

"정말 이상하다. 가나에는 자주 가?"

"매해 여름마다 할아버지 할머니를 만나러 가."

"가는 거 좋아?"

"그럼."

"도시에 있어, 아니면 시골에 있어?"

"둘 다. 아크라에도 집이 있고, 우리 할아버지 동네에도 집이 있거든."

디는 그 집이 아빠의 《내셔널 지오그래픽》 잡지에서 본 아프리카 사진에서처럼 초가지붕을 얹은 토벽 집인지 묻고 싶었다. 하지만 식인주의와 그 전에 다시키를 두고 실수를 저질렀던 게 마음에 걸려서, 자신의 무지를 더 드러낼 수 있는 건 감히 물을 수가 없었다.

디는 뭘 물어볼 수 있을지 생각했다. 침묵 속에서 디는 사이프러스나무 아래, 활기찬 운동장 가장자리에 함께 앉아 있다는 것을 강하게 의식하기 시작했다. 하지만 또한 모두가 그들을 향해 각을 이루어 바라보고 있었다. 디는 가만히 서 있는 대신 걷거나 정글짐을 오르거나 그네를 타는 게 나았겠다고 생각했다.

"거긴 야생동물이 많아?" 디는 너무 뻔한 걸 물어보는 자기 자신을 발로 차 주고 싶었지만, 남자애와 여자애가 갑자기 서로를 의식할 때 종종 그러듯이 대화가 어정쩡하게 멈춰 버릴 위험에 빠진 듯했다.

"그래, 버펄로, 개코원숭이, 흑멧돼지, 원숭이가 있어. 다른 동물들도 많고."

"코끼리도 있어?"

"응."

오는 기꺼이 질문을 받아 줄 용의가 있어 보였지만, 디에게 뭔가 묻지는 않았다. 하지만 남자애들이 뭘 물어보는 일은 흔치 않으니까. 남자애들은 듣기보다는 말하기에 능했고, 말하기보다는 직접 하는 걸 더 잘했다. 디는 이처럼 한 남자애와 오래 앉아서 얘기를 나눠 본 적이 없었다. 단 한 번도.

오가 묻지 않았기에, 디는 자기 자신에 대한 얘기를 꺼낼 수가 없었다. 물어보면 뭘 말하려고 했을까? 부모님이 무척 엄격하다는 것. 수학을 좋아하면서도 아닌 척한다는 것. 엄마가 만든 한계에도 불구하고 학교에서 무척 인기가 있어서 자기도 놀랍다는 것. 친구들과 쇼핑몰에도 갈 수 없고, 생일 파티를 열어 본 적도 없고, 롤러스케이트를 타러 가거나 친구들을 영화관에 데려간 적도 없는데도. 그리고 종종 아무런 이유 없이 기분이 가라앉는다는 것. 미미가 최근에 타로 점을 쳤는데, 디에게 곧 급격한 변화가 일어날 거라고 했다는 것. 디는 그 변화가 가을에 중학교에 진학하는 것을 의미한다고 짐작했지만, 지금 오세이가 모래를 판판하게 폈다가 다시 흩뜨렸다가 또다시 펴는 모습과 하얀 표면 위에 닿은 짙은 손을 보면서, 그 "곧"이 생각보다 더 빨리 찾아온 건지도 모르겠다고 생각했다.

그때 오가 시선을 들더니 그녀를 보았다. 얼굴을 반만 돌렸기에 장난스러워 보였다. 했던 말과 하지 않은 말, 물은 질문과 묻지 않은 질문, 어색한 침묵은 디의 몸속에 솟구치는 온기에 쓸려가 버렸다. 디는 블랑카나 다른 몇몇 여자애들처럼 자기들이 먼저 밀어붙여 남자애들을 쫓아다니고 관심을 가져 달라고 부추긴 적이 없었다. 몸에 붙거나 반짝이는 옷도 입지 않았다. 점점 부풀어 오르는 가슴을 내밀지도 않았지만, 숨기려고 웅크리고 다니지도 않았다. 체육관 문 옆 모퉁이로 돌아가 남자애들과 실험을 해 본 적도 없었다. 쉬는 시간에 병을 돌려 제비뽑기를 하며 키스해 본 적은 딱 한 번, 아니 딱 두 번 있었지만 그 뒤로 선생님들이 무 슨 일이 일어나는지 알아차리고 그곳을 막아 버렸다. 하지만 오 에 대한 디의 반응은 실험적인 것이 아니었다. **이거야말로 내가 기 다리던 거야,** 디는 생각했다. **이거였어.**

이 기분 때문에 디는 수업 시작 전 오의 뒤에서 처음 줄을 선 이후로 줄곧 하고 싶었던 것을 했다. 디는 손을 뻗어 오의 머리에 갖다 대고, 완벽한 두개골의 휘어진 윤곽을 따라 곱슬거리는 머 리카락의 촉감을 느꼈다.

오세이는 몸을 뒤로 빼지 않았고, 미소를 지우지도 않았다. 대 신 한 손을 뻗어 디의 뺨에 댔다. 디는 누가 토닥여 줄 때 고양이 가 그러듯이 고개를 돌려 그 애 손에 자기 얼굴을 기댔다.

"네 머리 참 아름다워." 디는 말했다.

"너도 그래. 아름다운 얼굴이야."

놀라움과 안도가 디의 몸속에 넘쳐흘렀다. 오도 디와 같은 감 정을 느꼈다. 두 사람은 서로의 안에서 마음을 놓을 수 있었다. 디는 이제 진짜 연인들이 서로에게 사귀자고 말할 필요가 없다 는 사실을 이해했다. 두 사람은 이미 함께였다. 물어본다는 건 아 기 같은 짓, 애들이나 하는 농담이었다. 디와 오세이는 이미 그 단계를 훨씬 뛰어넘었다.

그들은 연인을 묘사한 현대미술 조각상처럼 그 자세로 가만히 있었다. 머리와 미소와 길게 뻗어 서로 얽힌 팔, 완전히 배제되어 버린 바깥세계. 디는 미미가 근처에서 소곤대는 소리를 들었다. "디, 너 무슨 짓을 하는 거야?" 저 멀리서 블랑카가 읊기 시작했다.

> 오와 디가 나무속에 앉아
> 키스했대요
> 처음엔 사랑이더니, 다음엔 결혼이래요
> 그러다가 디가 유모차를 밀고 온대요!

호루라기 소리가 들렸을 때도, 두 사람은 서로에게 댄 손을 떼지 않았다. 운동장 감독을 맡은 선생님들은 학생들이 하지 말아야 할 짓을 하고 있으면 호루라기를 불었다. 다른 학생을 민다거나, 철봉에 거꾸로 매달린다거나, 모래를 던진다거나, 울타리를 기어오르는 짓들. 호루라기 소리가 들릴 때마다, 학생들은 하던 일을 멈추고 누가 곤란하게 됐나 주위를 둘러보곤 했다.

오가 그런 걸 알 리는 없었으나, 그 의미를 짐작했던 게 분명하다. 브라반트 선생이 계속해서 휘파람을 불며 그들에게로 성큼성큼 다가오자, 오는 디의 불타오르는 뺨에서 손을 뗐다. 디는 아쩔함을 느끼면서 좀 더 오래 오의 머리에 손을 그대로 둔 채 떼지 않았다.

"그만둬! 너희 둘, 당장 일어나라!" 브라반트 선생의 목소리는 내려치는 채찍 소리 같았다. 오는 비틀비틀 일어섰다. 하지만 디는 솟아오르는 저항심을 느꼈다. 다들 몰려와 자기를 내려다보는 게 너무 어색해서 계속 모래 위에 앉아 있을 수는 없었다. 하지만 디는 천천히 일어나 청바지에 묻은 모래를 털면서, 브라반트 선생의 분노에 대응하지 않았다.

"그렇게 다른 학생들을 부적절하게 만지면 안 되는 거야. 여긴 네가 전에 있던 곳하고는 다르니 상황을 잘 파악하지 못했을 수도 있겠지만." 선생은 오를 향해 말했다. "하지만 이 학교에서 남학생들과 여학생들은 서로 그렇게 접촉하지 않는다."

그 접촉이 1년 동안 걸린 6학년들의 키스보다도 브라반트 선생의 마음을 훨씬 더 불편하게 했다. 어쩌면 그게 더 의미 있고, 더 진심이며, 더 친밀하다는 것을 감지했기 때문인지도 몰랐다. 학교 운동장에서 하는 행위치고는 너무 친밀하다는 것. 브라반트 선생은 디를 돌아보았다. "그리고 네게도 놀랐다, 디. 넌 그래도 분별 있는 학생인 줄 알았는데. 이제 들어가서 수학 문제지를 제출해라."

디는 학교에서 정학이나 근신 처분은 물론, 어떤 형태의 징계도 받은 적이 없었다. 그럴 필요가 없었기 때문이다. 그리고 이번에도 가볍게 넘어가고 있었다. 다른 학생이라면 교장실로 불려가 꾸중을 들었을 것이고, 부모님에게 전화가 갔을 수도 있었다. 그러나 디는 어차피 자진해서 했을 과제를 받았을 뿐이었다. 브라빈트 선생이라고 해도 자기가 예뻐하는 학생을 엄하게 혼낼 수는 없는 모양이었다.

다른 때라면 선생님의 말과 어조가 마음을 아프게 찔렀을 것이다. 학교의 모든 어른들 중에 디가 가장 비위를 맞추고 싶은 사람이 브라반트 선생님이었기 때문이다. 하지만 오늘은 달랐다. 디는 이제 새로운 사람을 만났고 그의 의견에 갑작스레 더 신경이 쓰였다. 브라반트 선생님이 비판적으로 보는 사람. 그래도 디는 선생님 말을 거역할 수는 없었다. 가장 좋은 반응은 허겁지겁 선생님 비위를 맞추려 드느니 천천히 시간을 들이는 것이었다. 디는 느릿느릿 걸음을 떼어 브라반트 선생 앞을 지나 문으로 향하면서, 자기를 빤히 쳐다보는 그의 눈길을 느꼈다. 선생은 디의 낯선 태도에 경악한 게 분명했다. 디는 힘이 차오르는 기분이었다.

아이들은 브라반트 선생이 전학생 소년을 벌주기를 기다렸다. 그 애가 벌을 받아야 하는 만큼 그대로. 이언이 그 애에게 본때를 보여 줄 수도 있었다. 감히 디의 뺨을 만진 검은 손을 옛날 방식대로 자로 세게 때려 주어야 한다. 그들의 팔이 서로를 안는 것을 본 순간, 분노가 이언의 몸속을 질주했고 아직도 감정을 조절하기가 어려웠다. 그런데도 브라반트 선생은 그저 길을 잃은 표정이었다. 게다가 눈 아래 처진 살이 한층 더 튀어나와 보여 늙어보이기까지 했다. 가장 예뻐하던 학생이 마침내 반기를 들었고, 선생은 이제 어찌할 바를 모르고 있었다.

이언이 헛기침으로 그 마법을 깼다. 누군가는 그래야만 했다. 브라반트 선생은 고개를 저었다. 자기를 가다듬으려는 노력임이 확실했다. 그는 시선을 고정한 채로 턱을 내밀었다. "조심해라, 너." 그는 말했다.

오는 선생을 돌아보았지만 아무 말도 하지 않았다. 영원토록 계속될 것 같던 두 사람 사이의 침묵은 숨이 턱에 찬 로우드 선생의 등장으로 깨어졌다. "다들 괜찮아요?" 그녀의 목소리가 초조한 기운으로 높아졌다.

"그렇게 되는 게 좋겠죠." 브라반트 선생은 퉁명스럽게 말했다. "그렇게 될 겁니다. 여기 있는 남학생이 이 학교의 규칙을 이해하면. 그렇지, 오세이?"

"네, 담임선생님."

"오세이, 여기서는 그런 호칭을 쓰지 않는단다." 로우드 선생이 끼어들었다. 동료에 비하면 그녀의 어조는 좀 더 상냥했다. "우리는 선생님들을 이름으로 불러. 저분은 브라반트 선생님이고, 나는 로우드 선생님이라고 부르면 된단다."

"네, 로우드 선생님."

"내 학생은 내가 다룰 수 있어요, 다이앤."

"물론 그러시겠죠. 제 의도는……." 곤란할 뻔한 상황이었지만 종이 울리는 바람에 모면할 수 있었다.

"좋아, 가서 줄 서라." 브라반트 선생은 주변에 있는 다른 학생들 모두 들을 수 있도록 목소리를 높였다.

오는 몸을 움직였지만 동작은 느렸다. 조금 전 디가 한 행동과 똑같았다. 딱히 명령을 따르지 않는 건 아니지만 어쩌다 보니 올

바른 방향으로 가고 있을 뿐이라는 뜻을 명확히 보여 주는 행동
이었다.

"제가 뭘 놓쳤나요?" 로우드 선생은 낮은 목소리로 말했다.

"부적절한 행동이 있었습니다." 브라반트 선생이 웅얼거렸다.
"저 아이가 디를 만졌어요. 전형적이죠."

로우드 선생은 영문을 모르겠다는 표정이었다. "어머나. 선생
님은, 선생님은 경험이 많으신가요? 주변에 흑인이 있었던?"

"한 부대쯤 되죠."

"아, 전…… 죄송해요. 그……때 일을 물으려던 건 아니었는
데."

"디에게 닿은 저 애 손을 보니 구역질이 나더군요."

로우드 선생은 이언이 듣고 있다는 것을 눈치채고 브라반트 선
생을 팔꿈치로 쿡 찔렀다. "좋아, 이언. 가서 줄 서라." 브라반트
선생이 명령했다.

"알겠어요, 브라반트 선생님. 공 주워 오는 대로 갈게요."

브라반트 선생은 못마땅한 소리를 내며 앞에서 줄 서는 애들을
향해 성큼성큼 걸어갔고, 로우드 선생은 그 뒤를 따랐다.

운동장 한가운데쯤 이르러 미미는 오의 옆에서 걷게 되었다.
이언은 두 아이가 이야기하며 함께 걸어가는 것을 보았다. 어느
시점에 이르자, 오는 좀 더 잘 들으려는 듯 이언의 여자 친구 쪽
으로 몸을 숙였다. 그러더니 고개를 끄덕이며 뭔가 말했고 미미
는 웃음을 터뜨렸다.

이언은 얼굴을 찡그렸다.

"저 개새끼, 개를 만지다니. 나도 구역질이 나."

로드가 공을 들고 이언의 옆에 와 있었다.

이언은 자기 여자 친구를 응시했다. "난 못 봤어. 저 자식이 재를 막 만진 거야?"

"미미 아니고. **디** 말이야. 나무 아래서 디를 만지고 있었어. **디**도 **재**를 만졌고." 로드는 뺨이 벌겋게 되어 분통을 터뜨렸다.

"여자애들 죄다 만지고 다니겠네." 이언은 웅얼거렸다. "곧 여자애들을 다 꾀실 거야. 저런 남자애들이 그렇지 뭐. 우리가 막을 때까지."

"맞아." 로드는 농구공처럼 두어 번 공을 튀겼다. "우리가 어떻게 해야 할까?"

"디를 꾀어서 재랑 싸우게 해야지." 이언은 잠깐 생각했다. "아니, 그건 너무 뻔해. 디가 넘어가지 않겠지. 너무 똑똑한 애니까. 어쩌면⋯⋯. 재를 꾀어서 디랑 싸우게 해야겠다. 그래, 그게 더 낫겠다. 더 재미도 있고."

"뭐? 디를 다치게 할 생각은 아니지? 그건 공정하지 않잖아. 난 그냥 디랑 어떻게 해 볼 기회가 있었으면 좋겠어. 그게 다야."

"디를 다치게 할 생각 없어. 그냥⋯⋯ 재들 사이를 끊어 놓으려는 거야."

"좋아, 하지만 이언⋯⋯."

"뭐?"

"발야구 할 때 왜 나를 네 팀으로 뽑지 않았냐?"

이언은 속으로 한숨지었다. 로드를 떼어 버려야 했다. 중학교에 가면 그렇게 할 계획이었다. 학교를 바꾸면 언제나 친구들을 뒤섞을 수 있다. 하지만 그렇게 오래 기다릴 수 있을지 장담할 수가 없었다. 로드는 점점 더 심하게 이언을 졸라 댔다. 가져다주는 것에 비해 수고가 너무 많이 들었다.

"전학생에게 기회를 줘야 했어." 이언이 설명했다. "근데 그러지 말 걸 그랬나 봐. 특히 쟤가 그렇게 멀리 차서 게임을 끊어 버렸으니까."

"하지만 쟤도 뽑고 나도 뽑을 수 있었잖아."

"그래, 하지만 그렇게 하면 팀이 너무 기울잖아. 내 말은, 물론 너도 잘하지. 네가 차는 걸 보면 다들 알겠지. 그리고 너희 팀에서 득점한 사람 너밖에 없었지?"

로드는 환한 표정을 지었다.

"그리고 흑인 애도 잘하면, 너도 있고 걔도 있으니까 우리 팀이 너무 잘하게 되잖아. 그러면 게임이 재미없어질 테고. 나는 그냥 균형을 맞춘 거야."

로드는 찬사에 기뻤지만, 에두른 칭찬에 얼떨떨해서 얼굴을 찡그렸다.

"가서 줄 서." 이언이 명령했다. "나도 곧 갈게."

로드는 고개를 끄덕인 후 공을 다시 한 번 튀겼다가 앞으로 안아 들었다가 다시 튀기면서 학생들이 선 줄 쪽으로 차 버렸다. 로드는 강아지처럼 세상 근심 잊고 행복하게 그 공을 따라 달려갔다. 그렇게 쉽다면 얼마나 좋겠냐, 이언은 생각했다. 이언은 움직이지 않고 나무 아래 남아서 선생님을 향해 가는 학생들의 모습을 바라보았다. 생각할 시간이 좀 필요했다.

그날 아침 흑인 소년이 운동장으로 걸어 들어온 순간, 이언은 무언가 바뀌는 느낌을 받았다. 지진이 나면 이런 기분일까, 땅이 재배치되면서 믿을 수 없게 변했다. 학생들은 거의 1년을—실은 초등학교에서의 지난 7년을—함께하며 무리를 확고히 짓고 지도자와 추종자의 위계를 이루었다. 그 조직은 원활히 굴러갔다. 한 소년이 나타나서 모든 것을 뒤흔들기 전까지는. 단 한 번 공을 어마어마하게 멀리 차고, 단 한 번 소녀의 빰을 만진 것만으로 질서가 바뀌었다. 그는 이제 자기 반 줄에 선 오를 찬찬히 살폈고, 이제 이 새로운 지도자를 포함하여 재배치가 일어나는 것을 볼 수 있었다. 식물들이 태양을 향하듯이, 그 애가 마치 따라가야 할 빛이라도 되는 양, 학생들이 미묘하게 그 애를 향하는 변화. 이언이 지켜보는 동안, 캐스퍼가 오의 뒤에 서서 그 애에게 말을 걸었다. 오의 공차기 실력에 대해 얘기하는지 캐스퍼는 울타리 너머를 몸짓으로 가리켜 보였고, 두 아이 모두 고개를 끄덕였다. 그냥 그렇게, 흑인 소년은 학교에서 가장 인기 있는 소년의 존경을 얻었고, 가장 인기 있는 소녀와 사귀게 될 것이었으며, 이언의 여자친구와 함께 웃었다. 아직 점심시간도 되지 않았는데.

"인기"라는 것은 이언에게는 붙을 일이 없는 단어였다. 그 누구도 이언과는 떠들거나 웃지 않았다. 그러지 않은 지 한참 되었다. 어쩌다 그렇게 되었는지는 확실치 않았지만, 이언은 아이들이 두 려워하나 존경하지 않는 소년이 되었다. 애초에 그렇게 계획을 세운 건 아니었지만, 4학년이 되어 고학년 운동장으로 옮겨 왔을 때, 그의 형은 중학교로 진학했고, 이언은 형의 권좌를 물려받았 으며 거기에 의문을 제기하는 사람은 거의 없었다. 그 자리엔 특 권이 따라왔다. 애들한테 받는 점심값, 원할 때마다 주어진 선생 님들에게서 멀찍이 떨어진 체육관 문 옆자리, 피구나 소프트볼을 할 때마다 자동적으로 떨어지는 주장 위치, 그리고 그의 보좌관 이자 경호원인 로드. 하지만 오른팔이랍시고 저런 어릿광대 없이 도 이언은 잘해 나갈 수 있었다.

　호루라기 부는 소리에 이언은 자기 때문이란 걸 깨닫고 고개를 들었다. 늘어선 줄은 안으로 사라지고 있었고, 로우드 선생이 들 어오라고 손을 흔들고 있었다. 선생들조차도 이언을 조금 두려워 했다. 이언이 뒤에서 어정거린다고 로우드 선생이 혼낼 리는 없 지만, 후에 교사 휴게실에서 불평은 할 터였다. 한번은 문밖을 서 성이다가, 한 선생이 다른 선생에게 하는 말을 엿들은 적이 있었 다. "이언이 머피네 막내 **맞죠**? 나중에 슬쩍 나타날 여동생이 있 거나 하진 않겠죠? 걔랑 걔네 형들까지 겪었는데, 또 하나 더 맡 으라면 못 할 것 같아요. 그 집 애들에겐 정말 할 만큼 했어요."

　"아, 그 애 날개도 중학교에 가면 꺾일 거예요." 다른 선생이 대 답했다. "큰물에 들어간 작은 물고기 꼴인 거죠." 두 선생은 킬킬거렸다. 그 웃음의 대가로, 이언은 두 선생의 차를 긁어 놓았다.

이언이 아는 한, 형들은 여전히 큰 물고기였다. 바로 위의 형은 이제 담배를 피웠고, 여자 친구랑 끝까지 갔다고 말했다.

자신의 학급 줄 끝에 붙어 학교 문으로 향하기도 전에, 이언은 악문 턱과 꽉 움켜쥔 주먹을 풀려고 의식적인 노력을 해야만 했다.

브라반트 선생의 교실 문을 지나면서, 이언은 슬쩍 안을 들여다보았다. 오는 자기 책상에 앉아 종이 한 장을 내려다보고 있었다. 그 뒤에 선 디가 캐스퍼에게 종이를 건네고 있었고, 캐스퍼는 타고난 장점을 드러내며 미소를 지었다. 함께 있는 그들의 모습을 외부인이 보면 남자 친구와 여자 친구로 오해할 수도 있을 것 같았다. 그리고 흑인 소년은 아무것도 보지 못했다.

이언은 동급생들을 따라잡기 위해 서두르며 히죽 웃었다. 앞으로 어떻게 해야 할지 이제 알았다.

로우드 선생 교실 옆 급수대에 4학년 아이가 물을 마시려고 허리를 숙이고 있었다. 이 여자애를 수도에 처박아 입술을 피 칠갑으로 만드는 건 너무 쉬울 것 같았다. 이언은 이전에 여러 번 다른 학생들을 그렇게 만든 적이 있었다. 하지만 오늘은 머릿속에 떠오른 계획 때문에 자비로운 기분이 들었기에 여자애를 손대지 않고 보내 주었다. 그럼에도 여자애는 움찔했다.

제3부

점심시간

어느 날 장터로 걸어갈 때
걸어가고 있을 때
머리에 꽃을 꽂은
세뇨리타를 만났다네

아, 그 꽃을 흔들어요, 세뇨리타
할 수 있으면 흔들어요
밀크셰이크처럼 흔들어요
다시 한 번 흔들어요

오, 그녀는 아래로 흔들흔들
위로 흔들흔들
한 바퀴 돌고 또 돌아
멈출 때까지!

점심시간 종이 울릴 때쯤 되자 아침내 숨어 있던 긴장감이 분위기를 사로잡았다. 철자 수업 시간에 미미의 머리는 쿵쿵 울리기 시작했고, 눈 한쪽 구석에서 시작된 번쩍이는 섬광이 점차 시야 전체로 퍼져 갔다. 불규칙 묶음에 대한 수업이 끝날 무렵에는 칠판이 보이지도 않아서 숙제를 위해 익혀야 하는 단어들을 받아 적을 수도 없었다. 로우드 선생은 다른 수업과 연결시키려 특별히 셰익스피어의 작품에 나오는 단어들로 골라 두었다.

혐오하다abhor   원숭이monkey

갉아먹다gnaw   미묘한subtle

혼돈chaos   검sword

솔직한honest   혀tongue

악한knave   불쌍한 사람wretch

"로우드 선생님 말이야, 이 단어들 고를 때 기분이 좀 안 좋았
나 봐."

옆자리에 앉은 제니퍼가 종알거렸다. "아주 어렵지도 않잖아.
어떤 단어는 수업 시간에 쓴 적도 없어. 근데 대체 악한이 무슨
뜻이야?"

"못된 남자애." 미미가 대답했다. 미미와 디는 몇 주 전 텔레비
전에서 〈로미오와 줄리엣〉을 보았고, 거기서 그 단어를 들었다.
미미는 로미오에게 홀딱 반해 버렸다.

"셰익스피어가 누구라고 선생님이 그랬지?"

"알잖아! 『한여름 밤의 꿈』을 쓴 사람." 6학년 두 반은 그해 말
에 그 희곡을 각색하여 공연하기로 되어 있었다. 미미는 요정 역
이었다. 미미는 고개를 흔들었지만, 그래 봤자 시야가 맑아지지
는 않았다. "저 단어 좀 읽어 줄 수 있어?"

제니퍼는 안됐다는 표정을 지었다. "머리 또 아파?"

"응." 미미는 괜한 소란을 피우고 싶지 않아서, 지난 여섯 달 동
안 두통이 있었다는 사실을 친구들에게는 말하지 않았다. 하지만
옆자리에 앉아서 그 고통의 파장에 맞춰 가는 제니퍼에게까지 숨
기는 건 힘들었다. 제니퍼는 미미를 위해 그 사실을 비밀로 해 주
었고, 특히 미미가 교실에서 뛰어나갈 때마다 무마해 주었다. "그
날이래요." 제니퍼는 로우드 선생에게 몰래 말했고, 선생은 초조

하게 고개를 끄덕였다. 월경은 6학년에게는 엄숙한 주제였지만, 여전히 많은 여자애들이 초경을 기다리고 있었다. 선생님이 거기에 당황한다는 사실을 이용할 수 있는 여자애들. 하지만 제니퍼의 거짓말은 자기 생각보다도 진실에 가까웠다. 미미의 두통은 생리 주기가 돌아올 즈음에 일어나기 때문이었다. 미미의 어머니는 그게 성장의 신호라고 말했지만, 미미는 확신할 수 없었다.

그래도 오늘은 점심시간까지 버틸 수 있겠다는 계산이 서서, 뛰어나갈 필요는 없었다. 제니퍼의 도움을 받아 철자 목록을 베끼면서, 머리를 쥐어짜는 느낌과 눈앞에서 춤추는 다이아몬드 모양의 빛을 무시해 버리자 마침내 점심시간 종이 울렸다. 심지어 그때도 미미는 뛰지 않고, 다른 아이들과 함께 줄을 지어 나갔다. 미미가 지하에 있는 여자 화장실로 향하려 할 때 손 하나가 팔을 움켜쥐었다. 이언이었다. 미미는 곧바로 몸이 더 나빠지는 것만 같았다. 너무나 급박하게도.

"잠깐만 기다려." 이언이 말했다. "누가 보면 네가 날 피하는 줄 알겠다. 그런 건 아니겠지?" 이언은 복잡한 표정을 짓고 있었다. 농담하는 듯 미소를 지었지만, 미미는 이언이 농담하는 것이 아님을 알았다. 그 미소 뒤에는 압력에 무너지지 않는, 돌처럼 단단한 층이 있었다.

"아니야. 그냥 두통이 있어서 그랬어." 미미는 같이 웃으려 했지만, 갑작스레 구토가 치밀었다. "나 지금 가 봐……."

"나를 위해 해 줘야 할 일이 있어."

"뭔데?"

"캐스퍼가 디한테 준 게 있어? 쪽지나 액세서리 같은 거?"

"나, 난 몰라. 있을지도 모르지. 하지만 걔네 둘 사이는 그런 거 아냐, 정말로." 미미는 화장실에 가는 것 말고는 아무 생각도 할 수 없었다.

"알아내. 그리고 그런 게 있으면 뭐든 나한테 가져와."

"알았어. 나 진짜 가 봐야……." 미미는 이언을 뒤로하고 여자 화장실로 향하는 계단을 서둘러 내려갔다. 화장실로 뛰어 들어가 무릎을 꿇고 변기에 토했다. 그런 다음 물을 내리고 다시 주저앉은 채로 몸을 일으켜 화장실 칸막이에 기대고 눈을 감았다. 고맙게도 괜찮은지 물어보거나 선생님을 데려오는 애는 없었다.

구토를 했을 뿐인데 깨끗해진 건 위장만이 아니었다. 눈앞에서 번쩍이는 다이아몬드가 사라졌고, 이제 두통도 가셨다. 화장실은 물탱크가 천천히 차는 소리 외에는 조용했다. 소독제와 학교 화장실 외에 다른 곳에서는 절대로 볼 수 없는 거친 갈색 종이 타월 냄새가 났다. 벽은 전투함 같은 회색으로 칠해져 있었고, 거기다 형광등 불빛까지 더해져 누구라도 못생기고 아프게 보였다. 블랑카와 디까지도. 그러나 이런 조명과 냄새에도 아랑곳없이 여자애들은 그곳에 모여 놀기를 좋아했다. 순찰 돌 때를 빼고는 선생님들이 거의 오지 않는 장소 중 하나였다. 교사용 휴게실 옆에 교사용 화장실도 따로 있었기 때문이다.

미미가 지금 정말로 하고 싶은 것은 차가운 타일 바닥에 누워 뺨을 대고 아무것도 생각하지 않은 채로 그날 하루가 강처럼 흘러가게 놔두는 것이었다.

하지만 그럴 수는 없었다. 바닥에서는 표백제 냄새가 너무 강하게 났고, 더욱이 누가 들어올 수도 있으며, 미미의 친구들이 학교 식당에 모여서 기다릴 테니 미미가 금방 나타나지 않으면 표가 날 것이었다. 미미는 입을 헹구고 뺨에 물을 끼얹은 후 거울에 비친 자기 얼굴을 보았다. 꼴이 끔찍했다. 미미는 언니에게서 훔친 립스틱을 꺼내어 뺨에 좀 찍어 바르고 문질렀다. 여학생들은 학교에서 화장하지 못하도록 금지되어 있었지만, 미미는 아무도 알아채지 않기를 바랐다. 미미는 마지막으로 자기 모습을 쓱 살펴보고, 미소를 지어 본 후 소리 내어 말했다. "걔가 갖고 싶다는 게 뭐든 주면 돼. 그럼 널 놔줄 거야." 그게 미미의 전략이었다.

미미는 디와 오세이가 학교 식당 바깥에서 함께 있는 것을 보고 놀랐다. 무언가를 두고 이마가 서로 닿도록 함께 머리를 숙이고 있다니. 디는 집이 가까웠기 때문에 집에 가서 점심을 먹는 몇 안 되는 아이들 중 하나였다. 디의 어머니는 딸이 시간 맞춰 돌아오기를 기다리고 있을 터였다. 몇 년 동안은 미미도 방과 후에 몇 번 같이 놀려고 디와 함께 그 집에 갔었지만, 디의 어머니의 절대 웃지 않는 가느다란 입과 시계를 들여다보는 뾰족한 눈초리, 절대 나오지 않는 간식, 저녁 식사 메뉴로 나오는 간 요리, 디의 아버지가 돌아와 불청객을 보고 얼굴을 찌푸렸을 때 높아지는 긴장감을 눈치채고 말았다. 그 때문에 미미는 자신의 부모님께 한

층 더 감사하는 마음을 갖게 되었다. 차츰 미미와 디는 미미의 집에서 노는 쪽으로 기울어졌다. 미미의 어머니는 오레오 접시를 내어 주고 텔레비전을 보도록 허락해 주었다.

이제 디는 복도에 걸린 시계를 슬쩍 쳐다보더니 무언가를 필통에 밀어 넣었다. 아까 미미에게 말했던 분홍 필통이었다. 그러더니 그걸 배낭 속에 쑤셔 넣었다. 디는 오에게 뭐라고 말하고 주위를 두리번거리더니 짧게 키스하고 뛰어가 버렸다. 미미는 그 키스에 충격을 받아야 마땅했다. 특히, 선생님들이 보기라도 했으면 둘 다 크게 혼이 났을 테니까. 하지만 운동장에서 두 아이의 노골적인 접촉이 일어난 뒤라 오히려 김이 샌 듯 보였다. 미미는 여전히 두 아이의 검고 하얀 팔이 서로에게 닿던 그 광경을 그려 볼 수 있었다. 미미가 이제껏 본 중에서 가장 섹시한 광경이었다. 로미오와 줄리엣이 발코니 장면에서 키스하던 것보다 훨씬 강력했다.

디가 뛰어갈 때, 열린 배낭에서 분홍색 필통이 뚝 떨어졌다. 서둘러 닫느라 지퍼가 다 채워지지 않은 듯했다. 미미는 소리쳤지만, 친구는 가고 없었다. 오는 벌써 학교 식당 쪽으로 가 버려서 미미가 가서 주울 수밖에 없었다. 미미는 볼록한 딸기 모양을 손가락으로 훑으면서 이 필통이 디의 말대로 정말 귀엽다고 생각했지만, 그렇다고 미미의 취향에 딱 맞는 물건은 아니었다. 점심시간이 끝나면 돌려줘야지. 자기 배낭에 필통을 집어넣고 미미는 식당으로 향했다.

블랑카가 테이블에 앉아 손을 흔들며 맡아 둔 자리를 가리켰다. 사람이 많아서 쉽지 않았을 터였다. "어디 갔었어?" 블랑카가 소리쳤다. "애들이 다 자리 달라고 했단 말야!"

"금방 갈게." 미미도 소리쳤다. "뭐 가져갈까?"

"동그란 감자튀김!"

블랑카는 어떤 유의 감각적 경험을 사랑하듯이 음식을 좋아했다. 그래서 미미는 종종 자기 몫으로 나온 프렌치프라이나 후르츠 칵테일의 체리, 초콜릿 우유를 넘겨주었다. 지금 미미의 텅 빈 위장은 쓰렸고, 먹고 싶은 건 쿨에이드뿐이었다. 하지만 미미는 억지로 쟁반을 들고서, 급식실 아주머니들이 햄버그스테이크와 동그란 감자튀김, 흔들거리는 레몬 머랭 파이 한 조각을 나눠 주는 곳으로 갔다. 블랑카와 다른 여자애들은 미미가 먹고 싶지 않은 음식들을 기쁘게 먹어 줄 것이었다.

미미는 줄 서서 기다리면서, 바로 한 학생 앞에 있는 오를 보았다. 급식실 아주머니들도 모두 흑인이었으므로, 미미는 아주머니들이 오를 보고 같은 일원이라는 신호를 주려고 특별한 미소를 지을지도 모른다고 생각했다. 그러나 햄버그스테이크를 나눠 주던 아주머니는 오를 보더니 얼어붙었다. 국자가 허공에 걸려서, 토마토소스가 고기의 연골질 덩어리 위로 뚝뚝 떨어져 오의 쟁반 위로 흘렀다. 옆에 있던 아주머니가 킥킥 웃었다. "정신 차려, 지넷, 쟤한테 스테이크 줘야지!" 그러면서 아주머니는 오에게 동그란 감자튀김을 두 국자 가득 퍼 주었다.

오가 앞으로 간 뒤, 미미는 햄버그스테이크 아주머니가 다른 아주머니에게 하는 말을 들었다. "애가 불쌍도 하지."

"'애가 불쌍하다'는 게 무슨 말이야?" 감자튀김 아주머니가 따져 물었다. "여기 좋은 학교야. 여기 다니면 운이 좋은 거지."

"내 말 무슨 뜻인지 모른 척하지 마. 아줌마는 아줌마 아들이 자기랑 완전히 딴판인 애들만 모여 있는 운동장을 돌아다니게 하고 싶어?"

"좋은 교육만 받을 수 있다면 그 정도쯤이야. 게다가 저 애는 전학생이잖아. 전학생은 늘 처음엔 힘든 거야. 저 애도 적응하겠지."

"이 아줌마 모자란 건지 뭔지, 적응해야 할 건 쟤가 아니라고. 적응해야 할 건 백인들이지! 그런데 그 사람들이 할 것 같아? 쟤를 죽도록 괴롭힐걸. 교실에서도 마찬가지일 게 뻔해. 선생들도 애들하고 별반 다를 바 없이 나쁘다고. 더하면 더했지. 선생이면 그보다는 더 나은 사람들이어야 할 것 아냐."

미미는 쟁반을 든 채로 서서 귀를 기울였다. 몇 년 동안 이 급식실 아주머니들이 내놓는 급식을 먹었지만, 아주머니들이 매시드 포테이토를 조금씩 나눠 줄 때 "한 숟가락, 두 숟가락"이라고 묻는 말 말고는 들어 본 적이 없었다. 확실히 한 학생을 두고 이러쿵저러쿵한 적은 한 번도 없었다. 그리고 이런 말도 한 적이 없었다.

동그란 감자튀김을 나눠 주는 아주머니는 갑자기 미미의 존재를 인식한 듯 다른 두 사람을 팔꿈치로 쿡 찔렀다. "감자튀김 더 줄까, 아가? 여기 많이 남았단다." 아주머니는 미미가 뭐라고 하기도 전에 세 국자를 퍼 주었다. "데니즈, 가서 애한테 파이 큰 조각 하나 줘. 제일 큰 걸로. 애가 파리하네."

미미는 아주머니들이 음식을 잔뜩 쌓아 올리는 것을 말리지 못했다. "자." 감자튀김 아주머니가 말했다. "자, 이제 됐지? 먹고 싶은 거 다 받았니?" 아주머니는 필요보다 한 박자 길게 미미의 눈을 쳐다보았다.

미미는 고개를 끄덕이고 당황해서 자리를 떴다.

그 앞에서는 오세이가 쟁반을 든 채로 꽉꽉 들어찬 테이블을 둘러보고 있었다. 미미는 급식실 아주머니들이 한 말을 오가 들었을까 궁금했다. 미미는 거기 서서 어디 앉을까 고민하는 오가 안타까웠다. 적어도, 아무도 그를 쳐다보지 않았고, 수업 전 운동장에서처럼 고요해지지도 않았다. 학생들은 음식이 있을 때는 언제나 더 시끄럽게 떠들었다.

잠깐 동안 미미는 자기와 블랑카, 다른 여자애들과 같이 앉자고 말해 볼까 생각했다. 여자애들이 옹기종기 붙어 앉으면 그 애 하나쯤 끼워 줄 수 있을 것 같았다. 디가 여기 있었다면 그러지 않았을까 하는 생각도 들었다. 하지만 미미는 그렇게 하지 않을 것이었다. 미미는 디보다는 더 현실적이었다. 남자애와 여자애들은 학교 식당에서 같이 앉으면 안 된다는 불문율이 있었다. 그렇게 했다가는 오의 피부색만큼이나 큰 소동을 일으킬 터였다.

　한쪽 테이블에서 일어서려는 이언의 모습이 보였지만, 그때, 오와 더 가까운 쪽에서 캐스퍼가 손짓을 했고, 캐스퍼 옆에 앉은 누군가가 일어서서 전학생에게 자기 자리를 내주었다. 오는 그 자리로 슬며시 들어갔고, 갑자기 체스판의 말처럼 다른 소년들 사이에 갇히게 되었다. 이언은 엉거주춤한 채로 자기가 선수를 빼앗긴 걸 누가 보았을까 봐 눈을 이리저리 굴리고 있었다. 마치, 누가 말을 시작했지만 다른 사람들은 자기들끼리 이야기하느라 그 말을 듣지 못해 말하던 사람이 무안하게 중간에 끊긴 것처럼. 이언과 함께 있는 남자애들은 그 주위에서 육감을 발휘했는지 조심스럽게 급식을 먹거나 농담을 하거나 딴 데를 보는 척하고 있었다. 오로지 미미만이 이언을 쳐다보는 걸 들키고 말았다. 이언은 미미를 쏘아보았고, 미미는 서둘러 몸을 돌려 자기 자리로 갔다.

　“야, 너 운 좋다.” 블랑카가 종알거리면서 감자튀김 하나를 입에 쏙 집어넣었다. “많이도 가지고 왔네! 그 파이도 먹을 거야?”

　미미는 고개를 저으면서 쟁반을 테이블 한가운데로 밀어 준 다음, 자기 몫의 쿨에이드 컵만 들고 뒤로 빠졌다. 블랑카와 다른 여자애들은 남은 음식, 심지어 질긴 스테이크에도 덤벼들었다. 그 모습을 보자 속이 더 안 좋아졌지만 고개를 들었다가 이언과 다시 마주칠까 두려워서 테이블 아래 배낭에만 시선을 두었다. 그 안에는 디의 딸기 필통이 들어 있었다. 지퍼를 꽉 닫지 않아서 그 사이로 종이쪽지 하나가 불쑥 튀어나왔다. 미미는 가만두어야 한다는 것을 알았다. 자기가 읽을 쪽지가 아니었다. 그렇지만 어쩔 수가 없었다. 디와 오가 머리를 맞댄 채 그 필통을 두고 있는 모습을 보았을 때, 두 사람이 가진 게 무엇이든 그걸 약간은 원하게 되었다. 그게 친구의 것을 넘본다는 의미라고 해도. 미미는 슬쩍 눈을 들었다. 반대편에 앉은 여자애들은 레몬 머랭 파이를 어떻게 나눌지 말다툼하고 있었다. 미미는 종이쪽지를 쓱 꺼냈다.

거기에는 이름과 주소, 전화번호가 적혀 있었다.

오세이 코코테
니코시아 블러바드 4501번지, 511호.
652-3970

미미는 잠깐 생각했다. 여기는 교외였다. 대부분의 사람들이 주택에 살았다. 미미는 주택이 아닌 아파트에 사는 여자애를 딱 한 명 알고 있었다. 어머니랑 단둘이 사는 애였는데, 그 애가 어렸을 때 아버지가 집을 나갔다고 했다. 그 애가 사는 아파트는 동네에서도 더 가난한 쪽이었다. 하지만 니코시아 블러바드는 큰길이었고, 그곳에는 사무실과 근사한 상점들과 호텔처럼 대리석 현관과 주차 요원이 딸린 새 아파트들이 있었다. 어떤 아파트에는 방으로 곧장 이어지는 엘리베이터가 있다는 말도 들은 적 있었다. 오의 가족이 거기 산다면, 어머니랑 둘이 사는 여자애처럼 가난하지는 않다는 얘기였다. 부자임이 확실했다.

미미는 디가 학교 밖에서 만나려고 그 주소를 받아 적었으리라는 추측을 할 수밖에 없었다. 두 사람이 디의 집에 갈 리는 없었다. 디의 엄마는 디가 어떤 남자애를 만나든 죽이려고 할 텐데, 흑인 아이라면 더 말할 것도 없었다. 오의 가족은 그렇게까지 걱정하지 않을 것이었다. 미미는 디를 위해 알리바이를 대 줄 준비를 해야 할지도 몰랐다. 그러나 이게 시작이고 앞으로도 많이 생길 거라는 예감이 들었다. 미미는 한숨을 쉬었다.

"우리 두 줄 줄넘기 하러 갈 거야." 블랑카는 이렇게 선언하더니 일어나서 기지개를 켰다. 분홍색 탑이 위로 올라가는 바람에 배 부분이 드러났다. 우연이라고는 할 수 없는 노출이었다. "너도 올 거야?"

"응." 미미는 종이쪽지를 도로 필통에 끼워 넣고, 지퍼를 완전히 닫을지 말지 망설였다. 달라진 걸 디가 알아볼까? 가만 놔두는 편이 나을 것 같았다.

"뭐 해?" 처음으로 블랑카가 다른 사람에게 관심을 보였다.

"아무것도. 그냥 주스를 허벅지에 흘려서." 미미는 가방을 열심히 문지르면서 동시에 필통을 깊숙이 밀어 넣었다.

"가자!" 블랑카는 캐스퍼가 다른 소년들과 앉아 있는 테이블로 뛰어가서, 두 손으로 캐스퍼의 어깨를 짚고 턱을 그 애 머리에 올렸다. 그러자 길고 검은 고수머리가 캐스퍼의 얼굴 위로 흘러내렸다. "캐스퍼어어어." 블랑카는 음절을 길게 빼며 노래했다. "너도 올 거야?"

"음." 캐스퍼는 당황한 표정으로 블랑카의 머리카락을 옆으로 넘겼다. "내가 어딜 가는데, 블랑카?"

"너 기억 안 나? 내가 두 줄 줄넘기 하는 거 봐 주기로 약속했잖아!"

"내가 그랬어?"

"캐스퍼!" 블랑카가 허리를 쭉 펴고 캐스퍼의 팔을 찰싹 쳤다. "오늘 아침에 그러겠다고 약속했잖아! 내가 춤추는 거 보러 온다고!" 블랑카는 보이지 않는 두 줄을 넘는 척하며 손가락을 팅기면서 노래를 부르기 시작했다.

어느 날 장터로 걸어갈 때
걸어가고 있을 때
머리에 꽃을 꽂은
세뇨리타를 만났다네

"어머나." 미미는 웅얼거렸다. 그러다가 오세이와 눈이 마주쳤다. 오세이는 웃지 않으려 애쓰고 있었다. "블랑카, 그만둬!"

하지만 블랑카는 그만두지 않았다. 등을 캐스퍼 쪽으로 돌리고 어깨 너머로 입을 삐죽 내밀며, 폴짝폴짝 뛰면서 엉덩이를 앞뒤로 흔들기 시작했다.

아, 그 꽃을 흔들어요, 세뇨리타

할 수 있으면 흔들어요

밀크셰이크처럼 흔들어요

다시 한 번 흔들어요

"알았어, 알았어!" 캐스퍼가 말렸다. 캐스퍼는 더 창피한 꼴을 당하지 않으려고 자리에서 일어나 블랑카가 자기를 끌고 가게 놔두었다. 하지만 그러면서도 웃고 있었다. 블랑카에 관한 거라면, 캐스퍼는 뭐든 매력적이라고 느꼈다. 활기찬 에너지, 관심, 피어나는 섹시함. 캐스퍼는 블랑카에게 반해 있었다.

미미는 그 커플을 따라가면서 옆 테이블에 앉은 이언의 존재를 느꼈다. 그의 눈이 미미의 머리에 박혀 자기 생각을 꿰뚫는 것 같았다. 그 느낌에 미미는 더 서둘러 운동장으로 나갔다.

전학생의 하루에서 가장 힘든 순간 중 하나는 학교 식당에서 빈자리를 찾는 것이었다. 학교 식당은 바쁘고 정신없는 곳이었고 지정석이 없었기 때문에 모두가 친구들과 앉았다. 하지만 전학생에게는 아직 친구가 없었고, 확실히 앉을 수 있는 곳이란 없었다. 오세이는 이전에도 이런 경험을 한 적 있었고, 여기에 대처하는 두 가지 방식을 알아냈다. 하나는 먼저 들어가서 빈자리에 앉은 후 다른 사람이 다가오도록 하는 것이었다. 그런 식으로 하면 잠재적 적군과 앉거나 어떤 무리에 끼려고 너무 아등바등하는 실수를 피할 수 있었다. 상대방이 나를 선택하도록 하는 것이었고,

사람들은 그쪽을 선호했다. 반면, 아무도 같이 앉으려고 하지 않아서 결국 외톨이가 될 위험도 있었다. 방사선 폐기물 주변 무인지대처럼 빈자리가 고리처럼 남아 버릴 수도 있었다.

아니면 뒤처져서 줄 맨 끝에 서 있다가 사람들이 다 자리에 앉으면 어디 끼어들지 선택할 수도 있었다. 식당이 붐비면 보통 두어 자리만 남을 것이고, 그 자리 사람들은 일어나서 자리를 옮길 수도 없기에 홀로 발 묶일 일이 없었다. 하지만 여러 번 빈자리가 있을 땐 인기 없는 애들하고만 앉아야 했다. 약한 애들, 멍청한 애들, 냄새 나는 애들, 혹은 아무도 이해할 수 없는 이유로 따돌림을 당하는 애들. 학교생활을 그 애들 옆에 앉아 시작하는 것은 결코 좋은 생각은 아니었다. 걔네들에게 들러붙어 있는 게 뭐든, 자기에게도 들러붙을 테니까.

오세이는 두 선택지를 다 시도해 보았고, 보통은 두 번째를 택했다. 오는 주변 상황을 스스로 통제할 수 있는 편, 혹은 적어도 상황을 예측할 수 있는 편을 선호했다. 따돌림 당하는 애들과 같이 있는 상황이 된대도, 어쨌거나 자기 운명을 스스로 선택한 것이니까.

오늘 오에게는 선택권이 별로 없었다. 디가 주소와 전화번호를 알려 달라고 붙잡았기 때문이다. 용건이 있어 전화를 걸거나 언젠가 학교 마치고 놀러 가려면 알아야 한다고 했다. 디 쪽에서는 자기 전화번호와 주소를 주지 않았다는 것을, 오는 눈치챘다. 오는 어째서 자기는 디의 집에 갈 수 없는지 묻지 않았다. 이유를 알고 있었기 때문이다. 부모님들이 좋아할 만한 친구가 아니기 때문에. 다른 남자애들 집에 놀러 갔을 때도 별로 성공했던 적이 없었다. 부모님들은 처음엔 그의 피부색에 놀라고, 그다음엔 침묵하더니, 이어서 과하게 정중하게 대했다. 저녁 먹고 가라고 오를 붙잡은 적은 한 번도 없었다.

오와 디는 뒤에 남아서 이야기를 나누었지만, 이윽고 디는 시계를 보더니 소리를 질렀다. "이렇게 늦게 왔다고 엄마가 나를 죽일 거야!"

오의 어머니는 늦게 귀가한 것을 나무랄 수는 있었지만, 그 이상은 하지 않았다. 고함이나 눈물은 더 중요한 일을 위해 아껴 두었다. 하지만 디의 어머니는 딸의 단속을 단단히 하는 모양이었다. 디는 자기 가방을 들고 뛰어가려다가, 주변을 둘러보고 오에게 키스하더니 서둘러 떠났다. 짧긴 했지만 그런 제스처에 오는 웃음을 지었다. 디 같은 여자애가 키스하고 싶어 하다니 자기에게 온 행운을 믿을 수가 없었다.

디가 사라지자 세계는 납작하고 어두워졌다. 디가 있어서 오의 아침은 참을 만했다. 더 나아가, 디는 그 아침에 색을 입혔다. 이제 디가 사라지자 사물은 다시 흑백으로 바뀌었다.

오세이는 이전에도 여자애들과 친구로 지낸 적이 있었다. 미국에서는 아니지만, 가나에서. 매년 여름 가나에 가면 할아버지의 마을에서 어릴 적부터 같이 놀던 여자애들이 있었다. 그 애들하고 있으면 편안했다. 이방인이라는 기분이 들지 않았고, 뭔가를 설명할 필요가 없었으며, 아예 말을 할 필요조차 없었다. 그 애들과는 친밀감을 공유했다. 시시 누나와 있을 때와 유사한 기분이 들었고, 그 때문에 같이 있으면 편안했다.

심지어 여자애들과 더 나간 적도 있었다. 뉴욕에서 학교를 다닐 때였다. 그해 초에 모두가 운동장에서 실험을 시작했다. 소년들과 소녀들은 점심시간에 사귀었다가 하루가 끝날 때쯤 깨졌다. 대단한 걸 하지는 않았다. 마치 누구를 치고 도망가는 게임과 비슷했다. 가끔은 손을 잡거나 키스를 하기도 했다. 빠르고 어설프게. 한 소년이 소녀의 별로 크지도 않은 가슴에 손을 댔고, 따귀를 언어맞고, 정학당했다. 몇 주 동안 입에 오르내린 이야기였다.

오는 어떤 여자애든 자기에게 관심을 갖는다는 사실에 놀랐다. 누구도 그를 거의 받아들여 주지 않았기 때문이다. 하지만 어느 날, 모두가 짝을 지은 듯 보였을 때―운동장을 덮쳐서 모든 학생을 감염시킨 독감처럼―토니라는 이름의 소녀가 오에게 다가와 말했다. "너 나 좋아해?" 그 전에는 한 번도 말을 건 적이 없는 애였다.

"넌 괜찮지." 오는 무심하고 미국인다운 답을 하려 애썼다. 여자애가 실망하고 창피한 것처럼 보였기에―오는 이 결합이 잠재적으로 위험할지 모른다는 것을 깨달았다―오는 억지로라도 그 아이를 좀 더 자세히 보았다. 여자애는 넓은 격자무늬 나팔바지에 이제 갓 생겨나기 시작한 가슴 윤곽이 다 보일 만큼 딱 붙는 녹색 터틀넥 스웨터를 입고 있었다. "스웨터가 마음에 드네." 오가 덧붙이자 여자애는 미소 지으면서 기대에 찬 표정을 지었고, 오는 자기가 뭔가 좀 더 말해야 한다는 것을 알았다. 그리고 무슨 말을 해야 하는지도 알았다. 다른 애들이 그 주에 그 말을 여러 번 쓰는 것을 들었기 때문이다. "나랑 사귈래?" 오는 물었다.

토니는 마치 친구들의 응원을 바라는 듯 주위를 둘러보았다. 친구들은 한쪽에 모여서 소곤거리고 웃어 댔다. 그래서 오는 거의 이렇게 말할 뻔했다. "신경 쓰지 마. 내가 사귀자고 했던 거 잊어버려." 하지만 그때 토니가 좋다고 말했고, 그래서 오는 그 애와 사귀게 되었다. 거기에는 다른 애들이 손가락질하고 킥킥 웃는데도 함께 우두커니 서 있는 것도 포함되었다. "너 형제나 자매 있어?" 오는 마침내 그저 예의를 지키려고 물어보았다. 하지만 그 말에 토니도 킥킥 웃기 시작했고, 오세이는 지겨워져서 그 자리를 떴다. "나 너랑 헤어질 거야!" 여자애는 뒤에서 소리쳤다. "네가 차인 거야!"

오는 하마터면 가운뎃손가락을 들어 보일 뻔했지만, 어머니가 그 무례한 미국식 제스처를, 그것도 여자애한테 쓴 걸 보고 뭐라고 할지 생각하고는 그만두었다.

다음 여자애—이름은 팸이었다—하고는 좀 더 진도를 나갔다. 오는 그 애한테 자매가 둘 있다는 것과 노란색을 가장 좋아한다는 사실을 알아냈다. 두 사람은 운동장을 걷고 심지어 손도 잡았다. 하지만 오가 키스하려고 하자 팸은 밀어냈다. "너한테서 냄새 나." 여자애가 말했다. "그럴 줄 알았다니까."

"좋아." 오세이는 대답했다. "어쨌든, 난 너랑 사귀고 싶지 않았어." 그 말을 먼저 하는 게 중요했다. 차이는 쪽보다 차는 쪽이 되는 것이.

팸은 운동장 맨 끝에 있는 친구들에게로 뛰어갔고, 분노에 찬 비명 소리가 여자애들 사이에서 솟아올랐다. 화난 갈매기 떼처럼 들리는 소리였다. 여자애들은 오가 그 학교에 있던 그달 내내 무슨 유독 물질이라도 되는 양 멀찍이 거리를 두면서 기회를 잡을 때마다 쏘아보고 보란 듯이 쑥덕이고 웃었다. 오가 줄에 서려고 할 때마다 티를 내면서 떨어지기도 했다. 여자애들은 남자애들보다 훨씬 더 비열해질 수 있었고, 남자애들처럼 싸워서 무리에서 몰아내기보다는 앙심을 더 오래 품었다. 여자애들의 이런 대접은 예상보다도 대처하기가 더 힘들었고 그 이유 하나만으로도 워싱턴을 떠나 학교를 옮기고 그 애들로부터 멀어진다는 사실에 안심이 되었다.

토니와 팸은 오가 나중에 다른 사람들과 하게 될 연극의 리허설처럼 느껴졌다. 뒤에 어떤 감정 없이 읽어 내려가는 대사. 다만 신체적 접촉이나 그 생각만으로도 간간이 덜컥 찾아오는 쾌락이 있을 뿐이었다.

디와는 완전히 달랐다. 이전에는 한 번도 느껴 본 적 없는 신체적 끌림, 호기심, 수락의 유혹적 혼합. 디는 질문을 많이 했고, 오의 대답에 진심으로 귀를 기울였다. 메이플시럽 같은 눈은 시선을 마주쳐도 흔들리지 않았다. 디는 고개를 끄덕이며 오를 향해 몸을 기울였다. 친구들과 함께 오를 보고도 킬킬대지 않았고, 냄새가 난다고 말하지도 않았으며, 이상한 눈초리로 쏘아보지도 않았다. 디는 자신과 오를 구분 짓는 여러 가지 것들에 호기심을 느꼈지만, 균형을 찾아 오를 있는 그대로 받아들이기로 했다. 디의 이런 태도에 오는 기분이 좋았고, 두 팔로 디를 껴안고 싶어졌다. 디의 온기를 느끼고, 학교의 나머지 부분, 나머지 세계를 지워 버릴 수 있게.

이제 디는 곁에 없었고, 오는 자기를 보고 수군대던 급식실 아주머니들이 잔뜩 담아 주는 바람에 굳었는데도 억지로 먹어 치워야 하는 음식이 든 쟁반을 들고 서서, 소리치고 웃는 아이들로 가득한 시끄러운 테이블들을 훑어보고 있었다. 우유에 빨대를 꽂고 불어 거품을 일으키거나, 감자튀김을 공중에 던져 입으로 받아 먹는 아이들도 있었다. 덥고 시끄러웠으며, 고기 냄새가 났고, 지질한 애들 몫으로 남겨진 곳 외에는 자리가 없었다. 모두 세 명이었다. 한 아이는 피구 시합에서 오세이와 같은 팀이었던 못하는 애로, 고기 냄새가 나는 데가 바로 거기 같았다. 한 아이는 사팔뜨기였고, 세 번째 아이는 영원히 슬퍼 보이는 얼굴이었다. 아이들은 두려운 눈빛으로 오를 바라보고 있었다. 흑인 아이가 자기들과 함께 앉을까 두려워하는 것일 수도 있겠지만, 오는 그것만은 아니라는 느낌을 받았다. 아니, 그들은 **성공한** 소년이 자기들과 함께 앉는 것을 두려워했다. 자기들이 꿈꿔 온 것보다도 더 멀리 공을 찼던 소년. 디와 사귀고 이제 두 곳에서 오라고 권유받으며 그들과 한편이 아닌 소년. 캐스퍼가 오에게 손짓하며 옆자리에 앉은 소년에게 비키라고 고갯짓을 했을 때, 오는 그 아이들의 눈에 떠오른 안도의 눈빛을 보았다. 동시에 이언도 일어서려 했다. 오는 둘 중 한쪽을 골라야만 했다.

실은, 선택의 여지가 없었다. 어둠과 빛 사이에 선택이라는 게 있을까? 사람은 찡그린 얼굴보다는 웃는 얼굴을 향해 걸어가기 마련이다. 오는 이언을 못 본 척하며, 캐스퍼를 향해 고개를 끄덕이고 그 옆에 가서 앉았다. 그러면서도, 후에 역효과를 가져올 수도 있는 아슬아슬한 선택임을 알고 있었다. 이언은 무시당하거나 거절당하는 것을 좋아하는 유의 소년이 아니었다.

"어이." 캐스퍼가 말했다.

"어이." 오도 무리에 끼려면 따라 해야 한다는 것을 의식하고 반복했다. 뉴욕에서는 "안녕"이라고 했는데, 여기 애들은 "어이"라고 했다. 오는 급식 위로 몸을 숙이고 포크를 집어서 우울한 스테이크를 소스 속에서 이리저리 밀어내며, 코카콜라와 엄마가 만들어 줬지만 책상 서랍 속에 두고 온 샌드위치 생각을 했다. 오는 결국 동그란 감자튀김에 안착했다. 적어도 형식적으로는 감자튀김 모양을 하고 있었지만, 오세이는 엄마의 구운 감자를 생각하고 한숨지었다.

"너무 끔찍하지." 캐스퍼가 킬킬 웃으며 말했다. "급식이 좋은 날은 피자가 나오는 금요일뿐이야."

모든 학교에는 캐스퍼가 한 명씩은 있었다. 인기가 많아서 순수하게 사람들을 친절히 대할 수 있는 아이. 캐스퍼는 다른 테이블에 앉은 세 명의 지질한 애들에게도 친절할 것 같았다. 그럴 수 있으니까. 캐스퍼는 자격이 있었다. 오세이의 아버지는 가난뱅이 출신보다는 몇 대를 거쳐 부유한 가문에서 태어난 사람과 친구가 되는 편이 언제나 더 좋다고 말하곤 했다. 자수성가한 사람은 자기 출신에 그대로 남아 있는 사람에게 심술궂게 굴기 때문이라는 것이었다. 후자는 이언 같은 아이일 터였다.

"너희 부모님 차에 그렇게 해서 정말 미안해." 오는 곤란한 일부터 해치워 버리려고 이렇게 말했다.

캐스퍼는 어안이 벙벙한 얼굴이었다. "뭐가?"

"아까 공 차서 맞혔잖아."

"아." 캐스퍼는 한 손을 저었다. "별거 아냐."

"하지만 지붕에 움푹 들어간 자국이 났을지도 몰라."

"그럴 리 없어. 올즈모빌은 튼튼하거든."

캐스퍼와 주변의 소년들이 자기들끼리 이야기를 나누는 동안, 오세이는 평화롭게 점심을 먹을 수 있었다. 그런 후, 잠깐 소강상태에 접어들었을 때 캐스퍼는 오를 자연스럽게 무리로 끌어들이는 질문을 하나 던졌다. "뉴욕에 살았을 때 제츠 팬이었어, 자이언츠 팬이었어?"

오세이는 그 질문에 대해 생각할 필요가 없었다. "자이언츠." 오는 즉각 대답했다. "쿼터백이 팬티스타킹을 입는 팀은 응원할 수 없어!"

테이블에 앉은 애들이 모두 폭발했다. 제츠의 쿼터백인 조 나마스는 최근 광고에 팬티스타킹을 신고 나왔고, 테이블에 둘러앉은 소년들은 모두 그에 대해 한마디씩 덧붙이고 싶어 했다.

"게이냐!"

"**엄마**랑 방에서 그 광고 같이 봤다니까. 진짜 쪽팔리지 않냐!"

"그런 걸 하다니, 돈을 얼마나 먹었길래."

"그 광고 찍느라 다리 면도도 했더라고! 다리가 매끈한 게 다 보여. 팬티스타킹 때문이 아니라니까. **다리털 밀었어!**"

"나는 돈을 아무리 많이 줘도 절대 그렇겐 못 해."

"게이일걸!"

"아냐, 아니더라고. 끝에선 어떤 여자가 키스했잖아."

"그래도 게이야!"

이 한가운데에서 캐스퍼는 오를 보고 씩 웃었다. "그뿐이 아니라, 나마스는 인터셉션을 너무 많이 당해." 캐스퍼는 말했다. "소니 저젠슨이 경기하는 거 아무 때나 봐. 나이도 많은데 컨디션 안 좋은 날에도 나마스보다는 잘 던진다."

오세이는 고개를 끄덕였지만 소니 저젠슨이 누군지는 확실히 알지 못했다. 워싱턴 레드스킨스의 쿼터백임이 분명했다. 이 소년들과 어울리려면 그들에 대해 조사를 해야 할 것 같았다. 오 본인은 야구 쪽을 더 좋아했지만, 이 도시에는 야구팀이 없었다.

오가 지역 풋볼팀에 대해 무지하다는 사실을 드러내기 전에 여자애들 한 무리가 테이블로 몰려들어 간신히 그 상황을 모면했다. 그중 가장 시끄러운 여자애가 캐스퍼를 조르며 자기가 줄넘기하는 걸 봐 달라고 하더니 부끄러운 줄도 모르고 웃기면서도 동시에 민망한 춤을 추기 시작했다. 여자애들 중에는 디의 친구인 미미도 있었다. 오전 휴식 시간에 오세이와 대화를 나누었던, 친절해 보이는 애였다. 뺨은 뭔가 묻은 듯 붉은빛을 띠었으며, 치아 교정기가 번들거렸다. 환한 빨간 머리는 오세이의 할아버지 마을에서는 무어라 말을 들었을 것 같았다. 어쨌든 흰 피부만으로도 놀랐지만, 빨간 머리까지 배가되면…… 음, 그건 악마라고 했다. "그만해, 블랑카." 미미는 시끄러운 여자애의 팔을 잡아당기며 부드럽게 말했다. "우리 줄넘기할 차례 놓치겠어." 미미는 오를 한 번 힐끔 보더니 얼굴을 찡그렸고, 그 모습에 오는 미미에게 미소를 보냈다.

"캐스퍼 잘못이야." 블랑카가 대꾸했다. "꾸물거리는 사람은 애잖아!"

캐스퍼는 과장되게 짜증난다는 듯 한숨을 짓고는 블랑카에게 끌려가면서 오세이를 향해 어깨를 으쓱해 보였다.

캐스퍼는 오세이에게 같이 가자고 권하지 않았다. 아마도 오세이에게 호의를 베풀어 주려던 것인지 몰랐다. 어떤 남자애가 여자애들이 줄넘기하는 걸 기꺼이 보고 싶겠는가? 하지만 캐스퍼가 가자마자 분위기가 바뀌었다. 캐스퍼를 후견인으로 두고 있을 때 오세이는 안전했고 천천히 긴장을 풀던 참이었지만, 너무 지나치게 마음을 놓았는지도 모른다. 남아 있는 남자애들은 운동을 잘하고 캐스퍼랑 어울릴 만큼 인기가 있었지만, 캐스퍼가 없으면 자신감도 없었다. 오가 느끼기에는 자기 테이블에 같이 앉아 있는 애들이 글자 그대로, 혹은 은유적으로 모두 1인치 정도 물러난 것 같았고, 그리하여 오는 다시 한 번 이방인이 되었다. 조 나마스에 대한 농담은 오를 구해 주기에 충분하지 않았다. 이제 오는 다시 방어막을 쳐야 했다.

교실에서 건너편 자리에 앉는 덩컨이 다시 오를 살피고 있었다. 오세이가 똑바로 보자, 덩컨의 눈이 슬쩍 돌아갔다. "뭐 물어봐도 돼?" 덩컨이 말했다.

"뭘 물어보느냐에 따라 다르지."

"그런 머리는 어떻게 감아?"

오가 익히 아는 질문이었다. 백인들은 머리카락 관리에 대해 많이도 물었다. 또, 흑인들도 선탠을 하거나 햇볕에 타? 스포츠를 잘하도록 타고나는 거야? 그렇다면 왜? 춤을 더 잘 춰? 리듬을 더 잘 타나? 왜 흑인들은 주름이 생기지 않아? 오래전 어머니가 머리카락을 직접 자르고 보통 정도의 아프로 머리를 하고 다녔을 때는, 가끔 줄에 서 있으면 뒤에 선 여자애들이 손을 뻗어 머리카락을 만지면서 경탄하더니 다음 순간 손가락을 치마에 닦곤 했다. 오는 돌아보거나 그 아이들에게 똑같이 해 줄 수가 없었다. 그랬다간 그 애들이 꺅 비명을 지를 것이고 오의 입장이 곤란해질 테니까. 오는 그들의 머리를 만지고 싶었는지도 모른다. 그의 부스스한 아프로 머리가 백인 소녀들에게 신기한 만큼, 백인 소녀의 비단처럼 매끈한 긴 머리도 그에게는 새로운 것이었으니까. 팸과 헤어지기 전에 그 애의 머리에 잠깐 손을 대 보기는 했으나, 쉬는 시간에 디의 머리카락을 손으로 쓸어내린 것이 백인 소녀의 머리카락을 처음으로 제대로 만져 본 경험이었다. 디가 점심 시간에 돌아오면 땋은 머리를 풀어 줄 수 있는지 물어볼 셈이었다. 풀어 내린 머리를 만지고 손가락으로 감아 볼 수 있도록.

"어이, 내가 한 말 들었어?"

"뭐?" 디의 머리카락을 생각하느라 정신이 팔려서, 오는 덩컨의 질문에 대답하는 것을 잊어버렸다. "아, 그냥 코코넛 오일이 든 샴푸를 써."

덩컨은 나쁜 냄새를 맡은 듯 코를 찡그렸다. "오일이라니. 그거 기름지지 않냐?"

"별로."

덩컨은 믿지 못하는 눈치였다. 오세이는 일어섰다. 자기 자리에 갇혀서 백인 소년에게 아프리카인의 머리카락 관리 방법을 설명하고 있느니, 운동장에 나가는 편이 나았다.

순간 그는 학교를 마친 후 시시에게 이 얘기를 들려주고 어떻게 런던에서나 로마에서나 워싱턴에서나 똑같은 질문을 받느냐며 웃어넘기고 싶다는 생각을 했다. 그렇지만 그때 기억이 났다. 같이 얘기할 수 있는 누나 시시는 집에 없으리라는 것.

아버지가 워싱턴으로 배정받자 시시는 크게 좌절해서 학년이 끝날 때까지는 뉴욕 친구네 집에 머물게 해 달라고 간청했다. 시시는 이제 자기가 원하는 걸 받아 내는 꾀가 생겼다. 시시는 고등학교를 마칠 때까지 2년 동안 뉴욕에 남게 해 달라고 곧바로 부탁하지 않았다. 오세이는 누나가 꾸민 계획이 그것임을 알았다. 전화 연결선을 들고 들키지 않도록 숨을 참으면서 누나가 친구들과 그 계획에 대해 이야기하는 것을 엿들었다. "검은 것은 **아름답다.**" 누나는 언제나 그 말로 통화를 마무리했다.

시시가 끈질기게 설득하자 부모님은 학년 남은 기간 동안은 친구네 집에 머물도록 허락해 주었고, 코코테 가족은 워싱턴으로 향했다. 오세이는 누나의 활동에 대해 자신이 알아낸 사실을 부모님에게 말하고 싶었지만, 누나에게 먼저 이야기하기로 결심했다. 어느 날 밤, 가족이 이사하기 바로 직전에, 오세이는 누나 방에 가서 침대 끝에 앉아 시시가 화장대 앞에 선 채 머리에 실크 스카프를 두르고 얼굴과 팔에 코코아 버터를 바르는 것을 바라보았다. 오는 결국 워싱턴에 같이 가자고 부탁할 작정으로 누나 방에 갔었다. "아프리카 이름을 가지고 아프리카 옷을 입고 흑인 해방을 같이 얘기할 사람들을 사귈 수 있을 거야." 그렇게 누나를 설득할 작정이었다. 오의 마음은 이러했다. **나를 부모님하고만 남겨두지 마. 대화 상대가 필요해지면 어떡해? 나는 범아프리카주의나 블랙 파워보다 중요하지 않아?** 오는 이런 말을 할 준비를 했다. 심지어 입을 열기까지 했다. 그때 시시가 거울에 비친 오의 모습을 재미있다는 듯 쳐다보며 말했다. "뭐냐, 꼬마 동생아? 장난감이라도 빌려 달라고 온 거야? 다 가져도 돼." 시시는 남아도는 인형과 보드 게임이 가득한 선반을 몸짓으로 가리켰다.

"됐어." 오는 웅얼거린 후 누나가 뒤에서 부르는데도 무시하며 걸어 나왔다. "가만, 오세이. 뭐야?" 누나가 오의 침실 문을 두드리자, 오는 소리쳤다. "꺼져!" 그러고는 라디오 소리를 올렸다. 누나에게 자기 진심을 말하는 것보다 오만한 태도에 화내는 편이 더 쉬웠다. 이제 오세이는 그 문을 열었더라면, 적어도 누나가 무슨 일을 꾸미는지 부모님께게 말했더라면, 하는 생각이 들었다.

워싱턴에 오고 나니 누나가 몹시도 그리웠다. 급진적 페르소나를 새롭게 얻은 누나라도. 특히 이제는 누나가 전화선 끝의 한 점일 뿐이므로. 전학일 전날 밤, 두 사람은 전화로 잠깐 얘기를 나누었지만, 시시는 전혀 중요하지 않은 얘기만 했고, 다시 오를 "꼬마 동생"이라고 불렀다. "언젠간 내가 누나보다 더 클걸." 오는 말을 끊었다. 시시는 오의 말을 무시하고, 새 아파트에 대해 바보 같은 질문만 했다. 오는 누나가 자기 침실에 대해서는 아무것도 묻지 않는다는 것을 깨달았다. 이제, 새 학교에서 일어난 일을 누나와 함께 나눌 수는 없으리라는 것을 알았다. 다른 아이들이 자기에게 뭐라고 했는지에 대해, 자기가 남들과 다르다는 것을 끊임없이 떠올리게 하고 결국에는 점점 커져 가는 소외감이 되어 버리는 일상의 순간들에 대해서도.

오세이는 이런 말을 내뱉으며 퉁명스럽게 전화를 끊었다. "**검은 것**은 아름답다. 아니, 누나가 그렇게 말하겠지." 고의적으로 누나와 다르게 강조했다. 오는 시시가 꽥 소리를 지르는데도 전화를 쾅 내려놓았다.

검은 것이 아름다웠나? 오는 그런 질문을 생각해 볼 필요도 없기를 바랐다. 오는 그저 구기 경기를 하고, 조 나마스를 비웃고, 디의 머리카락을 만지고, 거기서 풍기는 허벌 에센스 샴푸 향기를 맡고 싶을 뿐이었다.

오세이가 학교 식당을 나갈 때, 이언이 그의 옆에 따라붙었다. 어떻게 보면 안심되는 일이었다. 운동장에 들어갈 때 혼자보다는 옆에 누가 있는 편이 언제나 더 쉬웠기 때문이다. 같이 가는 사람이 이언 같은 남자애라고 해도. 흑인이 운동을 더 잘하는 선수라는 이언의 조금 전 말도 용서할 수 있을 것 같았다. 그보다 더 심한 말도 들어 봤으니까. 그렇지만 자기가 캐스퍼 옆에 앉는 쪽을 택한 것을 이언이 용서해 줄지는 확신할 수 없었다.

겉으로 보기에는 그런 듯했다. "어이." 이언이 한 말은 그뿐이었다.

"어이." 오도 경계하며 말했다.

둘은 함께 운동장으로 어슬렁어슬렁 걸어갔다. 로드라는 소년이 뒤에 따라붙었지만, 이언이 손짓으로 쫓아 버렸다. 4학년 애들은 피구를 하고 있었다. 5학년 애들 몇몇은 해적선 위에서 팔씨름 중이었다. 여자애들은 사방치기나 줄넘기를 하고 있었다. 블랑카는 캐스퍼에게 몸을 기댔고, 캐스퍼는 우아하게 인내하는 중이었다. 오는 어디든 이언과 함께 다가가면 다른 학생들이 눈을 내리깐다는 것을 알아챘다. 예측 불가능한 개와는 누구도 시선을 맞추려 하지 않는 것과 비슷했다. 다정할지도 모르지만, 그만큼 쉽게 물 수도 있었다. 그들이 지나갈 때, 어떤 학생들은 오세이에게 이상한 눈길을 던졌다. 이언과 함께 걸어가는 것은 아직 끼게 될지 확실히 마음 정하지 못한 조직에 가입되는 것과 약간 비슷했다. 혹은 자기를 구성원으로 원하는지조차 확실히 알 수 없는 집단에. 오는 이언의 기분을 상하게 하지 않고 떨쳐 버릴 방안을 고민했다.

두 아이는 팔씨름을 구경하기 위해 해적선 옆에 멈췄다. 한 소년이 확실히 더 힘이 셌지만, 그의 적수가 팔을 이상한 각도로 꺾어서 지렛대의 힘을 효율적으로 이용하는 바람에 승부는 막상막하였고 두 팔은 힘이 들어가서 바들바들 떨렸다.

이언은 주변을 휙 둘러보더니 멈추었다. 그 애의 관심은 운동장 더 먼 곳에 가 있었다. "하, 마음에 안 들어." 이언이 말했다.

"뭐라고 했어?"

"아무것도 아냐." 이언은 어깨를 으쓱했다. "음, 모르겠어. 아니, 아무것도 아니겠지."

이언은 자주 망설이는 부류로는 보이지 않았다. "마음에 안 드는 게 뭔데?" 오세이가 끈질기게 물었다.

이언은 단조로운 눈을 오에게로 돌렸다. "뭔가 본 줄 알았는데, 그게 다야. 그렇지만 내가 착각했을 수도 있으니까."

"뭘 봤는데?" 이언은 편안한 정도보다 1초쯤 더 길게 시선을 고정했다. "좋아, 형제. 줄넘기 좀 봐."

넌 내 형제가 아니잖아, 오는 생각했다. 오는 백인들이 그 말을 쓰는 때가 싫었다. 흑인 문화의 쿨함을 띠려고 하면서 그 피부색을 닮지도, 대가를 치르지도 않을 때. 그래도 오는 운동장 저편을 보았다. 두 무리의 여자애들이 줄을 돌리고, 두 여자애가 뛰고 있었다. 그중 한 명은 블랑카였다. 그리고 다른 애들은 서서 구경 중이었다. 딱히 평범하지 않은 구석을 찾아볼 수가 없었다. 다른 운동장에서도 몇 번씩이나 목격한 장면이었다. 여자애들은 줄넘기를 좋아했다. 오세이 본인은 그 매력을 볼 수가 없었다. 오는 한자리에 머무르기보다는 움직여서 어딘가에 이르는 활동을 좋아했다. "뭘 보는데?"

"저기. 또 그러네. 캐스퍼."

캐스퍼는 여자애들 사이에 낀 유일한 남자애였다. 지금 그는 한 손을 뻗어 무언가를 집고 있었다. 자신을 향해 뻗은 손바닥에서. 디의 손. 오의 여자 친구가 돌아왔지만 오는 알아차리지 못했다. 그리고 디는 곧장 그에게로 오지 않았다. 대신 다른 소년에게 무언가 먹을 것을 주었다. 오세이가 지켜보노라니, 캐스퍼는 알 수 없는 무언가를 입안에 쏙 집어넣었다.

"저게 뭔데?"

이언은 실눈을 뜨고 두 사람을 쳐다보았다. 잠시 후, 이언은 오를 돌아보았다. "딸기."

몸속에서 분노가 요동쳐, 오세이는 최선을 다해 꽉꽉 눌러 담아야 했다. 하지만 이언의 얼굴에 살며시 떠오른 미소를 보면, 제대로 숨기지 못한 게 분명했다.

단 한 단어가 흑인 소년을 그렇게 쉽게 흔들 수 있다니 인상적
이었다. 디가 불운하게도 한 손에 딸기를 가득 쥐고 딱 맞는 시간
에 나타나 줘서, 이언이 미리 계획을 했더라도 그보다 더 잘해 낼
수는 없었을 것이다.

오는 줄넘기 구역으로 한 발 다가섰지만, 이언은 손을 내밀어
그 애를 막았다. 그러나 검은 피부에는 손이 닿지 않도록 조심
했다. "쟤들이 뭘 하는지 두고 보자. 디가 쟤한테 딸기를 두 개째
줬어." 이언은 덧붙였다. 두 소년이 지켜보는 동안, 캐스퍼는 딸
기 이파리를 떼고 입안에 휙 던져 넣은 후 디를 보고 씩 웃었고,
디도 캐스퍼를 마주 보고 같이 웃었다. 기쁜 기색이 역력했다.
"딸기가 참 맛있었나 보네." 이언이 한마디 했다. "디가 저걸 캐스
퍼에게 다 줄까 모르겠네."

오의 이마가 잠깐 일그러졌지만, 곧 침대 시트처럼 판판히 펴
졌다. "나는 딸기 좋아해." 오는 가벼운 어조로 말했지만 이언은
속지 않았다. 이제 이언은 마치 처음에는 아픈 것 같지 않은 멍을
누르듯 더 밀어붙이기만 하면 되었다.

"저 딸기는 디의 엄마 정원에서 따 온 걸 거야." 이언이 말했다.
"걔네 엄마가 직접 기르거든, 너도 알겠지만. 가게에서 사는 것보
다 훨씬 더 달다더라고."

"너도 먹어 봤어?"

"나? 아니. 그냥 들어만 봤지." 이언은 디가 매년 딸기를 반에 가져온다는 설명은 하지 않기로 했다.

두 소년은 아무 말 없이 서서, 다른 여자애들이 옆에서 줄넘기를 하는 동안 디와 캐스퍼가 서로 잡담을 나누는 모습을 쳐다보았다.

"처음 맛보는 애는 캐스퍼인 듯."

오는 다시 한 번 빨리 되물었다. "무슨 뜻이야?"

"음…… 쟤는 원하는 건 뭐든 갖는다는 거지, 안 그래? 여자애들은 쟤한테 미친 듯 반했잖아. 모두."

"하지만…… 쟤는 좋은 애야. 나한테도 친절했어."

"물론 너한테 친절했겠지. 그게 자기가 원하는 걸 갖는 가장 쉬운 방법이니까."

"뭘 원하는데?"

이언은 시간을 들여서 운동장과 자기가 익히 잘 아는 모든 활동을 찬찬히 살폈다. 더 나이 많은 애들이 모이는 더 힘든 운동장으로 가기 위해 곧 떠나야 할 그곳을. "군이 말하고 싶지 않은데. 그건 내가 상관할 바가 아니니까."

오는 디와 캐스퍼에게서 눈을 떼고 얼굴을 돌려 이언을 보았다. "무슨 상관?"

이언은 그 순간을 즐기며 어깨를 으쓱했다. 군이 서두를 필요가 없었다.

"나한테 할 말이 있으면 지금 해 줘." 오의 검은 눈에는 격렬한 감정이 떠올랐지만, 얼굴의 다른 부분은 여전히 차분했다. 그와 싸우는 건 어떤 느낌일까, 이언은 궁금해졌다.

"야, 네가 디랑 사귀는 건 대단한 일이야." 이언은 마침내 말했다. "인상적이랄까. 너는 흑…… 전학생이니까. 행동이 빠르네. 달랑 아침 동안에 모두 이루다니! 어쩌면 잘될지도 몰라."

"하지만…… 그다음에는 '하지만'이라는 말이 온다는 거 나도 알아."

이언은 그렇다고도, 아니라고도 할 수 없는 몸짓으로 머리를 흔들었다. "디는 6학년 남자애들이라면 대부분 사귀고 싶어 하는 여자애일 거야."

"블랑카가 아니고?"

이언은 코웃음을 쳤다. "너무 뻔하잖아. 너무…… 저질이지. 캐스퍼가 쟤를 참아 주다니 놀랍다."

"미미는 어때?"

이언은 얼어붙었다. "걔가 뭐?" 이언은 아무렇지도 않은 척하려고 애썼다.

"걔는…… 흥미롭잖아. 가끔 자기가 뭔가 환상을 본다고 하더라."

"뭐?"

이언이 개 짖는 듯 큰 소리를 내자 오가 머리를 젖혔고, 이언은 자제하려고 했다.

"그 애가 네 여자 친구였어? 미안. 몰랐어."

이언은 오가 어째서 사과해야겠다고 느꼈는지 궁금했다. "걔가 뭐라고 했어?"

"아무 말도. 아무것도 아니었어."

"미미가 뭐라고 했어?" 이언은 가볍게 반복했으나 그 밑에 깔린 악의는 분명했다.

이제 어깨를 으쓱하는 쪽은 오였다. "별거 아냐. 그저 머리가 아프고 시야에 번쩍이는 빛이 보인다고 하던데. 미미는 휘광이라고 불렀어. 그 빛을 보면 무슨 일이 일어날 것 같은 예감이 든다고 하던데."

"정말." 대체 미미는 이언에게도 하지 않은 얘기를 이 흑인 소년에게 하면서 무슨 짓을 하는 건가? 두 사람은 오직 쉬는 시간에 1분 정도 이야기를 나누었을 뿐이다. 그사이에 많은 얘기를 꽉꽉 쑤셔 넣었던 게 분명했다. 그렇게 하고 싶었겠지. 이언은 미미의 두통이나 예감에 대해서는 관심이 없었다. 하지만 미미에 대한 특별 정보에 다른 사람이 접근한다는 게 못마땅했다.

"어쨌든 너 디랑…… 캐스퍼 얘기 하던 중이었잖아."

"그렇지." 이언은 자기가 조심스럽게 쳐 놓은 덫을 뒤집을 만큼 위협적으로 차오르는 분노로부터 억지로 떨어져 나왔다. "캐스퍼는 전교에서 제일 인기 있는 남자애야. 그리고 디는…… 이런 식으로 말해 보자. 걔들이 고등학생이었다면, 둘 다 졸업 무도회의 왕과 여왕으로 뽑혔을걸. 너 그게 뭔지는 알아?"

오는 고개를 끄덕였다.

"둘이 사귀는 거지."

"하지만 디는 **나랑** 사귀어."

"물론 그렇지. 하지만 디가 너한테 딸기를 주진 않았잖아. 안 그래?"

오는 고개를 저었다. 앞발에 상처를 입고 영문을 몰라 하는 곰처럼. "디가 나 때문에 그런 걸 금방 바꾸지는 않을 거야. 우리는 이제 막 사귀기로 한 사이니까."

"물론, 그렇겠지." 이언은 물러나는 척했다. "네 말이 맞아. 내가 한 말은 다 잊어버려. 그리고 어쨌든 디가 딸기를 다시 가져올지도 모르잖아. 그러면 너도 좀 먹을 수 있겠지." 이언은 잠깐 뜸을 들였다. "하지만 이상하네. 디가 학교로 돌아왔는데 너한테 곧장 오지 않다니. 너희 둘 사귀는 거 확실해?"

"디가 나를 찼다고 말하는 거야? 벌써? 점심시간 시작과 지금 사이에?" 오의 목소리가 높아지기 시작했다.

"그런 말은 아니야." 이언은 그를 살살 달랬다. "내 말은 이거지. 디에게서 눈을 떼지 마. 그리고 너도 캐스퍼를 조심해. 물론 캐스퍼는 친절하게 행동하지. 하지만 그렇다고 해서 쟤가 친절하다는 뜻은 아니야."

이언은 조금 더 말할 수도 있었지만, 시간이 없었다. 디가 오를 보고 운동장 저편에서 뛰어오고 있었기 때문이다. "간신히 빨리 돌아올 수 있었어." 디는 오 앞에 닿자마자 어깨에 한 손을 올리며 말했다. "오늘 학년 말에 하는 연극 연습이 있다고 말했더니 엄마가 내 말을 믿더라고!" 디는 거짓말에 익숙하지 않아서 그게 먹혔다는 사실에 놀란 사람답게 믿을 수 없다는 듯 말했다. "얘, 어쩌면 너도 연극에 나올 수 있을지 몰라."

"뭘 하는데?" 오가 물었다.

"셰익스피어야. 〈한여름 밤의 꿈〉. 연습한 지는 좀 됐는데, 등장 인물이 많아. 너는 요정을 맡을 수도 있겠다. 아니면 연극에 나오는 농민 중 하나."

"너는 무슨 역인데?"

"허미아. 여자 주인공 중 한 명이야."

"그 여자는 한 남자를 좋아하다가 금세 다른 남자를 좋아하게 되는 인물 아니야?" 이언이 끼어들었다. "그렇게 변덕스러운 여자라니까. 남자애들 참 운도 좋네."

"너는 무슨 역을 하는데?" 오가 이언에게 따져 물었다.

"이언은 퍼크야." 디가 말했다. "모든 장난을 일으킨 요정 우두 머리지. 자, 내가 뭘 가져왔는지 좀 봐." 디는 종이봉투를 들어 보였다. "딸기야! 올해 처음 딴 딸기. 너 주려고 좀 가져왔어."

"나한테만?"

"네가 이전에 먹어 봤는지 몰랐어. 가나에서도 딸기 키워?"

"먹어 봤어. 뉴욕에서. 유럽에서. 가나는 아니지만."

"그럼 하나 먹어 봐. 얼마나 단지 상상도 못 할걸." 디는 봉투에 손을 넣어 반들거리는 딸기를 꺼냈다. 완벽한 하트 모양에 반짝이는 빨간색.

"나 배 안 고파."

디는 웃었다. "딸기 맛이 좋아서 먹는 거야. 배고프든 아니든 상관없어."

이언은 흐뭇하게 바라보고 있었다. 그의 말에 담긴 단순한 힘이 흑인 소년을 차가운 동상으로 바꿔 놓았고, 백인 소녀는 소년에게서 멀어졌지만 자신의 아찔한 감정에만 휩쓸려서 남자 친구의 변화를 부러 모르는 척하고 있었다. 이언은 그 상처가 칼처럼 소녀를 파고들기를 기다렸다.

하지만 그때, 오가 긴장을 풀었다. "좋아." 오는 딸기 이파리를 잡고 받아서 한 입 먹었다. 잠시 후 오는 미소를 지었다. "와. 이거 **맛있다.** 정말 맛있어. 너희 엄마가 기르신 거야?"

당황스러운 놀라움이 디의 얼굴을 가로지르는가 싶더니 오의 반응에 따른 기쁨과 뒤섞였다. "어떻게 알았어?"

이언이 앞으로 나섰다. "나도 하나 먹어도 돼?"

"아, 그럼." 디는 딸기 하나를 봉투에서 꺼내어 내뻗은 이언의 손에 떨어뜨려 주었고, 이언은 오를 살폈다. 오의 매끈한 이마에 다시 고랑이 파였고, 이언이 딸기를 베어 물어 즙이 턱을 타고 흐르자 그 주름이 더 깊어졌다. 맛있네, 이언도 그건 인정할 수밖에 없었다. 딸기든 뭐든 단것은 별로 좋아하지 않는데도.

"캐스퍼도 딸기 좋다고 했어?" 이언은 손등으로 입을 닦으며 말했다.

디도 남자 친구에게 맞춰 얼굴을 찌푸렸다. "그래, 자. 저기 나무로 가자." 디는 오로지 오를 향해 이 말을 건네고서 손을 잡고 모래밭과 사이프러스나무 쪽으로 끌고 가 버렸고, 이언은 혼자 남았다.

하지만 그렇게 오래는 아니었다. 해적선에서 팔씨름하는 애들 옆에 대기하고 있던 로드가 터벅터벅 걸어 나왔다. "성공했어?" 로드는 갈망하는 눈길로 디와 오의 뒤를 좇으며 말했다. "그런 것 같지 않은데?"

이언은 오와 디가 나무 아래서 손을 잡고, 디가 오에게 딸기를 다시 먹여 주는 모습을 자세히 보았다. 그리고 자기가 주인이라도 된 듯 뽐내며 줄넘기하는 블랑카를 쳐다보는 캐스퍼도. 그들은 또 다른 장면, 단단히 묶어 줄 실이 필요한 연극의 인물 같았다. 그리고 이언이 그 실을 잡고 있었다. 그들을 모두 끌어내린다는 생각을 하니 흐뭇했다. 흑인 소년뿐 아니라, 학교에서 제일 인기 있는 황금의 소년과 황금의 소녀도. 캐스퍼와 디는 이언의 엄마가 달걀 프라이를 하려고 쓰던 테플론 프라이팬과 같았다. 아무것도 들러붙지 않았다. 이언은 그들을 만질 수조차 없었다. 그들은 이언의 영역보다 한 단계 위에 있었다. 이언은 절대 겪어 본 적 없는 방식으로 모두가 그 애들을 찬양했다. 이언이 그들을 정복할 수 있다면, 졸업 선물이 될 것이었다. 물론 그들과 함께 떨어질 위험도 있었다. 하지만 그런 위험조차도 자기가 휘두를 힘처럼 신나는 것이었다.

이언은 끼고 싶어서 안달이 난 로드를 슬쩍 보고 재빨리 판단을 내렸다. "캐스퍼한테 가서 너를 때리게 만들 만한 말을 한마디 하고 와." 이언은 즉석에서 지어냈다. "하지만 나중에 선생님들이 물어보더라도 내가 시켰다는 말은 절대 하면 안 돼. 선생님들이 꼭 물어볼 거니까."

로드가 입을 떡 벌렸다. "뭐? 왜? 난 얻어맞고 싶지 않다고! 그리고 캐스퍼가 그거랑 무슨 상관이야?"

"간접적으로 해야지, 그게 최선의 방법이야. 흑인 애는 너나 내가 그것이랑 상관있다는 걸 절대 모를 거야."

"뭐랑 상관있는데?"

"우리는 디가 캐스퍼랑 흑인 애 사이에서 양다리를 걸치고 있다는 걸 흑인 애가 믿도록 만들어야 해. 그러기 위한 최선의 방법은 디가 오에게 캐스퍼 얘기를 많이 하도록 하는 거야. 캐스퍼를 변호하기 위해. 그러면 오는 정신이 나가 버리겠지. 벌써 약간은 캐스퍼를 의심하고 있으니까. 이렇게 하면 걔를 넘어가도록 몰고 갈 수 있어."

로드는 어지러운 듯 고개를 흔들었다. "네가 하는 말 하나도 못 알아듣겠다. 너무 복잡해. 그냥 저 흑인 애 때려 주면 안 돼?"

"그렇게 해 봤자 아무것도 얻을 게 없어. 쟤가 피해자처럼 보이는 건 원치 않잖아. 그렇게 하면 디가 쟤를 더 좋아하게 될 뿐이야." 이언은 자기 자신도 완전히 이해하지 못하는 전략을 설명하느라 진땀을 뺐지만, 직감으로는 이 전략이 성공할 것만 같았다. 그에게는 언제나 그런 것들을 잘 판단하는 능력이 있었다. "야,

너 디랑 사귀고 싶은 거야, 아닌 거야?"

로드는 이제 모래 위에 앉은 디와 오를 바라보았다. 오는 한 팔을 디의 등에 대고 웃고 있었다. 검은 피부와 대비되는 하얀 이가 환히 반짝였다. 로드는 이언에게로 돌아섰다. "내가 뭐라고 하면 돼? 캐스퍼는 절대 화내지 않잖아."

"블랑카에 대해 뭐라도 말해 봐. 더러운 말이라도."

로드의 붉은 뺨이 더 진한 색으로 물들었다.

"너라면 뭐든 생각해 낼 수 있을 거다." 이언이 덧붙였다. "가 봐. 그냥 해. 아니면 저 전학생이 네 여자 친구를 빼앗아 갈걸. 그게 네가 원하는 거야? **흑인 애가 디랑 사귀는 거?** 내 말 믿어. 네가 캐스퍼랑 싸우지 않으면 그런 일이 계속 벌어질걸."

로드는 심호흡을 하고 주먹을 흔들어 대더니 줄넘기하는 여자애들 쪽으로 휘청휘청 걸어갔다.

이언은 한숨지었다. 좀 더 믿을 만한 녀석에게 일을 맡길 수 있었으면 좋았을 텐데.

이언은 이제 로드와 캐스퍼를 노골적으로 바라봐서는 안 된다는 데 생각이 미쳤다. 그랬다간 싸움 뒤에 누가 있는지 들키게 될 테니까. 게다가 로드가 일을 망치는 꼴을 보는 게 괴로웠다. 그러기가 십상일 테니까. 그렇게 되면 이언은 어떤 관련성도 부인하고, 로드에게 불리한 말을 할 것이다. 이언은 자기가 언제나 이긴다는 것을 알았다.

이언은 배에서 팔씨름하는 애들에게로 걸어갔다. 소년들은 그걸 일종의 토너먼트처럼 진행해서, 준결승으로 두 팀이 동시에 경기하고 있었다. 이언은 두 소년이 이겨서 서로 마주 보는 것을 보고 있었다.

"이제 내기 걸어." 이언이 선언했다. 이언이 내기 판을 벌이면, 사탕이나 판돈의 40퍼센트를 챙겼다. 선생님들에게 걸릴 경우 정학당할 위험을 무릅쓴다는 주장이었다. 가끔은 자기가 그렇게 많은 몫을 챙겨 가는데도 아무도 따지지 않는다는 데 본인조차 놀라곤 했다. 아이들은 이언과 실랑이를 벌이는 것을 두려워하는 듯했다.

팔씨름하는 애들과 구경하던 애들이 이언의 목소리에 고개를 휙 돌렸고, 그들 사이에서 불안한 기운이 물결처럼 퍼져 나갔다. 또한 불쾌감도 느껴졌다. 어떤 소년들은 자기들의 즐거움이 막 얼룩진 느낌을 받는 게 분명했다. 이언은 나중에 참고하려고 그 애들의 얼굴을 봐 두었다.

"왜들 그래, 이거 좀 더 재밌게 하고 싶지 않나?" 이언은 말을 이었다. "이렇게 안 하면 따분하다고. 그냥 팔씨름일 뿐이잖아. 내기를 하면 누가 이기는지 좀 더 관심이 가잖아."

이언은 자기가 내기에서 얼마나 가져가게 될지 확인할 수 없었다. 운동장 저편에서 고함 소리가 들려 그들을 방해했기 때문이다. "싸움이다! 싸움 났어!"

소년들은 일제히 해적선을 버리고 줄넘기 구역을 빙 둘러싼 무리에 끼기 위해 쥐 떼처럼 뛰어갔다. 몇 주에 한 번은 싸움이 나기 마련이었고, 그건 운동장 오락의 정점이었다. 특히 자신이 그 싸움에 끼어 있지 않을 때는. 이언은 좀 더 천천히 따라갔다. 맞붙은 애들이 누군지, 무슨 꼴을 보게 될지 이미 알고 있었으니까.

오의 바람대로 디가 막 땋은 머리를 다 풀어 내렸을 때, 익숙한 합창이 들려왔다. "싸움이다. 싸움 났어!" 두 아이는 마주 보았지만, 외침이 너무 강렬했다. 둘은 마지못해 일어서서 관중들 틈에 끼었다.

디는 학생들이 이룬 고리 안에서 서로 맞서 싸우는 애들이 캐스퍼와 로드임을 깨닫고 깜짝 놀랐다. 캐스퍼는 싸움에 휘말린 적이 한 번도 없었다.

"너 뭐라고 했어?" 캐스퍼는 소리를 지르고 있었다.

"내 말 들었잖아." 로드는 발가락으로 초조하게 통통 튀면서 대답했다.

"취소해." 캐스퍼가 요구했다.

"싫어. 사실이니까!"

"캐스퍼, 저 자식이 그런 말을 하고 다니게 놔두면 안 돼!" 블랑카가 소리쳤다. 블랑카는 캐스퍼 옆에 가까이 서 있었고, 남자애들 사이에 끼어들지 못하도록 미미가 단단히 붙잡고 있었다.

"취, 소, 해."

"싫어!" 로드는 캐스퍼에게 뛰어드는 척하며 가짜로 주먹을 날렸고, 캐스퍼는 펀치로 되갚아 주었다. 로드를 치려는 의도만큼

이나 막으려는 목적이 컸다. 하지만 캐스퍼의 주먹은 로드의 얼굴을 정통으로 맞혔고, 로드는 곧장 쓰러졌다. 군중은 헉 숨을 들이마셨고, 블랑카는 비명을 지르기 시작했다. 로드는 등을 대고 누운 채로 눈을 꼭 감았고, 승리자는 그 위에 섰다. 캐스퍼는 여전히 주먹을 쥐고 있었지만, 방금 자기가 한 짓이 잘 이해가 안 되는 듯 당황한 얼굴이었다.

디는 옆에 선 오세이를 슬쩍 보았다. 오세이는 디가 좀처럼 읽을 수 없는 표정으로 캐스퍼를 보고 있었다. 놀라움. 매혹 혹은 그 밖의 다른 감정. 경계심. 거리감. 판단. 오세이가 처음 딸기를 먹지 않겠다고 거절했을 때 순간적으로 엿보였던 어둠.

블랑카는 미미의 부축을 받으며 비명을 지르느라 정신이 없었다. 디는 자기도 가 봐야 한다는 것을 알았지만, 드라마에 끌려 들어가고 싶지 않아서 머뭇거렸다. 블랑카는 학년이 끝날 때까지, 어쩌면 중학교에 올라가서도 그 얘기를 쭉 할 터였다.

선생님 두 명이 현장에 재빨리 나타났다. 로우드 선생은 로드를 일으켜 세우면서 축축한 갈색 종이 타월로 눈을 눌러 주고 보건실로 데려갔다. 브라반트 선생은 용의자의 두 팔을 틀어쥐고 앞세워서 학교 현관으로 향했다. 캐스퍼는 고개를 수그리고 있었다.

일단 소년들이 사라지자 동그랗게 모였던 관중들은 삼삼오오 무리를 지어 무슨 일이 있었는지 떠들었다. 디는 주변에서 일어나는 대화에 귀를 기울였다.

"로드는 아무 짓도 안 했어. 캐스퍼가 그냥 때린 거지!"

"분명히 **무슨 짓**을 했을 거야."

"캐스퍼가 그랬다는 게 믿어져? 걔는 지금껏 싸움 한 번 한 적 없거든! 여기 학교 다니는 내내 싸움에 끼었던 적도 없을걸."

"어째서 그렇게 자기 소문이 나쁘게 날 수도 있는 멍청한 짓을 했을까?"

"로드가 걔한테 무슨 말을 했어. 내가 봤어. 캐스퍼한테 다가가 더니 뭐라고 하더라니까."

"뭐라고 했는데?"

"캐스퍼가 그렇게 반응할 만큼 엄청 나쁜 말이었겠지."

"정말 나쁜 말이었을 거야."

"최악이었겠지."

"로드가 블랑카에 대해 뭐라고 하는 거 들었어."

"아니, 걔 엄마에 대한 말이었어."

"걔 엄마가 뭐 어쨌는데?"

"누가 아니?"

미미는 디에게 절박한 눈길을 보냈고, 디는 히스테리를 일으키 는 블랑카를 돕기 위해 오를 두고 미미에게로 갔다. 캐스퍼가 브 라반트 선생에게 끌려가자 블랑카는 더 요란하게 통곡했다. 누가 보면 맞은 사람이 로드가 아니라 블랑카인 줄 알 것만 같았다.

디는 인내심을 잃고 말았다. "하느님 맙소사, 블랑카. 좀 조용히 하면 안 돼?" 비록 자기 입으로 한 말이지만, 마음 뒤편에서는 하 느님을 헛되이 찾지 말라던 엄마의 목소리가 들려왔다.

블랑카는 훌쩍댔다. "말이야 쉽겠지, 완벽 공주님. 끔찍한 얘기를 들은 사람은 네가 아니니까. 너를 보호해야 했던 사람이 네 남자 친구도 아니고. 정학당할지도 모르는 사람이 네 남자 친구도 아니잖아!"

미미는 고갯짓을 했고, 두 소녀는 블랑카를 좀 더 조용한 구석으로 데려갔다. 캐스퍼와 로드가 사라지고 청중들도 흩어지자, 블랑카는 두 소녀에게 몸을 맡기고 순순히 따라왔다.

"로드가 정확히 뭐라고 했는데?" 디가 캐물었다.

"내 입으로 다시 말하기 싫어. 너무 끔찍해!"

"블랑카, 네가 말하지 않으면 우리는 너를 도울 수 없어." 디는 끈질기게 말했다.

블랑카는 학교 벽돌 벽에 몸을 기댔다. "걔가 한 말은…… 걔가 한 말은." 블랑카는 말을 멈췄다. 입술이 떨리더니 흐느낌을 도로 삼켰다. 이번에는 정말로 화가 난 듯 보였다.

"숨을 깊이 마셨다가 내뱉어." 미미가 조언했다. 디는 이렇게 엄청난 감정을 대하면서도 한결같이 굳은 미미의 심지에 감탄했다. 그리고 그 방법은 효과가 있었다. 떨리는 숨을 들이마셨다가 내쉬자 블랑카는 진정이 되는 듯했다.

"그냥 그 애가 한 말을 빨리 반복해 봐. 단번에 모두 다."

"로드는 내가 걸레 같아서 캐스퍼가 끝까지 가도록 놔뒀을 거라고 말했어. 하지만 난 안 그랬다고!" 블랑카는 두 손으로 얼굴을 가렸다. 그런 비난을 되풀이해야 하는 것이 창피했던 모양이었다.

디는 거의 콧방귀를 뀔 뻔했지만, 간신히 억눌렀다. 남자애들은 여자애들에게 늘 그런 말을 하고 다닌다. 어째서 이번에는 달랐던 걸까?

디의 생각을 읽은 듯 블랑카는 손을 내리고 덧붙였다. "로드가 여자애들 다 있는 데서 그 말을 너무 크게 했어. 4학년들 앞에서! 얼마나 창피했다고! 그런데 이제 캐스퍼가 걔를 때렸으니 **모두가** 쑥덕대고 다니겠지. 다들 내가 걸레라고 생각하게 될 거야!"

"블랑카, 네가 걱정해야 할 사람은 **캐스퍼야.**" 디가 쏘아붙였다. "정학당할지도 모르는 사람은 **그 애라고.**" 디는 정학을 당하면 어떻게 되는지 상상도 할 수 없었다. 디의 학교 기록엔 얼룩 하나 없었다. 캐스퍼의 기록이 이제까지 그랬듯이. 디가 기억하기로, 블랑카는 5학년 때 엉덩이에 걸치는 바지를 입고 왔다가 정학을 당한 적이 있었다. 배꼽만이 아니라 엉덩이뼈까지 다 보였기 때문이다. 로드 같은 학생들만이 운동장에 돌을 던지거나 나뭇잎에 불을 붙이거나 해서 주기적으로 정학 처분을 받았다.

블랑카는 낯설다는 듯 디를 바라보고 있었다. "너 땋은 머리는 어떻게 됐어?" 그런 걸 물어보다니 이제 정신이 어지간히 돌아온 모양이었다.

"오세이가 머리를 풀어 달라고 했어." 디는 당황해서 대답했다. 땋았다가 풀어 내려서 머리카락이 곱슬거렸고 마치 히피처럼 뻗쳐 있었다. 엄마가 본다면 화를 내겠지. 집에 가기 전에 다시 땋아야 할 것이었다.

"그건 그렇고, 디, 너 혹시 떨어뜨린⋯⋯." 미미가 뭔가 말하려는데 이언이 접근했다.

"괜찮아, 블랑카?" 이언이 물었다.

블랑카는 손등으로 눈을 씻었다. "나 화났어." 블랑카는 있는 대로 위엄을 끌어모아 대답했고, 그 노력에 디는 웃고 싶었다. 평소의 괄괄한 성미와는 꽤 동떨어진 태도였기 때문이다. "그리고 캐스퍼가 걱정돼." 블랑카는 덧붙였다. "정학당할지도 몰라!"

"로드는 멍청이야." 이언이 말했다. "캐스퍼가 한 일은 정말 안됐다. 이제 아무도 캐스퍼를 믿지 않겠지. 걔 친구들조차도. 네 남자 친구처럼." 이언은 디를 향해 고개를 끄덕였다.

"무슨 뜻이야?"

"로드는 정말로 충격받았어. 캐스퍼는 이제까지 걔한테 잘했으니까. 알잖아. 캐스퍼는 저 흑⋯⋯ 전학생에게도 잘할 필요 없었는데. 그러니 오는 이제 캐스퍼의 다른 면을 보고 어떻게 생각해야 할지 모르는 거야."

"캐스퍼에게 '다른 면' 같은 건 없어!" 디가 항의했다.

"그럼 그 말을 네 남자 친구에게 해. 걔가 당황하고 있는 것 같으니까."

"할 거야."

미미가 이언을 보고 얼굴을 찡그리고 있었다. 디는 두 사람이 사귄다는 걸 알았을 때 놀랐었다. 두 사람은 너무도 달랐다. 미미는 특이하고 민감했다. 이언은…… 음, 애들을 괴롭혔다. 하지만 디의 일에 끼어든 적은 없었다. 다만 3학년 때 딱 한 번, 이언이 디의 치마에 풀을 바르고, 집까지 디를 쫓아가겠다고 말한 적은 있었다. 그때도 이언은 목록을 만들어 모든 이에게 못되게 굴 계획을 하나하나 실천하는 느낌이었다.

디는 오세이에 관한 내부 정보를 아는 듯 구는 이언의 태도가 거슬렸다. 디는 자기 남자 친구가 캐스퍼와 친구로 지내는 데는 찬성이었지만, 오가 이언과 얘기하는 모습을 보았을 때는 마음이 불편했다. 정확히 말해 이언을 싫어하는 건 아니었지만, 그렇다고 신뢰하지도 않았다.

이 말에 디는 캐스퍼에 관해 오와 얘기를 나눠 봐야겠다는 결심을 더욱 굳혔다. 오는 이언보다 캐스퍼와 어울리는 편이 훨씬 나았다. 캐스퍼가 로드를 때린 건 평소 성격답지 않은 일이었고, 캐스퍼가 블랑카를 보호하기 위해서 한 것이라고 재차 확인해 줘야 했다. 오는 그걸 이해해 줄 거라고 디는 확신했다. 오도 꽤 명예를 소중히 여기니까.

디는 줄을 서려고 미미와 블랑카, 이언 옆을 떠났다. 다른 동급생 몇몇이 오세이 뒤에 서 있었지만, 아무 말 없이 물러서며 디를 끼워 주었다. 디는 오를 보고 살며시 웃었지만, 오가 답인사를 하지 않고 굳은 표정을 짓고 있어서 화들짝 놀랐다. **캐스퍼 일이 궁금하겠지,** 디는 생각했다. **적어도 이건 내가 바로잡을 수 있어.**

"걱정하지 않아도 돼." 디는 오를 안심시켰다. "캐스퍼가 정학

당하는 일은 없을 거야. 일단 로드가 블랑카에 대해 한 말을 선생님들도 들으면……." 디는 말꼬리를 흐렸다. 오의 얼굴을 번쩍 스치고 간 일그러진 표정에 어안이 벙벙했기 때문이다.

"어째서 내가 캐스퍼를 걱정해야 해?"

"그게, 그 애는 친구니까."

"네 친구일 수는 있겠지. 하지만 내 친구는 아냐."

"당연히 걔도 네 친구야!"

오는 얼굴을 찡그렸다. "디, 나는 반나절을 여기 있었을 뿐이야. 누구도 내 친구는 아니야." 오는 디의 얼굴이 샐쭉해지자 태도를 누그러뜨렸다. "뭐, 너는 친구지. 하지만 나는 누구와도 친구가 될 만큼 잘 알지 못해. 나는 새로 온 전학생이잖아. 새로 온 흑인 소년. 언어맞지 않고 하루를 보내면 운이 좋은 거야."

"너 너무 과장한다. 선생님들이 가만 보고 계시지 않을 거야."

오세이는 한숨지었다. "디, 내가 선생님들 얘기 하나 해 줄까? 뉴욕에서 학교를 다녔을 때, 어떤 선생님이 나한테 반 아이들 앞에서 가나에 대한 얘기를 해 주라고 했어. 오늘 아침에 너희 반에서 했던 짧은 발표가 아니라, 더 긴 거. 나는 가나의 역사와 문화, 생산되는 곡물과 수출품에 대해 발표해야 했다고. 그런 모든 사실들, 너도 알잖아. 그래서 정보를 모았지. 어떤 건 어쨌든 알고 있었고, 또 도서관에 가서 책도 읽고 부모님에게 물어보기도 했어. 그런 다음에 발표를 했거든. 그런데 그렇게 과제를 시켜 놓고 선생님이 내게 무슨 성적을 주었는지 알아? D야! 나한테 F를 줄 수 있었으면 그렇게 했겠지만, 과제를 안 한 사람만 F를 받도록 돼 있었고 나는 과제는 확실히 했으니까."

"왜 D를 준 건데?"

"내가 몇 가지를 지어냈다고 생각했나 봐."

"뭘 지어냈는데?"

"난 하나도 지어내지 않았어! 내 발표의 한 부분은 노예제도에 대한 거였는데. 너 많은 가나 사람들이 노예 상인에게 납치되어 미국과 서인도제도로 끌려간 거 알지?"

"나는…… 그래." 디는 대답했다. 그편이 더 쉬웠기 때문이다. 가나에서 노예들이 끌려왔다는 건 몰랐지만, 배웠는데도 잊어버린 것일 수도 있었다. "그래서…… 지어낸 게 아니었구나. 네가 한 말은."

"그래. 하지만 나는 백인 상인들과 협상해서 부족의 다른 사람들은 놔두는 대가로 자기네 부족 사람 몇몇을 넘긴 부족장이 있다는 것도 설명했어. 그랬더니 선생님은 내가 거짓말을 한다고 생각해서 D를 준 거야. 심지어 나더러 우리 국민들을 나쁘게 말하는 인종차별주의자라고 했어."

"그럼 그게 사실이야? 부족장들이 그랬다는 게?" 디는 놀라움을 감추려 했다.

"그래, 그래. 하지만 그게 요점은 아니야."

"넌 어떻게 했어? 부모님께 말씀드리고 선생님과 얘기해 보시라고 했어?"

　오세이는 잠시 뜸을 들였고, 우울한 미소가 그 애의 얼굴을 스쳤다. "이야기의 균형을 더 잘 잡으려면 부족장 이야기를 들려주어야 한다고 조언한 사람은 **아버지**였어. 그렇게 해야 반 아이들이 노예제 부분에 대해 덜 기분 나빠할 거라고. 외교적으로 행동하라는 거였지. 부모님에게는 아무 말도 안 했어. 아버지의 외교력이 어떻게 되어 버렸는지는 말할 수 없었으니까. 그러니까 너도 알겠지. 선생님들도 내 편이 아니야. 나를 걸어 넘어뜨릴 틈만 엿보고 있지. 나는 선생님들을 믿지 않아. 학생들도 그렇고."

　"그건 진실이 아냐! 나는 믿잖아. 미미도 믿을 수 있지. 그 애는 내 가장 친한 친구니까." 디는 오와 사귀는 문제에 대해 미미가 했던 경고는 마음속에서 밀어냈다. "그리고 캐스퍼도 믿을 수 있어." 디는 덧붙였다.

　"왜 걔를 그렇게 말하는 건데? 조금 전에도 아무 이유 없이 다른 애를 눈에 멍이 들도록 때렸잖아."

　"로드를 때린 데에는 그럴 만한 이유가 있었어. 캐스퍼는 블랑카를 보호해 주었던 거야. 걔가 들은 말을 누가 나한테 한다면, 너도 분명히 똑같이 할걸."

　마침내 뭔가 먹혔다. 오는 약간 더 똑바로, 더 곧은 자세로 몸을 펴고 서서 고귀한 자신의 역할, 여자를 보호하는 남자 친구의 역할로 들어갔다. "그 자식의 **양쪽** 눈이 다 퍼렇게 멍들도록 해 주지."

　디는 한 손을 슬쩍 오의 손안에 집어넣어 깍지를 꼈고, 두 사람은 교실로 들어가는 줄을 따라 앞으로 나아갔다. "그러면 어째서 우리가 캐스 를 응원하는지 이해하겠지. 그 애는 아무 잘못 안 했어."

오는 갑 기 기운을 잃은 듯한 기색으로 손을 빼려고 했지만, 디는 그 손 꼭 붙잡았다. 그러나 브라반트 선생님이 디를 보고 고개를 저 때까지만이었다. 조심하지 않으면 디도 정학을 당할 수 있었 디는 오의 손을 놓았다.

오의 뒤 따라 교실로 향하는 계단을 오를 때, 선생님이 멈춰 세웠다 디 오세이드추라고 부르고 싶었지만 브라반트 선생 손 다고 두 아이 다 혼낼지도 몰랐다. 디는 선생님이 이 전학생을 아하지 않고, 그걸 드러낼 기회만 있으면 이용하리라는 것을 았다.

하지만 브 트 선생님의 말에 디는 놀랐다. "머리는 어떻게 된 거지?" 선 님은 따져 물었다.

"아! 제가 … 제가 땋은 머리를 풀었어요." 디는 얼굴을 붉혔다. 브라반 선생님은 디의 머리카락에 대해 뭐라고 말한 적이 한 번 없었다. 하기야 그럴 이유도 없었다. 이제까지 디는 늘 머리를 단정하게 올려서 묶고 다녔으니까.

"엉망으로 보이는구나."

디는 사과하려고 입을 벌렸으나 아침에 운동장에서 브라반트 선생님을 거역했던 기억을 떠올리고 멈췄다. "머리를 이렇게 한다 해도 복장 규율에 어긋나는 건 아니에요."

브라반트 선생은 얼굴을 찡그렸다. "아니, 그건 너답지 않다."

디는 어깨를 으쓱했다. "저는 이런 식이 좋아요."

"그래?"

"네." 실은 머리카락이 목을 간질이고 계속 입에 들어갔지만, 그 말은 선생님에게 하지 않을 작정이었다.

"그것참 안타깝구나. 너한테 어울리지 않거든. 선생님 말 들어."

디는 선생님의 눈을 마주하고 싶지 않아서 고개를 쳐들었다. 아버지에게 꾸지람 듣는 기분이 들었다.

"좋아. 교실로 올라가거라."

디는 떨림을 누르면서 서둘러 떠났다.

자리에 앉았을 때, 디는 옆에 뭉쳐 있는 책상들 사이에서 캐스퍼의 빈자리에 자기도 모르게 눈길을 보내며, 캐스퍼가 마법처럼 다시 나타나 주기를 바랐다. 블랑카가 교실 저편에서 훌쩍훌쩍 눈물을 삼키는 소리가 들렸다. 자기 드라마를 펼칠 새로운 환경을 한껏 이용하는 것 같았다.

"그만하면 됐다, 블랑카." 브라반트 선생이 말했다. "진정해. 운동장에서 일어난 일은 교실로 끌고 오지 마. 자, 미국 대통령에 대한 쪽지 시험을 볼 거야. 연필 꺼내라. 오세이, 너도 시험은 볼 수 있지만, 점수는 기록하지 않을 거다. 시험을 통해서 네 지식에 어떤 공백이 있는지 알게 되면 앞으로 차츰 채워 갈 수 있겠지. 내 수업은 한 달 남짓 듣겠지만, 그래도 시간 낭비는 아닐 거다."

디는 얼굴을 찡그렸다. 아프리카인이라는 이유로 오가 미국 대통령에 대해 아무것도 모를 거라 추측한다면 그건 잘못이라고 말하고 싶었다. 캐스퍼가 블랑카를 위해 일어났듯이 자기도 일어나 남자 친구에게 지지를 보낼 수 있으면 얼마나 좋을까 싶었다. 그렇지만 그렇게 할 수는 없었다. 조금 전 브라반트 선생님에게 한 소리 들은 이후에는. 게다가 오세이는 그런 추측에 언짢아하는 것 같지 않았다. 그 애는 그저 고개를 끄덕이고, 책상에서 디의 스누피 필통을 꺼냈다. 순간 디는 깜짝 놀랐지만, 곧 두 사람이 필통을 바꾸었다는 사실을 기억해 냈다.

디는 가방에 손을 넣어 필통을 꺼내려 했지만…… 없었다. 디는 책과 카디건, 휴지, 공깃돌이 든 주머니를 옆으로 치우고 가방을 뒤졌다. 딸기 필통은 없었다. 책상 속에 없다는 건 알았지만 일단 책상 뚜껑을 열고 안을 들여다보았다. 디는 오의 눈길을 느꼈다.

"연필 하나만 빌려줄래?" 디는 속삭였다.

"딸기 필통 없어?"

"있어." 디는 너무 빨리 대답해 버렸다는 걸 알고 다음 말은 속도를 조절하려 했다. "점심시간에 집에 가져갔는데, 놔두고 왔나 봐. 그래, 이제 기억났다. 엄마한테 보여 줬어. 부엌 테이블 위에 있을 거야."

디가 그 필통을 엄마에게 보여 줄 리는 없었다. 엄마라면 너무 경박하니 갖다 버리라고 했을 테니까. 디는 그런 이유로 스누피 필통도 계속 숨겼다.

오세이가 준 연필을 받으면서, 디는 자기가 그 애와 눈을 마주 치지 못했다는 것을 깨달았다. 벌써 디는 오에게 첫 번째 거짓말을 해 버렸다.

제4부

오후 휴식 시간

테디베어, 테디베어
돌아보아라
테디베어, 테디베어
땅을 짚어라
테디베어, 테디베어
신발 보여 봐
테디베어, 테디베어
그러면 될걸

테디베어, 테디베어
2층으로 가
테디베어, 테디베어
기도를 해라
테디베어, 테디베어
불을 *끄거라*
테디베어, 테디베어
잘 자란 인사!

　오후 휴식 시간에 밖으로 나가면서 미미는 이언을 한쪽으로 끌고 갔다. 이언은 미미가 그런 행동을 하리라고는 예상치 못했다. 미미는 먼저 행동하는 부류가 아니었다. 더구나 반 아이들 앞에서는. 이처럼 이언을 다른 애들로부터 떼어 놓으면, 이언은 약하고 통제 불능처럼 보였다. 이건 이언이 미미에게 하는 종류의 행동이었다. 누가 주도권을 잡았는지 모두에게 보여 주는 것. 성이 난 이언은 복도에서 미미로부터 떨어져 섰다. "뭐야?" 운동장으로 빨리 나가지 않으면, 아이들은 발야구 경기에서 이언을 주장으로 뽑지 않고 팀을 짤 것이었다.

　"하고 싶은 말이 있어." 미미는 여자애들이 감정을 말하고 싶을 때 보이는 부드러운 표정을 짓고 있었다. 이언은 몸을 바르르 떨었다. 지금 당장은 가장 필요 없는 것이었다.

 이언은 미미의 말을 잘랐다. "디의 물건은 가져왔어?"

 미미는 멈칫하더니 혀로 교정기를 핥았다. 자신이 향하려던 길에서 벗어난 게 분명했다. 미미는 구석에 몰리고 불행해 보였으며, 얼굴은 얼룩졌다. "가져왔어." 미미는 계속 망설였다.

 "그래? 뭘 가져왔는데?"

 미미는 가방에서 딸기가 점점이 박힌 분홍색 직사각형 플라스틱을 꺼냈다.

 "대체 이게 뭔데?" 이언은 따져 물었다. "뭔지는 몰라도 못생겼네." 이언의 말투에 미미는 움츠러들었고, 그게 바로 이언이 원하던 바였다. 이제 이언이 다시 운전석에 앉을 수 있었다.

 "오세이 거야. 전학생이 가져온 필통. 걔가 그걸 디에게 주었어. 디가 우연히 떨어뜨렸길래 내가 주웠어. 캐스퍼가 디에게 준 물건을 가져오라고 했다는 건 알지만, 이걸로 대신할 수 있지 않을까?"

 무대 위의 한 인물에게로 스포트라이트가 옮겨 가듯이 이언의 관심사가 필통으로 쓱 향했다. 미미는 불안한 듯 몸을 꼼지락거렸다. 이언은 미소를 지었다. 안성맞춤인 물건이었지만, 미미는 그 사실을 꿈에도 알지 못했다. 미미는 자기처럼 전략적으로 생각하지 않았다. 운동장이 어떤 곳이고 어떻게 돌아가는지, 오 같은 소년이 나타나면 그곳의 자연적 질서가 어떻게 무너지는지 전혀 이해하지 못했다. 미미는 이언이 하려는 것처럼 상황을 바로잡을 생각을 하지 않을 터였다. 정말로 미미는 이언에게 감사

해야만 했다.

"네가 이걸 주웠다는 거 누가 알아?"

"아무도 몰라."

"잘됐네." 이언은 한 손을 뻗었다. "나한테 줘."

긴 고요 속에서 미미는 필통을 든 채 덫에 걸린 동물 같은 표정으로 서 있었다. 자기 발로 덫 속에 순순히 들어갔다가 이제는 후회하는 동물. 이언은 참을성 있게 기다렸다. 결국에는 이언에게 굴복하게 될 터였다.

하지만 먼저 협상부터 해야 했다. 이언이 예측하지 못했고, 미미가 부탁하지도 않은 일이었다. "난 더는 너와 사귀고 싶지 않아." 미미는 말했다. "네가 헤어져 주고 나를 가만히 놔두겠다고 해야 이 필통을 줄 거야." 미미의 얼굴엔 비참한 감정이 그득했다. 불과 며칠 전 깃대에서 분홍빛 뺨과 관심의 불꽃을 보여 주던 때로부터는 멀리 떨어져 있었다.

이언은 언짢은 기색을 감추었다. 자기가 거절당해 상처받았다고 생각하도록 놔둘 생각도 없었고, 미미가 자기의 어떤 점을 못마땅하게 여기는지 알고 싶지도 않았다. 그게 뭔지 이언도 이미 알고 있었으니까. 두 사람은 닮은 구석이라곤 없었다. 이언은 냉혹했고, 미미는 이상했다.

미미를 많이 좋아하는 것도 아니었다. 그렇지만 이언은 미미가 자기를 차 버렸다는 것을 다른 사람이 알아내게 놔둘 수도 없었다. 나중에 남자애들 사이에 미미가 자기랑 끝까지 가는 걸 거부

했다는 말을 퍼뜨릴 작정이었다. 아니면 자기랑 해 버렸는데, 자기가 찼다는 말을 할 수도 있었다. 이 상황을 최대로 이용할 방법을 생각해 내야만 할 것이다. 그래도 그 필통을 갖고 싶었다. "좋아." 이언은 말했다.

미미는 움직이지 않았다. "내 흉을 보고 다녀선 안 돼. 로드가 블랑카에 대해 했던 유의 말을 해서도 안 돼." 마치 이언의 생각을 읽은 것 같았다.

"아무 말도 안 할 거야. 그러니까 너도 아무 말 하지 마." 이언은 이렇게 덧붙이고서 짜증스러운 손짓을 했다. "그러니까 그거 나한테 줄 거야, 말 거야?"

미미는 입술을 깨물었다. 미미가 필통을 내밀 때, 이언은 미미의 손이 떨리는 것을 볼 수 있었다. 미미는 이런 유의 협상에 능하지 않았고, 이언이 자기 말에 따르도록 하기 위해서 속마음을 숨기지 못했다. 둘이 헤어진다고 해도 이언은 아무 문제 없이 상황을 자기에게 유리하도록 돌릴 수 있을 것 같았다.

"나가 봐." 이언은 필통을 받으며 말했다. "나도 잠깐 있다가 갈 테니까."

미미는 이제 이언의 손아귀에 안전히 들어가 버린 필통을 빤히 바라보았다. 미미는 겁을 먹은 듯 보였고, 이상한 얼룩이 반짝이는 눈은 빙글빙글 돌아갔다. "너 그걸로 뭐 할 거야?"

하지만 이언은 벌써 교실 옆에 붙은 물품 보관소로 돌아가고 있었다. "네가 걱정할 일은 없어." 이언은 어깨 너머로 말했다. 자기 재킷을 찾아서 옷걸이를 뒤지다가, 미미가 아직 복도에 남아 있는 것을 느끼고 이를 악물었다. "바보 같기는." 이언은 웅얼거렸다. 이제 깃대에서 미미에게 느꼈던 욕망으로부터 몇 킬로미터 멀어진 것 같은 기분이었다. 이언은 자기 재킷을 찾았다. 수수한 남색 재킷은 날씨가 점점 따뜻해져서 지난 몇 주 동안 입지 않았었다. 새로 획득한 물건을 주머니에 넣기 전에, 이언은 지퍼를 열고 안을 들여다보았다. 딱히 흥미로운 물건은 없었다. 길이와 색깔이 다양한 연필들, 지우개 두 개, 플라스틱 연필깎이, 짧은 자, 10센트 동전 하나, 바주카 풍선껌 하나, 종잇조각 하나, 실리 퍼티*가 가득 든 플라스틱 알 하나. 동전은 챙기고 알록달록한 만화 포장지에 싸인 껌은 읽지도 않고 포장을 벗겨 버린 뒤 입에 넣었다. 이언은 종이를 슬쩍 보았다. 특이하게 동글동글한 필치로 쓰인 것은 오의 이름과 주소, 전화번호였다. 이언은 장난 전화를 하는 상상을 해 보고 씩 웃었다. 그 기회가 접시에 담겨 앞에 놓였다.

이언은 교실 잡동사니들이 가득 담긴 마분지 상자에 다른 물건을 전부 버렸다. 부러진 분필, 오래된 칠판지우개, 회색 금속 북엔드, 공작용 판지 자투리. 이언은 미국의 주 농산물(옥수수, 밀, 면화, 쇠고기)에 대한 등사 연습지 종이 묶음을 꺼내서 필통의 내용물을 덮었다. 몇 주 동안은 그런 걸 찾으러 올 사람은 없었다. 여름방학 때 학교가 끝나서 로우드 선생이 물품 보관소를 청소

✦ 액체형 진흙.

할 때까지는. 그때면 이언은 멀리 가 버리고 없으리라. 다른 학교로 다른 희생자를 찾아서.

일단 속을 비운 후, 이언은 필통을 살폈다. 맙소사, 정말 끔찍했다. 여자애들이나 이런 천박한 걸 참고 쓰겠지. 흥미로운 요소라고는 돈을새김한 딸기뿐이었고, 플라스틱에서 불쑥 솟아나온 오톨도톨한 끝을 보고 이언은 젖꼭지를 연상했다. 그렇게 옴폭 팬 젖꼭지를 몇 년 전 훔쳤던 《플레이보이》지에서 본 적이 있었다. 이언이 언뜻 본 여자애들의 젖꼭지는—체육관에서 옷을 갈아입는 여자애들을 훔쳐봤을 때나, 5학년 여자애를 밀어붙여서 웃옷을 들어 올려 봤을 때나—새의 부리처럼 작고 매끄러웠다. 이언은 오돌토돌한 딸기를 하나 쓰다듬어 보고 자기 다리 중심으로 전해 오는 감각에 미소를 지었다. 어쩌면 이래서 그 흑인 소년이 이 필통을 갖고 다녔는지도 몰랐다. 이 필통이 그 애한테도 같은 효과를 미쳤다면.

하지만 이 필통을 갖고 있을 수는 없었다. 물품 보관소에서 이걸 가지고 흥분하는 것보다 운동장에서 여러 가지 일들을 휘저어 놓는 데 훨씬 더 유용했다. 그런 느낌은 다른 것들로도 얻을 수 있었으니까. 그렇지만 이 필통으로 무엇을 한다? 가장 큰 효과를 내기 위해서는 이언이 이미 오에게 심어 놓은 의심을 굳히는 확고한 증거로서 캐스퍼의 물품 사이에 끼워 놓을 필요가 있었다. 하지만 캐스퍼가 그런 물건을 가지고 다닐 리 없었다. 자존감이 있는 소년이라면 딸기로 뒤덮인 분홍 플라스틱 필통에 집착할 리가 없었다.

캐스퍼가 아니라면 그와 가까운 누구라도. 그래. 이언은 어떻게 할지 깨닫고 미소를 지으며 혼자 고개를 끄덕였다. 재킷을 걸치면서—바깥은 따뜻할 테지만 숨길 곳이 필요했다—필통을 안주머니에 쑤셔 넣고 밖으로 나갔다.

여자애들과 남자애들이 함께 하는 오후 게임을 위해 6학년들이 모여 있었다. 평소 주장을 맡던 캐스퍼와 이언이 자리에 없어서 대리들이 그 역할을 맡았다. 한 명은 로드 그리고 다른 한 명은, 놀랍게도 오. 어떻게 전학생에다 흑인인 소년이 운동장의 위계 속으로 그렇게 빠르고도 쉽게 기어들어 올 수 있었을까? 이언은 동급생들에게 그보다 더 많은 것을 기대했지만 그들은 계집애들처럼 나약한 녀석들이어서 자발적으로 납작 엎드려 전학생이 지배하도록 맡겨 버린 것 같았다. 이언은 빨리 행동해야만 했다. 그렇지 않으면 오가 완전히 다 장악할 테니까.

로드가 이언을 보자마자 뛰어오며 불렀다. "이언! 이언은 우리 팀이야!" 캐스퍼에게 주먹으로 얻어맞아 로드의 눈두덩은 시퍼런 먹색으로 변해 있었지만, 다른 곳은 멀쩡했다. 이언은 순간 혐오감을 느꼈다.

"나 근신 처분 받았어." 로드가 가까이 다가와서 속삭였다. "듀크 교장 선생님이 멍든 눈으로 이미 벌 받은 게 아니었다면 정학을 내렸을 거래. 눈 진짜 아파!"

"내 이름 얘기했어?"

"아니. 안 한다고 했으니 안 했지."

"잘했어."

"어이, 네 차례 아니야, 로드!" 다른 애들 두 명이 소리쳤다. "오가 할 차례야."

오가 다음으로 어떤 아이를 뽑을까 고심하는 동안 이언은 가만히 서서 기다렸다. 오는 벌써 다른 애들 몇 명을 뽑았고, 그중에는 디와 미미도 껴 있었다. 흑인을 향한 반감에도, 오의 눈이 그에게 닿자, 이언은 그 관심에 전율을 느꼈다. 다른 애들에게도 그런 눈길을 받을 때가 있지만 이미 익숙해진 움츠러드는 불안과는 다른 긍정적 관심이었다.

오는 고개를 끄덕였다. "이언."

이언도 고개를 끄덕이고 걸어가서 팀에 끼었다. 로드는 웅얼거렸다. "망할!"

오와 로드가 계속 팀원을 뽑는 동안 이언은 찾던 것을 발견했다. 해적선 위에 혼자 뚱하게 앉아 있는 블랑카. 블랑카는 노는 대신 자기의 상처를 그렇게 공공연하게 핥는 쪽을 더 좋아했다. 완벽하군.

동전 던지기에서 그들 팀이 져서 먼저 수비를 시작했다. 이언은 오가 포지션을 지정해 줄 때까지 기다리지 않고 외야로 가서 3루 근처 해적선 가까이 섰다. 운 좋게도 디는 외야의 다른 쪽이라 멀리 떨어진 곳에 있었고, 오는 공을 던지느라 이언을 등지고 있었다. 두 사람이 딸기 필통을 볼 리는 없었다. 이언은 갑판 위의 가로대에 두 팔을 걸치고 한쪽에 머리를 기댄 채 앉은 블랑카 쪽으로 슬금슬금 걸어갔다. 블랑카는 낮은 가로대 위에 통굽 샌들을 올리고 있어서, 다른 각도에서 보면 치마 속도 볼 수 있을 것 같았다. 하지만 이언은 더 좋은 지점으로 옮기지 않고 본래 목표에만 집중했다. "블랑카." 이언은 속삭였다.

블랑카가 대답하지 않자, 이언은 이름을 좀 더 크게 불렀다. 블랑카는 무심하게 힐끔 쳐다보았다. 같이 학교를 다니는 동안, 이언은 한 번도 블랑카를 마음대로 움직이거나 겁줄 수 없었다. 블랑카는 너무도 자기중심적인 아이라 이언을 두려워하지 않았다. 블랑카는 자기 나름의 힘을 갖고 있었고, 자기 나름의 재난을 만들었다. 블랑카에게 이언은 아무것도 아니었다. 아니, 이제까지는 아무것도 아니었다. 지금 이언은 그걸 바꿔 놓을 작정이었다.

"너한테 줄 게 있어." 이언은 말을 이었다가 잠깐 뜸을 들이면서 간격을 두었다. 한 여자애가 공을 유격수에게 똑바로 차서 첫 번째 아웃을 당했고, 이언은 팀원들을 따라 박수를 쳤다. "캐스퍼가 준 거야." 이언은 마침내 덧붙였다.

블랑카는 고개를 홱 쳐들고 발을 배 갑판 위에 툭 내려놓았다. "뭐라고?" 블랑카는 외쳤다.

"쉿. 비밀이야. 너한테만 주는 거." 이언은 블랑카가 아직 관심을 끌기를 원치 않았다. 자기가 안전하게 이 그림에서 빠지기 전까지는. 이언은 더 가까이 움직였다. "캐스퍼가 교장실에 있을 때 화장실에 가는 거 봤어. 이걸 너한테 주라고 하더라." 이언은 재킷 주머니에서 필통을 꺼내 건넸다.

블랑카는 숨을 내쉬었다. "어머머머. 너무 귀엽다!" 블랑카는 이언이 했듯이 손가락으로 딸기를 훑었다. "다른 여자애들에게 보여 줄 때까지 기다려!"

"안 돼! 아직은."

"왜 안 돼?"

한 남자애가 공을 1루와 2루 사이의 외야로 차고 1루로 달렸다. "캐스퍼는 너랑 둘만의 비밀로 하고 싶대. 너랑 개랑 단둘이 나누는 거. 일단 지금은. 거기다, 너 다른 사람들 모두에게 보여 주기 전에 개한테 먼저 고맙다고 해야 하는 거 아냐?" 운이 좋으면 캐스퍼는 며칠 동안 학교로 돌아오지 못할 테고, 그때쯤이면 오와 디를 해치우고도 남았을 것이었다. 이언이 저 흑인 소년에게 누가 그의 필통을 가졌는지 보여 줄 수만 있다면. 자전거 브레이크를 밟지 않고도 언덕을 내려갈 수 있듯이, 그 애도 저절로 굴러갈 것임을 이언은 알았다. 하지만 그것도 재미의 일부였다. 자기가 부딪칠 수도 있다는 걸 안다는 점이.

"좋아……." 블랑카는 영문을 모르겠다는 얼굴이었다. "캐스퍼는 괜찮아? 개 정학 중이지?"

"몰라." 이언은 솔직히 대답할 수 있었다.

"개 날 걱정하고 있어? 그렇겠지. 나는 로드가 나에 대해 무슨 말을 했는지 모두가 알 때까지 여기 있어야만 해." 이언이 자기 기대만큼 동정적인 반응을 보여 주지 않자, 블랑카는 덧붙였다.

"끔찍해! 여자애로 산다는 건. 넌 꿈에도 모를 거야." 블랑카는 강조하듯 검은 고수머리를 넘겼다.

"진짜 그럴 것 같다." 이언은 동조했다. 그편이 더 쉬웠기 때문이다.

로드가 타석에 나왔다. "저 얼간이를 반드시 쫓아내야 해" 블랑카가 식식거렸다. "캐스퍼를 다치게 했다면 쟤를 죽일 수도 있었을 거야!"

블랑카의 말이 자석이라도 된 양, 로드는 공을 이언 쪽으로 높이 찼다. 다른 때였다면 고의로 허둥대다 놓쳤을지도 모르지만, 이번에 이언은 공을 맞으러 앞으로 나와서 가슴에 쿵 떨어지는 소리와 함께 공을 잡았다. 블랑카는 마치 같은 팀이기라도 한 양 요란하게 환호성을 질렀고, 이언의 마음은 예기치 않은 자긍심으로 가득 찼다.

이언의 팀은 스리아웃을 손쉽게 잡고 공수 교대에 들어갔다. 그들이 공격하고, 로드의 팀이 수비하러 나갈 차례였다. 오의 팀이 공 차는 순서를 들으려고 주장 주위에 모였을 때, 이언이 오에게 웅얼거렸다. "보통은 여자애들부터 먼저 차게 해. 디에게 부탁해 봐. 모두가 디를 1번 타자로 고르기를 기대하고 있을 거야."

오는 고개를 끄덕였다. "디, 그다음에 덩컨, 그다음에 이언, 나, 그리고……." 오는 나머지 팀원들을 순서대로 가리켰다.

1번 타자로 나서게 되자, 디는 평소처럼 짧은 번트로 찼고 로드가 맡은 1루로 질주했다. 디는 블랑카를 모욕하고 캐스퍼에게 시비를 건 로드의 행동에 경멸을 표하기 위해 되도록 로드에게서 멀찍이 떨어져 섰다. 사실상, 대부분의 여자애들이 로드를 싸늘하게 대하며 무시했다. 같은 팀으로 고른 여자애들조차 그랬다. 로드는 운동장의 불가촉천민이 된 자신의 새로운 역할에 못마땅한 기색을 드러내며 고개를 쳐들었다. 이언은 그걸 보고 히죽거리며 오의 옆으로 가서 섰다.

하지만 이제 이언은 작업에 돌입해야만 했다. "팀원을 잘 모았네."

"고마워." 오는 다음 타자인 덩컨에게 눈길을 두었다.

"블랑카가 캐스퍼에게 뭔가 받는 거 봤다." 이언은 말을 던졌다. "캐스퍼는 걔한테 정말 반했나 봐, 선물도 주고."

"하." 오는 관심을 보이지 않았다. 이언은 좀 더 뻔하게 굴어야만 했다.

"난 걔가 **딸기**를 좋아하는 부류의 여자애일 거라곤 생각 못 했는데, 어쨌든." 이언은 말했다. "걔는 체리 맛 나우앤드레이터 사탕을 더 좋아하더라고. 걔 입술 색깔이 어울리는 것이기만 하면."

오가 이언을 돌아보았다. "무슨 부류의 여자애라고?"

"딸기 좋아하는 애."

"딸기가 어쨌다는 거야?" 오의 목소리에 날이 서리자, 이언은 사냥감이 그렇게 쉽사리 덫에 걸려들었다는 데 만족해서 웃고 싶었다. 하지만 애써 태연한 표정을 유지했다.

"새 필통이 생겼더라고. 위에 딸기가 박힌 거. 캐스퍼가 줬다던데. 게임에 끼기보다는 그걸 가지고 놀고 싶다는데." 이언은 어깨를 으쓱했다. "여자애들이란."

"어디 있어?"

이언은 블랑카를 가리켰다. 그 애는 여전히 해적선 위에 앉아서 필통을 무릎 위에 올려놓고 지퍼를 올렸다 내렸다 하고 있었다. 굳이 찾아보지 않는다면 눈치챌 수가 없었다. 실제로 1루에 나가 있는 디는 보지 못했다. 다른 타자들과 함께 벤치에서 대기 중인 미미도 보지 못했다. 하지만 오는 자신이 찾고 있는 것을 벌써 알고 있었다. 그리고 블랑카의 무릎에서 번뜩이는 분홍빛을 보았을 때, 오는 미동도 하지 않았다. 어찌나 꼼짝 않고 있던지 덩컨의 공이 2루를 훌쩍 넘기고 1루에 들어가고, 디가 2루로 들어간 것도 보지 못했다.

이언은 더는 아무것도 할 필요가 없겠다는 생각이 슬슬 들었다. 독은 효과를 보이고 있었고, 이언은 이제 뒤로 물러나서 퍼지는 걸 구경만 하면 되었다. 그저 초연한 척 보이도록 조심하면서 관련이 있다는 걸 부인하기만 하면 그만이었다.

작업을 끝낸 이언은 자기 차례가 왔을 때 종일 느끼지 못했던 가뿐한 기분으로 타석에 올라설 수 있었다. 아니, 일주일 내내, 1년 내내 느끼지 못했던 기분이었다. 이언은 로드가 아니라 자기를 주장으로 따라야 마땅한 선수들로 가득한 외야를 내다보며 생각했다. **이제 홈런을 차 줄 거야. 내가 이곳을 얼마나 확실히 지배하는지 똑똑히 보여 주지.** 이언은 운동장의 가장 먼 구석을 겨냥하고 자기에게 굴러오는 공을 맞으러 뛰어나가며 목표물을 향해 날려 보냈다.

누군가 홈런을 찰 때면, 진루한 주자들은 걷거나 춤을 추거나 혹은 주변을 콩콩 뛰어다니면서 홈플레이트까지 웃고 소리 지르며 돌아오는 세리머니를 해서 상대방의 약을 올리는 것이 관습이었다. 디는 오세이의 팀이 벌써 3점을 냈고 결정적으로 승리를 거둘 것 같다는 생각에 신이 나서 폴짝폴짝 뛰었다. 오가 처음 주장을 맡아 치른 게임이었는데 이런 결과가 나왔다. 훌륭한 출발이었다. **오는 이 학교에서 잘 지낼 수 있을 거야,** 디는 생각했다. 그리고 **그 애가 바로 내 남자 친구이고.**

디는 홈까지 폴짝폴짝 뛰어 들어온 후 두 발로 점프했다가 팀원들과 하이파이브를 했다. 덩컨이 디의 뒤를 이어 홈으로 들어오더니 한 손을 들었다. "하이파이브." 그 애가 말했다.

디는 덩컨과 손바닥을 맞대어 찰싹 쳤다.

"검은 손 쪽으로." 두 아이는 손등으로 찰싹 쳤다.

"구멍에." 둘 다 주먹을 쥐고 위에서 한 번, 아래에서 한 번 부딪쳤다.

"영혼이 들었네!" 둘은 텔레비전에서 흑인들이 하던 대로 엄지손가락을 걸고 악수를 했다.

디는 생긋 웃었지만 그때 오세이의 모습이 눈에 들어왔다. 오는 두 아이의 의식을 무표정한 얼굴로 보고 있었다. 디는 얼굴을 붉혔다. "아, 오세이, 나는……." 디는 당황해서 말을 멈췄다. 오의 눈에는 이 하이파이브 의식이 괜히 쿨해 보이려는 두 백인 아이의 터무니없는 과시 행위로 비칠 것 같았고, 게다가 오가 디에게서 휙 돌아서며 홈플레이트에 올라섰기 때문이다. 거기서 오세이는 굳은 채로 공이 투수에게 돌아가기를 기다렸다.

디는 이제 득점의 기쁨에서 퍼뜩 깨어나 그 모습을 응시했다. 단지 멍청하게 손 좀 부딪쳤다고 저렇게 화를 낼 리는 없을 텐데? 백인이 "검은 손 쪽"이라고 말한 게 불쾌했나? 오의 화난 등을 바라보며 디는 너무 혼란스러워 울고 싶은 기분이 들었다.

"쟤는 캐스퍼 때문에 언짢은 거야, 그게 다야." 뒤에서 누가 말하는 소리가 들렸다. 이언은 경기장을 돌고 와서 가까이 서 있었다. 평소에는 진흙 같았던 회색 눈이 빛났고, 뺨은 붉었다. 이언은 손바닥을 위로 하고 손을 내밀었다.

디는 예의를 갖추기 위해 하이파이브를 했다. 이언은 손가락을 살짝 구부리더니 디의 손바닥을 죽 그었다. 디는 소름이 끼쳐서 손을 뒤로 휙 뺐지만, 이언의 기분이 상하지나 않았을까 걱정스러웠다. "정말 잘 찼어." 디는 그렇게 말하면서도 어째서 얘를 달래야 한다는 기분이 드는 걸까 의아했다.

"고마워. 너라면 캐스퍼 일로 우울해하는 쟤 기분을 낫게 해 줄 수 있을 거다."

"나는……." **그게 진짜 문제인 걸까?** 디는 생각했지만, 이언에게 오세이 얘기를 하고 싶지는 않아서 그 말은 꺼내지 않았다.

"남자 친구가 흑인이면 아무래도 힘들지." 이언은 가차 없이 말을 이었다. "대부분의 여자애들은 사귀려 하지 않잖아. 받을 수 있는 도움은 다 받아야 할 거야. 캐스퍼와 오세이가 친구가 되면 너한텐 더 쉬워질걸. 캐스퍼 같은 애가 네 편을 들어 주면, 너는 뭐든 원하는 대로 할 수 있어. 원하면 침팬지도 사귈 수도 있지."

디는 입을 벌렸으나, 거기서 그만두었다. 이언은 디를 향해 살짝 웃어 보이고 덧붙였다. "머리 그렇게 한 거 마음에 든다."

디는 당황한 마음으로 이언에게서 돌아섰다. 지금 오세이를 두고 침팬지라는 거야? 아니, 그런 건 아니겠지. 디는 팀 벤치로 가서 앉으며 이렇게 결론 내렸지만, 그 말이 마치 약간 상했으나 아직 냄새는 나지 않는 우유처럼 꺼림칙하게 느껴졌다. 그러나 이언이 솔직하게 도와주려는 듯 보였기에 그 말에 어떻게 맞서야 할지는 확신이 서지 않았다.

이언이 홈런을 찬 뒤라 오는 두서없이 되는대로 공을 차 버린 듯했다. 그렇지만 오는 1루까지는 진루했고, 거기 서서는 디 쪽을 보지 않고 경기장 저편, 블랑카가 앉은 해적선을 보았다. 디는 얼굴을 찡그렸다. 뭔가 분명 잘못되었는데, 그게 뭔지는 알 수 없었다. 이언이 자기를 그만 처다봤으면 싶었다.

"캐스퍼!" 블랑카가 꺅 비명을 질렀다. 블랑카는 우주선에서 훌쩍 뛰어내려 사슬 울타리 쪽으로 달려갔다. 건너편이 캐스퍼의 집이었다. 캐스퍼가 앞 포치로 나온 모양이었다. 발야구를 하던 아이들 사이에서 웅성거림이 일었다.

"블랑카가 저렇게 빨리 뛰는 거 처음 봤어. 저 애가 뛰는 걸 본 적이나 있었나 몰라!"

"그러니까 캐스퍼는 **정학당한 거네**!"

"며칠 받았을 거 같아?"

"캐스퍼가 집으로 갔다니 믿기지 않아. 학교가 다 끝나지도 않았는데!"

"문법 시험 못 보겠네."

"시험 있어?"

"멍청아. 브라반트 선생님이 일주일 내내 말했잖아!"

"캐스퍼 대신 내가 집에 가고 싶다."

"와, 주먹 한 번 날려서 완벽했던 학생 기록부 망했네."

"쟤네 엄마 엄청 화내시겠다."

"쟤 아버지 집에 오면 엉덩이 때리실걸."

"이언네 아빠처럼 허리띠를 쓸지도 몰라."

"이언네 아빠는 허리띠를 써?"

"내가 들은 바로는 그래."

"죽인다, 쟤들 하는 것 좀 봐!"

"블랑카 뭐 잡은 거야?"

"캐스퍼 거기?"

"참 웃기기도 하다. 아. 떨어뜨렸네."

학생들은 수군대면서 블랑카와 캐스퍼를 바라보았다. 블랑카는 포치에서 내려와 길 건너 자기 쪽으로 오라고 손짓했다. 두 아이는 이제 사슬 울타리를 사이에 두고 키스했다.

"둘 사이에 울타리가 있는 게 다행이다. 아니면 아주 서로 뒤엉 키겠어." 제니퍼가 벤치에 앉아 디에게 소곤거렸다. "캐스퍼가 충격이 컸나 봐. 아니면 저렇게 애들 앞에서 블랑카가 키스하도록 놔두지 않을 텐데. 블랑카 쟤는 자랑하려고 저러는 거잖아."

디는 제니퍼가 그러길 기대한다는 걸 알았기에 헤실헤실 웃었지만, 자기는 차마 볼 수 없었다. 두 아이가 그렇게 순수하게 정열적으로 행동하는 모습만 봐도 가슴이 아팠다. 자기와 오세이는 벌써 그 단계를 한참, 너무 빠르게 지나치고 있는 것만 같은데.

디는 벤치 맨 끝에 있는 미미에게로 가서 함께 앉고 싶었다. 미미는 의자에 기대어 눈을 감고 있었다. 친구는 이제 디에게 이상하게 굴고 있었다. 딱히 심술을 부리거나 화를 내는 건 아니었지만 거리감이 느껴졌다. 디가 무슨 일이냐고 묻자, 심한 두통이 있었다가 거의 다 사라졌다고 말했다. 그것으로는 온전한 진실같이 느껴지지 않았다.

디는 주변을 돌아보았다. 미미 말고 다른 6학년들—오세이, 제니퍼, 로드, 덩컨, 패티—은 아직도 블랑카와 캐스퍼를 바라보고 있었다. 오직 이언만이 예외였다. 그 애는 오세이를 보고 있었다. 미소를 띠고서.

어째서 모든 게 잘못된 것처럼 느껴질까? 디는 생각했다. **오늘 아침에는 그렇게 행복했는데, 하지만 지금은……**.

적어도 줄넘기하는 4학년 여자애들은 아무 생각 없어 보였다. 디는 뒤에서 아이들이 노래를 읊는 소리를 들었다. 디가 제일 싫어하는 노래였다.

테디베어, 테디베어

돌아보아라

테디베어, 테디베어

땅을 짚어라

테디베어, 테디베어

신발 보여 봐

테디베어, 테디베어

그러면 될걸

테디베어, 테디베어

2층으로 가

테디베어, 테디베어

기도를 해라

테디베어, 테디베어

불을 *끄*거라

테디베어, 테디베어

잘 자란 인사!

가사가 너무 집요하고 반복적이어서 디는 여자애들에게 다가
가 뺨을 때리며 조용히 하라고 하고 싶은 충동을 눌러야 했다. 디

는 스스로에게 놀라 고개를 저었다. 무슨 독이 운동장에 퍼졌든, 디도 그 독에 감염되고 말았다.

오세이는 스스로를 화가 많은 사람이라고 생각해 본 적이 없었다. 이전에 다녔던 학교에서는 화가 많은 아이들을 자주 마주쳤다. 선생님이 부당하다고 화내고, 부모님이 안 된다고 했다고 화내고, 친구들이 배신했다고 화내는 애들. 어떤 애들은 베트남전쟁이나 닉슨 대통령과 워터게이트 일당과 같은 시사 문제에 화를 내기도 했다. 물론 그의 누나 시시도 이제 종종 화를 냈다. 지난 1년 동안 누나는 흰둥이들이나 정치가들, 아프리카인들을 깔아뭉개는 미국 흑인들, 그리고 서구 원조에 지나치게 의존하는 아프리카인들에 대해 불평했다. 심지어 마틴 루서 킹 주니어 목사가 너무 수동적이라며 불평하기도 했다. 이따금 아버지가 누나와 논쟁을 벌이기도 했다. 아버지는 누나에게 마틴 루서 킹에 대해 그런 불손한 말을 절대 하지 말라고 명령했다. 하지만 시시의 분노는 사람을 지치게 해서 부모님은 가끔 서로 눈길만 교환할 뿐이었다. 언젠가 오는 어머니가 눈을 굴리는 걸 보고 놀란 적이 있었다. 여자애들이나 하는 행동이라고 오는 생각했었다. "정의롭다니까." 어머니는 시시의 기질을 그렇게 말했지만, 칭찬의 의미는 아니었다.

하지만 오 본인은 화를 빨리 내는 편은 아니라고 생각했다. 아버지가 종종 깨우쳐 주듯이, 분노는 쉬운 선택지였다. 화를 누르고 신중히 고른 단어와 행동으로 문제를 풀어 나가는 것이 훨씬 더 어려웠다. 외교관은 바로 그런 훈련을 받았고, 오세이의 아버지는 아들도 자라면 자신과 마찬가지로 외교관이 되리라고 예상하고 있었다. 혹은 기술자가 되거나. 별로 놀라울 것도 없지만, 아버지는 시시에게는 외교관이 되기 위한 훈련을 받아야 한다는 암시를 한 적조차 없었다.

그래서 오는 마치 강물이 일정하게 차오르듯 분노가 마음속에서 일었을 때 자기 자신에게 놀랐다. 잠시 동안은 보이지 않았지만, 곧 그 물은 원래 있어야 할 곳이 아닌 자리로 흘렀다. 들판, 길, 집, 학교, 운동장. 물이 들어오면 이제 없앨 수도, 방향을 바꿀수도 없었다.

분노는 디가 캐스퍼에게 딸기를 먹여 준 것에서 비롯되었다가 디가 오 앞에서 캐스퍼를 변호하자 한층 더 높아졌다. 하지만 변곡점, 즉 물이 둑을 뚫고 흘러넘친 때는 딸기 필통이 블랑카의 손에 있는 것을 보았을 때였다. 부분적으로 그건 부조화 때문이었다. 낯선 백인이 오와 누나를 강하게 연결시키는 물건을 손에 쥐고 있다니. 누나가 더 어리고, 더 행복하고, 좀 더 말이 잘 통하고, 더 누나다웠던 때의 물건. 이제 그 물건이 운동장에서 여기저기 넘겨지며 개인의 역사에서 풀려나 버렸다. 원래 그 물건이 시시의 것이었다는 사실 따위는 중요하지 않은 것처럼. 시시가 중요하지 않은 것처럼. 실제로 오세이에게 시시는 그 누구보다 중요한 사람인데도. 디보다도, 그는 깨달았다. 디는 아직 오의 마음속에 자리를 얻지 못했다. 그리고 오는 앞으로도 그럴지 아닐지 자신할 수 없었다.

디가 거짓말을 했기 때문에. 디는 필통이 집에 없는 게 분명한데도 두고 왔다고 거짓말을 했다. 디는 그걸 주어 버렸다. 혹은 버려 버렸다. 어쨌든 그건 결국 블랑카의 손으로 들어갔다. 캐스퍼의 여자 친구에게. 물론 캐스퍼가 어딘가 연결 고리가 되었을 터였다. 어떻게 그랬는지는 모르지만 오세이는 그 점을 감지하고 있었고, 이언이 확인해 주었다. 디는 거짓말을 하고 있고, 캐스퍼와의 관련성이 오를 밀어붙여서 머릿속에서 압력이 되고 곧 터질 것이었다.

1루에 선 오세이는 해적선 위에 앉아 딸기 필통을 무릎 위에 올려 둔 블랑카를 보았다. 블랑카는 다른 모든 여자애들이 그러듯이 딸기를 손가락으로 훑고 있었다. 그런 다음 캐스퍼에게 달려갔기 때문에 오세이는 그들이 울타리를 사이에 두고 붙어서 공공연하게 애정을 과시하는 장면을 볼 수밖에 없었다. 딸기 필통은 블랑카의 손에 들려 있었지만, 두 아이가 키스하는 도중 손에서 떨어지고 말았다. 그 광경을 보자 오세이의 분노는 수면 위로 곧장 밀려 올라왔다. 다만 그걸 자유롭게 풀어놓아 줄 누군가가 필요했다.

그리고 그 사람은 디였다. 휴식 시간의 끝을 알리는 종이 울렸는데도 블랑카와 캐스퍼는 계속 키스를 했고 필통은 버려진 채로 땅에 떨어졌으며, 디가 오에게로 달려왔다.

"오세이, 무슨……." 하지만 디는 말을 끝낼 기회를 얻지 못했다. 오세이는 디에게 맞서 따지고 싶지 않았다. 자기에게 이야기하며, 더 거짓말을 하며, 처음에는 남자 친구처럼 대했다가 나중에는 백인들 운동장에 들어온 흑인 소년으로 대하는 디의 얼굴을 마주 보고 싶지 않았다. 이름에 검은 낙인이 찍힌 검은 양. 검은 공을 던져 구성원으로 끼지 못하게 막고, 검은 편지로 협박하고, 블랙리스트에 올리고, 시커먼 속마음으로 대하고. 검은 하루였다.

오의 분노를 막던 댐이 무너졌다. "나 좀 가만 놔둬!" 오는 소리치면서 디를 세차게 밀쳐 버렸다. 어찌나 세게 밀었던지 디는 만화 주인공처럼 허공을 붙잡으려고 두 팔을 빙글빙글 돌리며 허우적대다가 뒤로 넘어져 버렸다. 디의 머리가 아스팔트에 부딪치는 소름 끼치는 소리에 마침내 모든 사람들이 블랑카와 캐스퍼가 벌이는 쇼에서 이 새로운 드라마로 눈을 돌렸다.

"디!" 미미가 비명을 지르면서 친구에게로 달려와 무릎을 꿇었다. 디는 눈을 감은 채로 반듯이 누워 있었다. "디, 괜찮아?" 미미가 디의 얼굴에서 머리카락을 쓸어 넘기자, 디는 눈꺼풀을 움직이며 눈을 떴다.

오는 그들 옆에서 서성이면서 갑작스러운 수치심과 메스꺼움, 무력감을 느꼈다.

디는 혼란스러운 얼굴로 주변을 돌아보다가 오세이와 눈이 마주치자 움찔했다. "난 괜찮아."

　미미는 오세이를 올려다보았다. "너 대체 어떻게 된 거야?" 미미가 씩씩댔다. "미쳤어? 왜 그런 짓을 한 거야?"

　오세이는 자기혐오로 몸을 떨었다. 하지만 분노는 아직 잦아들지 않았다. 그 때문에 입과 발이 움직이지 않아서 그저 두 손을 옆으로 내리고 말없이 서 있을 뿐이었다.

　뒤에서 들리는 발소리에 오세이는 선생님들이 오고 있다는 걸 알아차렸다. 오는 눈을 감았지만 잠시뿐이었다. 눈을 감는다고 해서 자기가 원하는 대로 이루어지지 않을 것임을 알았기 때문이다. 이 운동장에서 멀리 사라져 버리는 것. 백인들, 특히 이제 곧 그를 덮치고 꾸짖고 교장실로 보내고 정학 처분을 내리고 부모님께 연락할 선생님들에게서 떨어지는 것. 자기가 한 짓을 들은 어머니가 어떤 표정을 지으실지 떠올리자 오는 속이 울렁거렸다.

　"여기 어떻게 된 거니?" 로우드 선생은 디의 반대편에 무릎을 꿇었다. "다쳤니, 디?"

　"오가 디를 밀었어요!" 로드가 모여 있던 학생들 틈에서 나오며 분개해서 소리 질렀다. "쟤가 디를 밀쳐 넘어뜨렸어요. 흑인 새끼가!"

　"말조심해, 로드." 로우드 선생이 경고했다.

　"하지만 쟤가 했다고요!"

　"그만하면 됐어. 오의 피부색은 이 일과는 아무 상관 없어. 디, 일어나 앉을 수 있겠니?" 로우드 선생과 미미는 디를 일으켜 앉혔다. 디는 여전히 멍한 표정이었다.

"그래, 이제. 어디가 아프니?"

디는 한 손을 뒤통수에 갖다 댔다. "여기요."

"어지러워?"

"약간요." 디는 오세이를 쳐다보지 않았다.

브라반트 선생이 합류했다. "가서 줄 서라, 모두." 선생은 명령했다. 그의 권위가 너무 분명해서 마법은 깨어졌고 학생들은 움직이기 시작했다. "너는 말고." 오가 학교 현관으로 향하는 다른 애들을 따라가자 브라반트 선생이 덧붙였다. "무슨 짓을 했지, 오세이?"

오는 아무 말도 하지 않았다.

"쟤는 아무 짓도 안 했어요." 디가 대답했다. "제가, 제가 오에게 뛰어가다가 발이 걸려서 넘어진 거예요. 그게 다예요."

미미가 입을 열었다. "디, 그건 아니……."

"오세이의 잘못이 아니에요. 쟤는 저를 잡으려고 했어요."

브라반트 선생은 눈썹을 치켰다. "정말?"

"정말이에요. 제가 칠칠치 못해서. 제가 얼마나 칠칠치 못한지 선생님도 아시잖아요."

"발이 걸린 거라면 앞으로 넘어졌겠지, 그렇지 않니? 뒤로 넘어지진 않았겠지. 수업 시간에 가속에 대해 배웠잖아."

"발이 걸렸어요." 디는 일어서려고 하며 우겼다. "전 괜찮아요. 정말로요." 디는 여전히 오세이 쪽을 쳐다보지 않았다.

　브라반트 선생과 로우드 선생은 서로 눈길을 교환했다. "좋아." 브라반트 선생이 말했다. "보건실로 가면 보건 선생님이 검사하고 네 머리에 난 혹에 얼음찜질을 해 주실 거다. 너도 디와 함께 가라, 미미. 쟤 좀 돌봐 줘. 그리고 머리카락 좀 어떻게 해. 안 그랬다간 쟤 어머님이 불평하실 거고, 우리는 그 불평을 끝도 없이 들어야 할 테니까."

　여자애들이 자리를 뜰 때도 오세이의 눈은 소녀들 뒤를 따라가기보다는 땅에 그대로 박혀 있었다. 오는 고개를 들고 싶지 않았다. 디가 오를 위해 사실을 덮어 주었지만, 상황은 나아지기는커녕 더 악화되고 말았다. 분노는 가라앉지 않고 창자 속 덩어리로 굳어졌다. 딱히 디에게 화가 났다기보다는 자기 자신에게 화가 난 것이었다. 여자애를 밀다니. 네가 그런 짓을 하진 않았겠지. 어머니는 너무나 겁에 질려서 소리치거나 흐느끼지도 않을 것이었다. 그저 아들에게서 돌아설 뿐. 백인에 대해 온갖 정의로운 분노를 품은 시시조차도 오세이가 한 짓을 용납하지 않을 터였다.

　오는 두 선생의 눈이 자기에게 쏠리는 것을 느끼며 일어서서 고개를 숙인 후 그들의 판단을 기다렸다.

　"이전에도 너 같은 부류를 본 적 있다. 이 학교에서도 말썽을 일으킬 계략을 꾸미는 거지, 너?" 브라반트 선생이 낮게 말했다.

　"아닙니다, 선생님." 반사작용처럼 입에서 말이 튀어나왔다.

　"우리는 여기서 그런 행동을 너그럽게 봐 넘기지 않기 때문이지."

"아닙니다, 선생님."

"너를 위해 거짓말을 할 정도로 널 좋아하는 여자애가 있다는 걸 다행으로 여겨라. 그 이유는 알 수 없는 노릇이지만."

오세이는 아스팔트를 찬찬히 관찰했다. 여러 명이 무릎을 긁혔던 현장. 오는 어째서 운동장이 좀 더 부드러운 잔디로 덮여 있지 않은지 궁금했다.

"나는 별로 큰 기대를 하지 않는다. 흑⋯⋯." 브라반트 선생은 로우드 선생을 힐끔 보았다. "너한테는. 그리고 오늘 일은 그리 놀라운 것도 아니었어. 하지만 또 무슨 일이 일어나고, 네가 근처에 있다면? 그땐 교장 선생님이 너를 퇴학시킬 거다. 예쁜 애가 널 아무리 변호해 준대도, 내 말 알아들어?"

오세이는 이가 아스러지는 느낌이 들 때까지 악물었다가 잠시 후 고개를 끄덕였다.

"좋아." 브라반트 선생은 목소리를 높였다. "너희 모두 여기 서서 뭐 하는 거지? 왜 줄을 서지 않는 거냐? 지금부터 열을 셀 테니 다들 줄 서도록. 아니면 전부 근신 처분이다!"

운동장을 허둥지둥 오가는 학생들 한가운데서 두 선생만이 서두르지 않고 걸었다. 오세이는 뒤에서 터벅터벅 걸어갔다. 설사 근신 처분을 받는다고 해도, 줄을 서기 위해 앞서 뛰어나갔다가 아이들의 적개심에 맞닥뜨리고 싶지는 않았다.

"리처드, 저는⋯⋯." 로우드 선생이 머뭇거렸다.

"뭐죠?" 브라반트 선생은 학생을 대하듯 매섭게 말했다. "미안합니다, 다이앤. 뭡니까?"

"음, 우리가 저 애한테 약간 심하게 군 게 아닌가 싶어서요."

"쟤한테 심하게 굴었다고요? 방금 여자애를 밀어서 넘어뜨린 아이예요!"

"그렇죠, 하지만…… 이 상황이 저 애에게는 쉽지 않을 거예요. 학교에서 완전히 외톨이라는 게."

"인생은 누구에게도 쉽지 않아요. 그렇게 말하면, 저 애는 **너무** 쉽게 살겠죠. 저렇게 자라서 좋은 직업을 그냥 낚아챌 겁니다. 소수 인종 우대 정책 덕분에. 그보다 더 자격 있는 사람들이 가졌어야 할 좋은 직업을요."

"그런 일이 생긴 적이나……. 됐습니다." 로우드 선생은 한숨지었다. "세상에, 오늘 대체 어떻게 된 거죠? 처음에는 캐스퍼가 그러더니, 그다음엔 이런 일이. 점심 급식에 약이라도 탄 걸까요?"

"왜인지 아시잖습니까." 브라반트 선생은 음침하게 대답했다. "이 학교는 흑인 학생을 받을 준비가 안 된 겁니다."

"안 된 것 같네요."

"그리고 하루는 아직 끝나지도 않았어요. 이런 말 아시죠? 말썽은 늘 셋씩 무리 지어 온다."

미미가 앓던 두통의 흔적은 깡그리 사라졌고, 모두가 날카롭게 초점에 맞아 들어갔다. 망원경으로 들여다보며 계속 조절 나사를 돌리고 돌리다 보면 모든 게 딱 맞아떨어져서 이전에는 흐릿했던 광경을 또렷이 볼 수 있는 것과도 같았다.

어쩌면 이언이 자기를 가만히 놔두기 때문인지도 몰랐다. 이언의 여자 친구가 되겠다고 했던 그때, 깃대 앞에서의 그 월요일 아침부터 미미는 이언의 관심이 자기를 침대에서 꼼짝 못 하게 내리누르는 무거운 조각 이불처럼 압박하는 기분을 느꼈다. 보이지 않을 때조차 이언은 어떻게든 존재감을 각인시켰다. 이언의 친구 로드가 대신 감시하며 끈질기게 보이는 관심을 통해서라든가, 운동장이 이언 중심으로 기능하는 방식을 통해서라든가. 아이들은 이언을 따르든 두려워하든 무시하든 간에 이언을 중심에 둔 기계처럼 뚜렷한 동작들을 하며 돌아갔다. 짧게나마 미미도 그와 함께 중앙으로 끌려 들어갔었고, 그건 너무도 생경한 느낌이어서 거의 아무런 기능을 할 수 없었다. 학생으로서, 여자 친구로서, 발야구 할 때마다 자기는 이제 하찮은 인간이라고 느꼈으므로, 딸기 필통을 주고 이언에게서 자유를 산 건 그만한 가치가 있었다. 이언의 관심은 다른 애들에게로 옮겨 가 버렸고, 미미는 이제 다시 숨을 쉴 수 있었다. 눈을 감고 면밀한 관심에서 멀어져 자기만의 장소를 찾을 수 있었다.

하지만 미미는 죄책감을 느꼈다. 이언이 그 필통, 오세이의 주소와 전화번호를 수중에 넣으면 좋을 게 없으리란 사실은 본능적으로 알았다. 필통을 건네기 전에 쪽지를 없앨 생각을 하지 못한 것도 후회되었다. 무엇보다도 미미는 디에게 소중한 것을 남에게 넘겨줌으로써 디를 배신한 것에 죄책감을 느꼈다. 그건 신의를 저버리는 행동이었다.

미미는 한숨을 쉬었다. **적어도 이젠 디를 도울 수 있어. 그건 대단한 거지.** 미미는 친구의 팔에 팔짱을 끼고 위층 보건실로 데려가면서 이런 생각을 했다.

2층에 있는 몬타노 선생님의 보건실은 작은 상자 같은 방으로, 화장실이 붙어 있고, 트랜지스터라디오에서는 지역 내 40위 안에 드는 방송국인 WPGC가 항상 맞춰져 있었다. 아이들은 모두 몬타노 선생님에게 베인 상처와 복통과 열을 봐 달라고 이곳에 와 본 적이 있었다. 미미는 두통 때문에 보건실 단골이었다. 문은 살짝 열려 있었고, 라디오에서 흘러나오는 〈밴드 온 더 런〉* 위로 칭얼거림과 "아기 같은 짓 그만해" 하고 꾸짖는 보건 선생님의 목소리가 들렸다.

미미와 디는 복도에 일렬로 놓인 의자에 앉아서 차례를 기다렸다. 건너편 벽에는 포스터들이 테이프로 붙어 있었다. 화장실에 다녀온 후에는 손을 씻으라는 안내문. 머릿니를 퇴치하는 방법. 수두, 볼거리, 홍역 관련 게시물. 결핵 검사, 시력 검사, 천연두와 소아마비 예방접종 포스터. 이 모든 어른들의 정보 건너편에 앉아 있으려니 미미는 진이 빠졌다. 그들은 세계를 공포스러운 장소로 만드는 데 일가견이 있었다. 잠깐 동안 미미는 엄마가 여기 함께 앉아 걱정의 짐을 떠맡아 주면 얼마나 좋을까, 하고 바랐다.

---

* Band on the Run, 폴 매카트니와 윙스의 노래.

보건실에서 꽥 소리가 들렸다. 몬타노 선생님이 까진 무릎을 아이오딘으로 소독해 주는 거겠지, 미미는 짐작했다. 2학년이나 3학년쯤 되는 저학년 학생 같았다. 미미는 자주 이곳에 앉아 있었기 때문에 이전에도 여러 번 들은 적 있었다.

디는 눈을 감고 의자에 기대어 있었다. 미미는 디에게 상태가 어떤지 묻고 싶었다. 사실, 물어보고 싶은 말, 하고 싶은 말은 많았다. 그렇지만 두통을 겪은 경험상 소동을 피워 봤자 도움이 되지 않는다는 건 알았다. 대신에 미미는 합리적인 태도를 취했다. "가서 물 좀 가져올게. 좀 마실래?"

"그래, 부탁해."

미미는 벽에 붙은 컵 보관함에서 딕시 리들 종이컵을 꺼내고 복도 아래 급수대로 가서 물을 받았다. 미미가 돌아왔을 때 스틸리 댄의 〈릴링 인 디 이어스〉 노래가 흘러나왔고, 디는 울고 있었다. 미미는 앉아서 컵을 건넸다. "마셔."

디는 단번에 물을 다 마시더니 수수께끼를 읽지도 않고 종이컵을 구겨 버렸다. 미미는 자기 물을 홀짝홀짝 마시고 컵 옆에 적힌 농담을 슬쩍 보았다. **농담을 하면 거울은 어떻게 되게? 실실 쪼개져.** 재미있는 농담이 적혀 있었던 적은 한 번도 없었다.

"좋아." 미미는 말했다. "네 머리 다시 땋아 줄게. 하나로 땋을까, 양 갈래로 땋을까?"

"하나로."

"디스코 머리로 땋아?"

"디스코 머리로. 아니 보통으로. 간단하게 해 줘."

"돌아앉아 봐."

디는 미미에게서 돌아앉았고 미미는 자리에 삐딱하게 앉아 친구의 머리를 어깨 너머로 잡아당겼다. 미미는 숱 많은 금발 머리채를 손가락으로 차분히 가다듬으며 빗었다. 디가 머리카락을 풀어 내린 것을 본 적은 거의 없었다. 그걸 다시 묶어 버리는 게 아쉽게 느껴졌다. 그래도 어른들이 못마땅하게 여기는 것만은 확실했다.

미미는 디의 머리를 세 묶음으로 갈랐다. "자, 이상하면 말해." 미미는 이렇게 말하면서 머리채를 안팎으로 땋기 시작했다.

"아……." 디는 머리를 흔들었다. "아무것도 아니야."

"아무것도 아닌 게 아니지. 저기서 무슨 일이 있었어?" 미미는 눈을 감고 앉아서 의지력으로 운동장에서 멀어지려고 했기에, 디가 넘어지는 장면은 마지막 일부만 보았을 뿐이었다. 머리가 땅에 딱 부딪쳤을 때. 하지만 오세이의 얼굴에 떠올랐던 추악한 분노를 보았고, 디가 본인의 주장처럼 발에 걸려 넘어질 수 없었다는 건 알았다.

"걔가 나한테 왜 그렇게 화가 났는지 모르겠어." 디는 한 손으로 눈을 닦았다. "내가 무슨 짓을 했는지 모르겠어. 모든 게 정말 멋졌는데, 그러다가…… 갑자기 달라졌어. 마치 스위치를 누른 것처럼. 누가 그 애한테 나에 관한 어떤 얘기를 한 것처럼. 하지만 누가 무슨 얘기를 해? 나는 아무 잘못도 하지 않았어! 하지만······."

"뭐?"

디는 고개를 저었다. "아무것도 아니야."

디가 더 자세히 말하지 않을 게 분명해지자, 미미도 고개를 흔들었다. "남자애들은 이상해."

"너랑 이언은······."

"우리 막 깨졌어." 미미는 거래를 생각했다. 헤어지는 대가로 준 딸기 필통. 그러자 죄책감이 배 속을 찔렀다. 디에게 말해야만 했다. 그럴 용기가 있을까?

디는 몸을 돌려 미미를 보았다. "아, 그거······." 디는 말을 도로 삼켰지만 안심한 듯 보였다. 그게 오히려 미미의 마음을 더 아프게 했다. 디는 지난 며칠 동안 아무 말도 하지 않았지만, 분명 미미의 판단에 의구심을 품었던 듯했다.

"잘됐지." 미미가 말을 이었다. "나도 알아. 애당초 대체 뭐에 홀려서 걔랑 사귀었는지 모르겠어."

"뭐······." 디는 처음으로 미소 지었다. "우리도 궁금했달까. 그 애는 너랑 너무 다르잖아."

"나 약간 우쭐했었나 봐. 이전에는 나한테 사귀자고 한 남자애가 없었으니까. 내가 괴상한 애라서."

"아니, 넌 괴상하지 않아!"

"아니, 난 괴상하지. 너도 내가 괴상하다는 거 알잖아. 난 항상 옆에 비켜나 있었어. 나는 아무것도 잘하지 못해. 성적도 그리 좋지 않고, 달리기도 잘 못하고, 그림도 글짓기도 노래도 못해. 게다가 멍청하게 머리나 아프다고 하고. 다들 내가 마녀나 뭐 그런 거라고 생각하잖아. 가끔은 내가 너랑 가장 친한 친구라는 것도 놀라워." **특히 내가 네 물건을 남의 손에 넘기고 거짓말을 했을 때는.** 미미는 말없이 덧붙였다.

"멍청한 소리 마. 너는 내가 아는 사람 중에 가장 흥미로운 애야. 오세이를 빼고는, 지금은."

미미는 날카로운 이빨 같은 질투가 자신을 물고 가는 느낌을 받았고, 지금 잡은 땋은 머리를 홱 당기고 싶은 충동을 느꼈다. 대신에 미미는 자신을 가다듬으며 땋은 머리를 부드럽게만 당기면서 선언했다. "다 됐다. 머리 끈 있어?"

디는 청바지 주머니를 뒤졌다. "넌 또 두 줄을 잘 돌리잖아." 디는 미미에게 보라색 고무줄을 건넸다.

미미는 디의 말이 얼마나 진심인지 확실히 알 수가 없어서, 그저 농담인 것으로 결론 내렸다. 미미는 웃어 버렸다. "그래, 그건 잘하지." 그러면서 땋은 머리를 내렸다. "다 됐다."

"고마워." 디는 다시 벽에 머리를 기대려다가 움찔하더니 자세를 바꾸어 뺨을 손에 올려놓았다. "아파."

"혹이?"

"응."

"너 정말 세게 부딪쳤어. 어지럽거나 메스껍니?"

"아니."

"다행이다. 뇌진탕은 아니라는 뜻일 테니까. 보건 선생님이 아마 그걸 걱정할 거야."

두 소녀는 침묵했다. 이제 미미가 친구에게 필통에 관해 고백할 순간이었다. 미미는 침을 꿀꺽 삼키고 입을 열었지만…… 아무 말도 나오지 않았다. 나쁜 행동을 인정하는 건 너무 힘들었다. 그리고 머리카락을 다시 땋은 디는 더 차분해 보였고, 더 자기다웠다. 미미는 디의 기분을 흐트러뜨리고 싶지 않았다.

그때 또 다른 노래가 들려와 그 순간은 사라졌다. 미미와 디는 등을 펴고 앉았다.

그가 노래를 멋지게 부른다는 말을 들었네
그가 스타일이 있다는 말을 들었네
그래서 나는 그를 보러 갔지
잠깐 노래를 들으러◆

쨍쨍거리는 라디오 소리로도 로버타 플렉의 목소리는 감추지 못했다. 소녀들은 1년 전 이 노래가 나왔을 때 광분했었다. 목소리에 힘이 있는 5학년 여자애가 올해 학예회에서 이 노래로 우승했지만, 브라반트 선생님이 로우드 선생님에게 열 살짜리가 부르기에는 완전히 부적절한 곡이라고 웅얼거리는 것을 미미는 들었

◆ 로버타 플렉이 부른 〈킬링 미 소프틀리 위드 히스 송〉의 가사.

다. 디는 노래를 따라 불렀다.

　　그의 손가락으로 내 괴로움을 두드려요

　　그의 말로 내 삶을 노래해요

　　그의 노래로 나를 부드럽게 죽이죠…….

디는 뚝 멈췄다. "아, 미미, 어떻게 해야 할지 모르겠어."

"너 오세이 좋아해?"

"응, 무척. 그 애랑 함께 있으면 정말 기분이 좋아. 그 애는 이곳의 다른 어떤 애들하고도 너무나 다른걸."

미미는 이걸 비판으로 받아들이지 않으려 애쓰며 아무 말 하지 않았다.

"그 애는 이곳저곳을 많이 돌아다녔고 얘깃거리도 많아. 그 애랑 있으면 다른 모든 사람들은 지루하게 보여. 나도 이 지루한 교외에 사는 지루한 애 같고. 나도 좀 더 모험을 하고 싶어. 시내에 더 자주 간다거나. 너 마지막으로 워싱턴에 간 게 언제야?"

"부활절에. 사촌들 데리고 워싱턴 기념탑에 갔어."

"오세이한테 이번 주말에 버스 타고 가자고 하려 했었어. 아니면 조지타운이나."

"너희 엄마는 어떡하고?"

"엄마가 뭐?" 디가 아까 브라반트 선생에게 보인 도전적인 태도가 다시 일어났다.

"됐어. 핑계가 필요하면 나랑 간다고 해도 돼."

"걔가 그때까지 나한테 화가 나 있으면 핑계가 필요 없을 거야. 화해를 해야 할지, 헤어져야 할지 모르겠어."

"걔가 아까 널 밀었어?"

디는 대답하지 않았다.

"밀었다면 너무 심하니까, 안 그래?"

"사고였어. 나를 다치게 하려던 건 아니었어. 그건 확실해."

"확실해?"

"그보다 더 걱정되는 건 그 전에 걔가 나한테 한 행동이야. 발야구 할 때랑. 그 전에도. 어째서 그렇게 빨리 변한 걸까? 좋아하는 것 같더니 갑자기 왜 그렇게 화를 내고 멀어진 거야?"

미미는 어깨를 으쓱했다. "난 남자애들 이해 못 하겠어. 그리고 남자애들도 우리를 이해 못 해."

"아야!" 안에서 소리가 들렸다. 그리고 "지미, 거의 다 됐다. 가만히 있어!" 하는 소리도.

　　그는 나를 아는 것처럼 노래했죠

　　나의 모든 절망 속에서

　　그러더니 그는 나를 꿰뚫어 보았어요.

　　내가 그 자리에 없는 것처럼

디는 다시 울고 있었다. 미미는 디를 가만히 놔두는 편이 좋다는 것을 알았다.

어쩌면 이언이 딸기 필통으로 뭔가를 하기 전에 되찾을 수 있을지도 몰랐다. 팔아 버리거나 그 애의 계획이 뭐든 그걸 하기 전에. 미미는 마음을 단단히 먹고 이언에게 부탁하기로 했다.

보건실에서 옥신각신하는 소리가 들리더니, 디가 가까스로 눈물을 닦았을 때 문이 활짝 열리고 어린 남자애가 무릎과 팔꿈치에 반창고를 붙인 채 절뚝거리면서 나왔다. 몬타노 선생님이 그 뒤를 따랐다. 하얀 가운을 입은 선생님은 어떤 일에도 결코 흔들리지 않는 얼굴이었다.

"교실로 돌아가렴, 지미. 다음번엔 잘 보고 다녀. 솔직히, 남자애들은……." 선생님은 중얼거리면서 미미와 디에게로 돌아섰다. "좋아, 그럼, 아가씨들. 또 두통이 생겼니, 미미?"

"아뇨, 몬타노 선생님. 디랑 같이 온 거예요. 로우드 선생님이 그러라고 하셔서요. 디가 머리를 부딪쳤어요."

"그래? 디, 이리 오렴, 선생님이 살펴볼 테니." 몬타노 선생님은 미미를 향해 고개를 끄덕였다. "너는 교실로 돌아가. 아무 이상 없으면, 디는 혼자 돌아갈 수 있을 거야. 만약 다쳤으면 내가 집으로 돌려보낼게." 미미는 책임을 가뿐히 덜고 몬타노 선생님의 씩씩한 태도에 위로를 받았다. 어른들에게 맡겨 두자.

미미는 디의 손을 꼭 잡았다. "나중에 봐."

디는 고개를 끄덕이고 보건 선생님을 따라 안으로 들어갔다. "고마워, 미미."

"그래."

미미는 두 사람이 안으로 들어간 다음에도 그대로 자리에 앉아서 로버타 플렉이 고통에 관한 노래를 다 마치기를 기다렸다. 다음 노래는 무엇이 될지, 거기에는 어떤 신호가 있을지 궁금했다. 디나 다른 애들에게 말하진 않았지만, 미미는 가끔 혼란스러우면 이런저런 것들에서 신호를 찾았다. 머리에서 쉭쉭 김이 빠지고 있었다. 그날 하루를 예감할 수 있는 정보로 채워야 했다.

아주 부적절한 때, 아주 적절한 곳에서 닥터 존*이 존재에 관한 노래를 부르기 시작하자 미미는 고개를 끄덕였다. 그 신호는 이해할 수 있었다. 오늘 하루는 시간이 잘못된 것처럼 느껴졌다. 빨리 끝났으면 하는 조바심이 들었다.

✦ 그래미상을 여섯 차례 수상한 미국의 음악가.

제5부

방과 후

엄마가 내게 말하셨네
내가 착하게 굴면
그러면 사 줄 거야
고무 인형

여동생이 엄마에게 말했네
내가 병사와 키스했다고
그러니까 사 주지 마
고무 인형

이제 나는 죽었네
그리고 내 무덤 속
그리고 내 옆에 있어
고무 인형

수업 끝을 알리는 종이 울리자 디는 안도했다. 몇 시간 동안 이 순간만을 기다려 온 기분이었다. 문법 시험도 못 보고 보건실에서 돌아왔을 때 오는 디가 자리에 앉는데도 웃지 않았고, 남은 오후 내내 무시했다. 미술 시간에 둘이 나란히 앉아 모둠별로 나눠 준 판지, 잡지, 박엽지, 반짝이, 털모루, 다른 재료들로 어머니날 카드를 만들 때, 디는 오에게서 냉기를 느꼈다. 싸늘한 태도로 자신을 무시하는 사람과 붙어 앉아 있는 건 특히나 괴로운 일이었다.

미술은 디가 늘 고대하는 수업이었다. 브라반트 선생이 나가고 랜돌프 선생이 이어받자 경직된 분위기는 풀리고 모든 게 더 부드러워졌다. 손을 바쁘게 움직이는 동안 친구들과 이야기할 수도 있었다. 랜돌프 선생은 이런 분위기를 격려했다. "우리는 느긋하고 자유로울 때 최고의 작품을 창작할 수 있어요." 선생이 손을 흔들면 손목에 찬 여러 개의 팔찌가 짤랑거렸다. 선생이 언제나 바르는 환한 빨간색 립스틱은 입술 주위에 거미줄처럼 얽힌 자잘한 주름 사이로 피처럼 번져 갔다. "빛 그리고 정열. 이게 우리가 찾는 거예요. **콤 레 프랑세즈.✦**" 랜돌프 선생은 파리에 여러 번 갔었고, 격려 연설을 하는 내내 프랑스어를 뿌려 가며 학생들에게 이 사실을 새삼 상기시켰다.

선생은 어머니에게 보낼 특별한 카드를 만들라고 했다. 달랑 "어머니날 축하해요, 엄마"라고 쓴 꽃 그림 카드 말고. "카드를 만들 때 쓸 이 재료들을 잘 봐요." 선생은 말했다. "느껴 보세요." 선생은 허공에 박엽지를 던지고 잡지를 후룩 넘기거나 은색 반짝이가 든 병을 흔들었다. "영감을 받아요. 어머니랑 어머니가 베풀어 주신 은혜를 생각해요." 학생들이 멍한 표정을 짓자 선생은 덧붙였다. "어머님이 여러분을 얼마나 사랑하는지, 여러분의 행복을 위해 얼마나 희생했는지. 이 종이에 어머니에 대한 사랑을 표현하세요." 선생은 아이들에게 나눠 준 하얀 카드 한 장을 들어 보였다. "여러분을 표현하고 어머니에 대한 존경을 나타내길. **라 무르 푸르 라 메레, 세 메르베유!✦✦**"

디는 불안하게 킥킥 웃으며 곁눈질로 오를 살폈다. 오는 고개를 들지 않았다. 그 애의 얼굴은 굳어 있었고, 눈은 카드에 붙박여 있었다. 디는 입술을 깨물며 건너편에 앉아 동정하듯 입술을

✦ Comme les Français, '프랑스 사람처럼.'
✦✦ L'amour pour la mère, c'est merveilleux, '어머니를 향한 사랑은 얼마나 놀라운지!'

내민 패티를 바라보았다. "머리는 어때?" 패티는 오를 향해 얼굴을 찡그리며 뾰족하게 물었다. 마치 디가 오에게 화를 내야 한다는 걸 깨우쳐 주듯이.

그 옆에 앉은 오세이가 움찔했다.

시간상 적절한 깨우침이었다. 디는 화를 내야 했다. 그럴 권리가 있었다. 오가 디를 밀었고 부당하게 상처 입혔다. 오는 미안하다고 말해야 했다. 디는 그를 쏘아보며 같이 앉을 필요가 없도록 자리를 바꿔 달라고 요구해야 했다. 어쩌면 옆 모둠으로 건너가 캐스퍼의 빈자리에 앉아야 할지도 몰랐다. 다른 여자애들이라면 그렇게 했을 것이다. 블랑카는 요란을 떨며 자기가 일으킨 합당한 소란을 즐겼을 것이다.

하지만 디는 화가 나지 않았다. 느껴지는 감정은 죄책감뿐이었다. 자기가 사과받아야 할 사람이 아니라 사과해야 할 사람인 것처럼. 오는 디에게 소리 지르고 밀어 버릴 만큼 화를 낼 권리가 있었다. 그 애는 흑인이고, 하루 온종일 모두 그 애를 그런 식으로, 다른 전학생들을 대하는 것과는 다르게 대했다. 디는 자기 역시 그 애를 흑인이라는 이유로 흥미롭게 여겼다는 걸 알았고, 그건 반드시 좋은 이유라고 할 수는 없었다. 누군가를 피부색 때문에 좋아하다니. 디는 오의 두 손을 보았다. 디의 아버지가 아침에 마시는 커피의 갈색. 그 손은 가위로 빨간 판지에서 기우뚱하게 삐뚤어진 하트를 오려 내는 중이었다. 그 애의 손톱은 길고 사각이었으며 분홍빛을 띠고 있었다.

"디?"

패티가 빤히 바라보는 걸 알고 디는 펄쩍 뛰었다. "나는 괜찮아. 머리도 괜찮아." 디는 재빨리 파란색 털모루를 집었지만, 그걸로 뭘 해야 할지 알 수 없었다.

"여기 누가 있나 볼까?" 랜돌프 선생이 수선스럽게 아이들의 책상 쪽으로 다가왔다. "너 전학생이구나. 그렇지 않았으면 널 기억했을 텐데!" 선생은 오를 향해 미소 지었다. 선생의 커다란 앞니에 립스틱이 묻어 있었다.

오세이는 가위질을 멈추었지만 고개를 들지는 않았다. "네, 미술 선생님."

랜돌프 선생이 웃었다. "어머, 그렇게 형식 차릴 필요 없어. 이름이 뭐지?"

"오세이입니다."

"참 흥미로운 이름이네! 그래, 오세이. 케이라고 부르렴." 랜돌프 선생은 언제나 학생들에게 자기를 이름으로 부르라고 했다. 아무도 그렇게 하지 않았다. "여기서는 위계가 없단다. 예술에는 그런 게 없지. 그저 표현뿐이야. 그리고 오늘 우리는 어머니에 대한 사랑과 존경을 표현하는 거야. 어머니에게 드릴 카드로 뭘 만들고 있니?"

디는 오에게 걱정하지 말라고, 랜돌프 선생님은 모두에게 한 번씩은 이런 당황스러운 관심을 보였노라고 말하고 싶었다. 그저 이를 악물고 흘러가게 놔두면 된다고. 그리고 일단 선생님이 지나가면 의자에 기대앉아 비웃으면 된다고. 물론 디는 그런 말을 할 수 없었다. 디를 그토록 확고히 막아 버리고 있는 오에게는.

오는 랜돌프 선생을 올려다보며 말했다. "어머니에게 드릴 딸기를 오리고 있었어요. 어머니가 제일 좋아하는 과일이거든요."

디의 위장이 굳어졌다. 랜돌프 선생이 박수를 쳤다. "포미다블!✦ 어머니에게 특별한 것을 고르다니, 그것참 멋지네! 자, 여기 있는 재료에 구애받지 말고 하렴. 원한다면 가위를 쓸 필요도 없어. 종이에서 딸기 모양을 찢어도 돼. 찢어 내고 싶니?" 깨끗했던 선이 랜돌프 선생 때문에 망가져서 더 엉망이 되었다.

오세이는 그것을 내려다보고 다시 잘라 내기 시작했다. "전 가위를 쓰고 있어요."

"물론, 물론이지!" 랜돌프 선생은 초조하게 높은 소리로 말했다. "슈페르!✦✦ 자, 디, 넌 뭐 하니? 어머니에게 어떻게 축하드릴 거야?"

"전, 저는……." 디는 들고 있던 털모루를 만지작거렸고, 털모루는 저절로 휘어져서 기묘한 동그라미가 되었다. 디는 어머니를 위해 뭘 만들어야 할지 아무 생각이 없었다. 베네데티 부인은 "축하"할 만한 어머니가 아니었다.

"블루베리구나!" 랜돌프 선생이 소리쳤다. "그게 너희 어머니가 제일 좋아하는 과일이니? 어쩌면 여기는 과일 모둠이 되겠네. 오

✦ Formidable, '엄청나구나!'
✦✦ Super, '훌륭해!'

세이, 네가 유행을 주도했구나!" 랜돌프 선생은 기대에 찬 눈으로 덩컨과 패티의 카드를 보았다. 바나나나 오렌지를 바라는 것 같기도 했다. 하지만 덩컨은 엎드린 채 팔에 머리를 대고 자고 있었다. 브라반트 선생은 덩컨이 수업 시간에 자도록 놔두지 않았지만, 랜돌프 선생은 훨씬 유했다. 패티는 고생스럽게 박엽지로 꽃을 만들고 있었다. 작년에 다른, 좀 더 전통적인 미술 선생님에게 만드는 법을 배운 꽃이었다. 잠시 동안 랜돌프 선생은 패티에게서 그 꽃을 빼앗아 찢어 버릴 것 같은 얼굴이었다. 하지만 이내 환히 웃으며 다른 모둠으로 돌아섰다. "여기는 뭐가 있을까? 가장 좋아하는 채소?" 선생님은 거슬리는 웃음을 내뱉었고 디는 움찔했다.

덩컨이 깨어 있고, 하루가 시작되는 때였다면, 디와 오세이가 아직도 함께 행복했던 때였다면, 네 아이는—심지어 새침한 패티조차도—랜돌프 선생을 놀릴 수 있었을 것이다. 며칠 동안 그 목소리를 흉내 내고 말투를 따라 하면서 그들만의 농담으로 만들었을 것이다. 그러는 대신 아이들은 아무 말 하지 않았고 끙끙대며 카드를 만들 따름이었다. 아이들 주위에서 같은 반 아이들은 훨씬 가벼운 마음으로 재미있게 하고 있는데도.

패티는 화장실에 가고 싶다고 허락을 받더니, 다녀와서는 자기 자리로 돌아오지 않고 꽃을 비교하면서 교실을 돌아다니며 음침한 모둠을 피했다. 디는 패티에게 다시 와서 함께 하자고 애원하거나 덩컨을 발로 차서 깨우고 싶었다. 자기와 오세이 사이에 다른 애들을 완충재처럼 끼워 넣고 싶은 마음뿐이었다. 하지만 두 아이는 뻣뻣하게 앉아서 상대가 거기 없는 척했다.

디가 곁눈질로 슬쩍 보니 오의 카드는 형태를 갖춰 가고 있었다. 앞장에 붙은 세 개의 딸기 줄기. 하얀 카드에 필통과 똑같은 분홍색을 칠했다. 그 안에는 H와 P, Y를 길게 빼서 동글동글하게 구부린 유럽식 필체로 아주 정중하게 썼다. "어머니에게, 어머니 날 축하드립니다. 아들 오세이."

오세이가 화난 건 그 때문일까? 필통? 디는 그게 어디 있을지 궁금했다. 보건실에서 오자마자 어디서든 다시 나타나 주길 바라며 남몰래 책상 속을 확인했지만 거기에는 없었다. 오세이는 고개를 이쪽으로 돌리지 않았지만, 디가 뭘 찾고 있는지 아는 게 분명했다. 어디선가 떨어뜨린 걸까? 유실물 보관함을 찾아봐야 할 것 같았다.

수업이 끝나기 10분 전, 랜돌프 선생은 손뼉을 치더니 학생들에게 만든 카드를 책상 위에 올려놓고 돌아다니면서 다른 아이들의 카드를 확인하고 청소를 시작하라고 했다. 디는 안심해서 벌떡 일어났다. 마지막 30분은 자기도 몰랐던 죄에 대한 벌처럼 느껴졌다. 결국 디는 앞에 블루베리가 있는 멍청한 카드를 만들었다. 엄마는 블루베리를 먹지도 않는데. 디는 마치 오세이의 카드를 베낀 것 같았다.

오세이 또한 모둠에서 벗어나고 싶어서 안달이 나 있었다. 디는 돌아다니면서 박엽지로 만든 꽃과 꽃 그림, 몇몇 과일(하지만 채소는 없었다)을 보며 감탄하는 척하면서도 오가 자기에게서 얼마나 떨어진 자리에 있는지를 지나치게 의식했다. 곧, 오는 어딘가로 사라져 버렸지만 마침내 오가 학급 문고 앞에서 빈백 의자에 앉아 누군가 두고 간《매드》지를 넘겨 보는 모습을 발견했다.

"오세이, 이제 청소해야 해. 종 울리기 전에."

오세이는 그저 고개를 끄덕이더니 일어서서 그들의 책상으로 터덜터덜 걸어왔다. 디는 그날 아침 오가 얼마나 자신 있게 운동장을 걸어왔는지를 떠올렸다. 그 자신감은 어디로 갔을까?

둘이 함께 청소하며, 종이와 크레용, 엘머*가 그려진 풀과 털모루를 마분지 상자에 넣는데, 오세이가 낮은 목소리로 말했다. "학교 끝나고 운동장에서 만나."

디는 불쌍하게 고개를 끄덕였다. 엄마가 집에서 기다리고 있을 테지만, 줄넘기하러 방과 후에 남았다고 말할 생각이었다.

종이 울리자 디는 웅얼거렸다. "곧 갈게." 그런 후에는 서둘러 교실을 나가 복도 아래 유실물 보관함으로 갔다. 교장실 바깥에 있는 상자 안에 있었다.

디가 무릎을 꿇고 같은 운동화 한 짝들 사이에 흩어져 있는 똑같은 파란 카디건들 뭉치를 뒤지고 있을 때, 듀크 교장이 통화하는 소리가 들렸다. "아뇨, 아드님이 실제로 나쁜 짓을 하지는 않았습니다. 딱히 벌 받을 짓을 한 건 아니에요. 하지만 어떤 여자

✦ 〈세서미 스트리트〉에 등장하는 캐릭터.

애와 함께 사고에 관련되어 있어요. 아뇨, 그런 유의 일은 아닙니다. 여자애가 넘어져서 머리를 부딪쳤어요." 잠시 침묵. "알고는 계셔야 할 것 같아서요." 잠시 침묵. "이해합니다. 물론 새 학교에서 자리 잡으려면 시간이 필요하지요. 특히 아드님 같은…… 조건에서는요. 우리가 아이들에게 기대하는 방식으로 행동하는 데 익숙하지 않을지도 모릅니다." 잠시 침묵. "아뇨, 저는 그런 뜻으로 말씀드린 게 아니라……." "물론입니다. 부모님이 책임을 다하지 않으셨다는 게 아니에요. 그저 아이에게 자리 잡을 시간을 주자는 것이지요. 그렇지 않습니까? 우리도 아이를 주시하겠습니다." 잠시 침묵. "그럴 필요까지는 없을 것 같습니다. 2주 정도만 두고 보죠, 코코테 부인. 그럼 다음에 다시 이야기를 해 볼까요? 그럼, 수업 끝나는 종이 울려서 저는 회의에 가 봐야 할 것 같습니다. 안녕히 계십시오." 듀크 교장은 전화를 끊고 혼자 중얼거렸다. "주여, 제게 힘을 주소서!"

옆에 딸린 사무실에서 일하는 비서가 키들거렸다. "그 어머님 때문에 진땀 빼셨나 봐요?"

"도도하다고 해야 할까. 걔가 이 학교에 한 달만 다니는 게 천만다행이지. 걔를 처리하는 건 다음 학교에 맡기자고."

"그 애가 디 베네데티를 밀었다고 생각하세요?"

디는 얼어붙었다. 자칫 잘못 움직였다간 비서에게 들킬 수도 있었다.

"걔가 그랬다는 거 **알아**. 그 아이가 미는 걸 몇몇 아이들이 봤다

더군. 하지만 디는 그 애가 밀었다고 말 안 할 테니, 어떤 잘못을 씌워도 어색할 테지."

"뭐, 남자애 때문에 여자애 머리가 확 돌았나 보네요? 걔 취향이 초코 우유였나?"

듀크 교장이 끙 소리를 냈다. "말하자면."

"오래가진 않겠죠. 요즘 애들은 쉬는 시간에 사귀고 점심시간에 깨진다잖아요. 그런 시대예요."

"모르겠어. 다이앤 말로는 디가 머리카락을 풀어서 남자애에게 만지게 했다던데. 여자애 어머니가 알면 좋아하지 않겠지. 그 전화를 하기는 너무 두렵네. 베네데티 부인이 어떤 사람인지 알잖아."

"아, 그럼요." 비서가 다시 웃었다. "그래도 디가 실제로 규칙을 깬 건 아니잖아요? 그러니 어머니에게 전화를 하실 필요까지는 없죠."

"있긴 하지. 머리에 난 혹은 설명해야 하잖아. 하지만 내가 할 말은 애가 넘어졌다는 것뿐이야. 굳이 그 남자애 얘기를 꺼낼 필요는 없지. 하느님, 감사합니다. 신경 쓰지 마. 결국에는 걔 꼬리를 잡을 것 같은데. 디 때문이든 아니든."

그때 비서가 고개를 들더니 유실물 보관함 앞에서 서성이던 디를 보았다. "디, 거기서 뭐 하니?"

"아무것도 아니에요! 그냥 뭘 좀 찾고 있었어요. 여기는 없네요." 디가 일어서려 할 때, 의자가 바닥을 긁는 소리와 발소리가 들리더니 향수 냄새가 먼저 훅 끼치면서 듀크 교장이 문간에 나타났다. 교장은 놀란 표정이었다.

"디, 뭔가 엿들었니?"

"아뇨, 듀크 교장 선생님. 저는 유실물 보관함에서 물건을 찾고 있었어요."

"뭘 찾고 있는데?"

"어, 필통요." 디는 교장 선생님의 눈을 차마 똑바로 볼 수가 없어서 진주 목걸이만 바라보았다. 듀크 교장은 그 목걸이를 거미 브로치와, 혹은 겨울에는 라인석이 박힌 눈송이 브로치와 번갈아 가며 착용했다. 디와 친구들은 교장이 뭘 했느냐에 따라서 "거미 씨", "눈송이 씨", "진주 씨"라고 불렀다.

"어떻게 생긴 거지?"

"분홍색이고, 딸기가 박혔어요. 하지만 여기 없네요. 그거…… 잃어버렸나 봐요."

"알았다. 그럼 가거라."

디는 서둘러 자리를 뜨려 했지만, 듀크 교장이 뒤에서 불러 세웠다. "잠깐."

디는 돌아섰다. "네, 듀크 교장 선생님."

교장은 어른들이 아이들에게 말할 때 종종 그러듯이 팔짱을 꼈다. "머리는 어떠니?"

"괜찮아요."

"선생님은 걱정이 되는구나, 디. 오늘 오후에 일어난 일을 네가 완전히 솔직하게 말하지 않는 것 같아 걱정이 돼."

디는 얼굴을 찡그렸다. "저는 솔직히 말씀드리는 거예요. 발이 걸려서 넘어졌어요."

"확실하니?"

"네."

듀크 교장은 한참 동안 시선을 거두지 않았고 디는 입을 꾹 다 문 채로 턱을 내밀었다. 마침내 교장이 돌아섰다. "좋다. 네 어머 니께 그렇게 말씀드리마." 교장은 어깨 너머로 말했다. "이제 네 어머니에게 전화를 드릴 거야. 너는 집에 가렴."

디는 복도를 내려오며 엄마가 오늘 진짜로 일어난 일을 알면 뭐라고 할지 생각하고 몸을 부르르 떨었다. 출구에서 디는 멈춰 섰다. 오세이가 정글짐 옆에서 기다리고 있었다. 디는 심호흡을 하고 밖으로 나갔다.

이언은 비가 오지 않는 한 곧장 집에 가는 일이 없었다. 집에 서는 할 일이 없었다. 형들은 한참 후에나 돌아올 테고, 동생이랑 같이 하는 일에는 뭐든 흥미가 없었다. 고리 던지기나 공 던지기, 깡통 차기를 하러 동네로 나가면, 자기를 보자마자 다른 애들이 이런저런 핑계를 대며 그 자리를 뜬다는 것도 알고 있었다. 숙제 가 있다거나 엄마 심부름으로 가게에 가야 한다거나. 한번은 자 전거를 타고 동네를 돌다가, 10분 전에 공원에서 나간 남자애들 이 공터에 모여서 이언 없이 소프트볼 게임을 이어가는 걸 본 적이 있었다. 이언은 애들에게 모습을 보이는 것조차도 너무 굴욕적으로 느껴져서 숨어 버렸다. 하지만 애들 이름 하나하나를 마음속에 적어 두고 다음 몇 주 동안 벌을 주며 차례로 해치웠다. 평소와 같은 방식의 괴롭힘이 아니었다. 돈을 뺏거나 신체적으로 다치게 해서 그의 존재감을 느끼도록 하지는 않았다. 그보다는 더 은밀하고 더 비열했다. 자전거 타이어를 터뜨리고, 여러 애들이 있는 틈에서 여동생을 슬쩍 만지고, 쉬는 시간에 책상에 페인트를 뿌려 놓았다.

이언은 방과 후에 운동장에 남아 있는 편을 선호했다. 많은 아이들이 집에 갔지만, 남아서 놀려는 애들이 있어서 선생님 한 분이 감독하면서 운동장을 한 시간쯤 더 열어 두었다. 오늘은 로우드 선생이 감독이었다. 잘된 일이었다. 로우드 선생은 이언을 몹시 두려워해서 딱히 간섭하지 않았다. 그 순간에는 다른 운동장에서 더 어린 학생의 부모님과 이야기 중이었다. 곧 자리에 앉아서 책을 읽으며 이따금 눈만 들어 볼 것이었다.

이언은 정글짐 옆에 선 오를 보았다. 철봉을 직각으로 연결해서 상자 형태로 쌓은 3.6미터 높이의 구조물로 그 위까지 올라갈 수 있었다. 다른 학생들이 몇몇 주변에 있었지만, 정글짐에는 아무도 없었다. 어쩌면 전학생을 피하는 것인지도 몰랐다.

이언은 천천히 여유를 부리며 접근했다. 서두를 필요가 없었다. 그건 품위가 떨어지는 짓이었다. 대신에 그는 여자애들이 빼먹지 않고 하는 두 줄 줄넘기 옆에 잠깐 멈췄다. 이제는 학년이

마구 뒤섞여 있었다. 미미도 그들 사이에 끼어서 4학년 애를 위해 줄을 돌렸고, 다른 여자애들은 노래를 불렀다.

엄마가 내게 말하셨네
내가 착하게 굴면
그러면 사 줄 거야
고무 인형

여동생이 엄마에게 말했네
내가 병사와 키스했다고
그러니까 사 주지 마
고무 인형

이언은 더 얼쩡대며 구경하지 않았다. 줄을 넘는 애는 너무 어려서 출렁일 가슴도 없었다. 이언이 그 자리를 뜨는데도 여자애들은 계속 노래를 불렀다.

이제 나는 죽었네
그리고 내 무덤 속
그리고 내 옆에 있어
고무 인형

이언은 구슬치기를 하는 남자애들에게로 다가가서 그 무리 위에 그림자가 지게 섰다. 남자애들은 짜증이 나서 뭐라고 하려고 고개를 들었다가 상대가 누구인지 알아차리고는 입을 다물었다. 이언은 구슬 치는 애가 헛손질을 할 때까지만 있다가 움직였다.

정글짐에 아직 닿지도 않았는데, 로드가 따라왔다. 눈 주위의 멍은 부은 지 몇 시간 만에 더 선명해졌다. 로드는 심각하게 그의 신경에 거슬렸다. 심지어 오늘 이전에도 계속 그랬다. 자기 여자 친구로 만들고 싶으면 자기 혼자 싸워야 하는 거 아닌가? 이언이 혼자 해내는 걸 보고도 배운 게 없나? 이언은 보좌관이랍시고 로드를 너무 오래 곁에 두었고, 이제는 혼자 가고 싶었다.

"야, 이해가 안 되는 게 있어." 로드가 말을 시작했다. 이언이 계속 걸어가자, 로드가 뛰어서 앞지르더니 길을 막아섰다. 분노가 확 타올랐지만, 이언은 로드의 가슴을 한 손으로 내려치고 싶은 걸 거두었다. 로드는 중요하지 않았다. 그 행동은 다른 사람을 위해 아껴 두어야 했다.

"나랑 디랑 사귈 수 있게 해 준다고 약속했잖아." 로드는 징징대며 계속했다. "그렇지만 이제 누가 내 경쟁자인지 모르겠는데? 쟤야 아니면 쟤야?" 로드는 바싹 마른 팔 한쪽을 정글짐 옆의 오를 향해 흔들고, 다른 팔은 캐스퍼를 향해 흔들었다. 캐스퍼는 로우드 선생의 눈길을 피해 체육관 입구 옆에 숨어 있었다. 선생님들의 총애를 받는 황금 소년 모범생 캐스퍼가 최근에 규칙을 깨는 법을 발견한 모양이었다. 캐스퍼는 정학 처분을 받았다. 이제

길 건너편에서 부모님에게 벌을 받고 있어야 마땅했다. 부모님께 깨지고 용돈은 압수당하고. 허리띠로 얻어맞아도 싸지만 걔네 부모님은 그걸 쓸 것 같진 않으니까. 그런데도 캐스퍼는 학교로 돌아와서 블랑카를 기다리고 있는 것 같았다. 한번 나쁜 행동의 맛을 보고 나니 거기에 빠져 버린 모양이었다.

"내가 어째서 캐스퍼에게 싸움을 걸어야 했는지도 이해를 못 하겠어." 로드가 덧붙였다. "쟤는 블랑카랑 사귀잖아. 누구나 알 수 있다고. 쟤들이 쉬는 시간에 키스하는 거 너도 봤잖아. 어째서 쟤한테 시비를 걸라고 시킨 거냐? **쟤잖아.**" 로드는 얼굴을 찌푸리고 있는 오를 향해 손을 흔들었다. "디랑 사귀는 건 쟤라고. 그리고 쟤가 디를 다치게 했어! **저 녀석**이랑 싸웠어야지." 로드는 용맹의 표시로 두 주먹을 불끈 쥐었지만, 라이벌을 찬찬히 바라보면서 느끼는 두려움을 숨기진 못했다. "하지만 모르겠어. 캐스퍼랑 싸울 때보다 더 심하게 다칠 수도 있으니까."

"그럴지도 몰라." 이언은 동의했다. "하지만 걱정 마. 모두 곧 바뀔 테니까. 조금만 더 버텨 봐. 그리고 오는 내게 맡겨." 이언은 다시 정글짐을 향해 걸어가다가 발길을 멈추고 한 손을 내밀어 따라오려는 로드를 막았다. "나만." 로드는 상처 입은 채 남겨진 동물처럼 뒤에 처졌다. 이언은 그를 떨쳐 버릴 방법을 찾을 것이었다. 내일. 오늘은 다른 목표물이 있었다.

오는 한참 이언을 보고 있었다. 이언이 정글짐에 와서 옆에 서자, 오는 말했다. "**쟤**가 원하는 게 뭐래?"

이언은 철봉에 걸터앉아서 양손으로 철봉을 짚었다. "로드? 아무것도 아니야. 쟨 아무것도 아니야."

오는 이제 해적선을 향해 어슬렁어슬렁 걸어가는 로드에게서 눈을 떼지 않았다. "아무것도 아닌 게 아닌 것 같은데. 나한테 원하는 게 뭐야?"

이언은 상자 모양 구조물 속으로 축 늘어졌다. "로드는 디를 좋아해. 그래서 질투하는 거야. 푸른 눈의 괴물, 우리 아버지는 그렇게 불러. 그리고." 이언은 잠시 계산을 한 끝에 시험해 보기로 했다. "디는 쟤도 좋아하고."

오의 몸이 굳어졌고, 눈은 광포해졌다. "뭐? 쟤도?!"

이언은 혼자 미소를 지었다. 오는 이제 뭐든 믿는 상태였다. 심지어 로드처럼 깡말라 볼품없는 남자애가 디의 눈길을 끈다는 말도 믿다니. "너 여자를 잘못 고른 거 같아. 그건 미리 얘기해 줄 수도 있었는데 그랬다."

오는 팔짱을 끼고 두 손을 겨드랑이 사이에 꼈다. 자기 분노를 담아 두려는 듯했다. "쟤가 나를 고른 거야." 오는 말을 멈췄다. "조금 뒤에 여기서 만날 거야. 나는 이제 괜찮다고, 더는 화내지 않을 거라고 말할 준비를 했어. 하지만 저 애를 믿을 수가 없네. 그럴 수 있겠어?" 오는 증거를 다시 한 번 확인하고 싶은 듯 이언을 보았다.

그래서 이언은 확인시켜 주었다. "필통 기억나? 캐스퍼가 어떻게 가져갔는지?"

이언은 심지어 자기가 이 말을 할 때도 필통의 힘은 오로지 아무도 물어보지 않을 때만 지속된다는 것을 알고 있었다. 오나 디가 캐스퍼나 블랑카에게 필통이 어디서 났는지 물어보기만 하면 이언의 관련성은 금방 드러날 터였다. 그게 이언이 짠 전략의 허점이었다. 이언은 끌려 들어가기 쉬웠다. 그래도 이제 해는 입힐 만큼 입혔다. 이언이 무슨 역할을 했든 상관없을 만큼 충분히 해를 입혔다.

그 순간 블랑카가 건물에서 뛰어나와 캐스퍼가 기다리는 체육관 모퉁이를 돌았다. 둘이 포옹할 때, 블랑카는 배낭을 떨어뜨렸다. 열린 앞주머니에 쑤셔 넣은 딸기 필통이 살짝 보였다.

"디한테 필통 얘기 물어보니까 뭐래?"

오의 얼굴이 처졌다. "집에 있다고 했어."

"그럼……." 이언은 고갯짓으로 블랑카와 필통을 가리켰다. "왜 디는 너한테 거짓말을 한 거래? 네가 모를 테니 거짓말을 해도 상관없다고 생각한 걸까? 네가 멍청해서?"

이언은 "네가 흑인이어서?"란 말은 덧붙이지 않았다. 그럴 필요가 없었다. 오는 혼자서 그 결론에 이르렀으니까. 그의 존재 전체가 마치 해변에서 저절로 무너져 내리는 모래성처럼 텅 비어버린 듯했다. "그런 말 하지 마."

"나는 그냥 솔직하게 말한 거야. 디는 평소에는 착한 애야. 걔가 무슨 일을, 왜 꾸미는지 알아내려고 하는 거지. 뭐랄까, 걔는 흑인들한테는 익숙하지 않거든. 그래서 어쩌면 너를 새 아이스크림 맛처럼 시험하려는지도 몰라."

오는 눈을 감았다.

충분해, 이언은 생각했다. 충분히 말했어. 타이밍도 완벽하고.

"저기 디가 온다. 이만 갈 테니 너희 둘이서 알아서 해." 이언은
말했다.

과거에 아이들이 이런저런 말이나 행동을 할 때면—바나나를
자기 책상 위에 놔둔다든지, 원숭이처럼 큰 소리로 끽끽 울든지,
오한테 다른 냄새가 난다고 서로 속닥인다든지, 할아버지 할머니
가 노예였냐고 묻는다든지—오세이는 아이들의 일격에 다치지
않고 충격을 흡수할 만큼 충분히 거리를 유지했다. 종종 웃어넘
길 수도 있었다. 나중에 시시에게 그 말을 들려주면서 그 애들의
무지나 편견에 스민 창의력 부족을 놀리기도 했다. "원숭이 말고
더 독창적인 건 생각 못 한대?" 오세이는 누나에게 말하곤 했다.
"왜 흑표범이라고 하지는 않고? 그게 원숭이보다 더 검잖아."

시시는 키득거렸다. "횐둥이들은 블랙 팬서를 무서워하거든."
누나는 경례하듯 주먹을 들었다.

어떤 면에서 무지에 기인한 노골적 인종차별주의는 다루기가
쉬웠다. 신경에 더 거슬리는 건 좀 더 미묘한 빈정거림이었다. 학
교에서는 친절하지만 생일 파티에 반 전체를 초대해도 오만은 초
대하지 않는 애들. 오가 방으로 들어가면 뚝 끊기는 대화, 오가 그
자리에 있으면 생기는 짧은 침묵. 가끔 내뱉어 놓고 나중에 부록

으로 덧붙이는 말. "아, 널 의미한 건 아니었어, 오세이. 너는 다르잖아." 혹은 이런 발언들. "쟤는 흑인이지만 영리해." 혹은 그게 왜 마음을 상하게 하는지 이해하지 못하는 무능력. 오가 그저 흑인이기 때문에 스포츠나 춤, 혹은 범죄에 능할 거라는 추정. 아프리카가 그저 한 나라인 양 말하는 방식. 흑인들을 구분하지 못해서, 누구 하나 닮지 않았는데도 무함마드 알리와 조 프레이저, 티나 터너와 어리사 프랭클린, 플립 윌슨과 빌 코스비를 혼동하는 착각.

오는 디보다 스스로에게 더 화가 났다. 아침 짧은 시간 동안, 경계심을 내려놓고 디는 다르다고 생각해 버렸기 때문에. 오가 대표하는 것들, 흑인에다 이국적인 존재, 탐험해야 할 미지의 땅이어서가 아니라, 오 자체라서 좋아한다고 믿었기 때문에. 오는 이제 운동장에서 자기를 향해 걸어오는 디를 보고 슬픔과 분노, 연민 사이에서 오락가락하는 감정을 느꼈다. 이언이 한 말을 무시했다면, 좀 더 긍정적인 감정을 느꼈을 것이었다. 디의 배려에 대한 감사, 신체적 매력, 자신에게 보여 준 관심에 대한 관심. 하지만 어떻게 딸기 필통을 무시할 수 있지? 모든 걸 바꾸어 버린 거짓말을. 오는 디에게 자신을 열어 보여 주었는데, 벌써 디는 믿을 수 없는 애가 되었다. 갑자기 시시가 집에 있어서 이 얘기를 할 수 있다면 얼마나 좋을까 하는 생각이 들었다. "어째서 흑인이라는 이유로 이토록 큰 상처를 받아야 하는 거야?"

"아프리카로 돌아가, 꼬마 동생아." 누나라면 이렇게 대답했을 것이다. "흑인인 게 정상이고 하얀 피부가 놀림받는 곳에 가면 되잖아." 그 말은 유혹적이었다. 오가 가나의 기숙학교에 보내 달라고 부탁하면 부모님도 좋아할 것이었다.

"애." 디는 오의 곁으로 다가오며 이렇게 불렀다. 머뭇거리면서, 두려워하면서.

오는 입을 비틀어 추한 웃음을 지어 보였다. "어디 갔었어?" 오는 따져 물었다. 자기 느낌보다 더 오만하게 들리는 목소리였다.

"아무 데도. 나는 그냥…… 유실물 보관함에서 뭘 좀 찾고 있었어." 디는 뭔가 꺼려 했고, 어딘가 찔리는 데가 있는 것 같았으며, 불쌍해 보였다.

"뭘 잃어버렸는데?"

오가 알아야 할 모든 사실을 알려 준 것은 그 짧은 침묵이었다. 디가 뭔가 생각해 내려고 애쓰는 동안 그 얼굴에서 속을 뻔히 들여다볼 수 있었다. 또 다른 거짓말이 첫 번째 거짓말과 합쳐졌다.

"어, 스웨터. 요전 날에 줄넘기할 때 운동장에 놔두고 온 것 같아서."

"찾았어?"

"아니."

"어쩌면 집에 놓고 왔나 보지."

디는 아무 말도 하지 않았다.

"다른 건 찾지 않은 게 확실해?"

디는 얼어붙었다. "무슨 뜻이야?"

오세이는 체육관 옆의 블랑카와 캐스퍼를 고갯짓으로 가리켰다. 블랑카는 캐스퍼의 목에 팔을 감고 그 무릎에 앉아서 이야기 하며 웃고 있었다. 그들의 행복을 보자 오는 시기심이 날카로운 창이 되어 자신을 찌르는 걸 느꼈다.

"쟤들이 뭐?"

"블랑카의 배낭을 봐."

디는 눈을 가늘게 떴다. "뭘 봐야 할지 모르겠는데."

두 아이가 있는 곳에서는 뭘 찾는지 모르면 보기가 힘들었다. "꼭대기에 올라가 봐. 거기서는 더 잘 볼 수 있을 거야." 오세이는 본인 스스로 정글짐의 철봉을 올랐다.

디는 아래에서 망설였다. "그냥 나한테 뭘 찾아야 하는지 말해 주면 안 돼?"

"올라와." 오세이는 우겼다.

디는 여전히 망설이며 서 있었다.

"디, 여기 올라오지 않으면……."

디는 조심조심 천천히 움직여서 꼭대기에 올랐고 철봉에 앉아 서 나머지 두 철봉을 꼭 잡았다. "4학년 때 여기 갇힌 적이 있었 어. 브라반트 선생님이 나를 데리고 내려갔지." 디는 기대하는 얼 굴이었지만, 오세이가 아무 말 하지 않자 실망했다. "그러니까 내 가 너를 위해서 여기까지 올라온 건 엄청난 거야." 디는 덧붙였 다. "나한테 뭘 보라는 거야?"

"저기. 블랑카의 배낭 주머니에 있는 걸 봐. 저게 네가 찾던 거 아냐?"

디는 한참 쳐다보다가 철봉을 더 세게 움켜쥐었다. "저게 어째서 저기 들어갔지?"

"점심시간에 집에 놔두고 왔다고 했잖아."

"그런 줄 알았어."

"그랬어…… 정말?"

디는 한숨을 내쉬었다. "난 어디 있는지 몰랐어."

"그럼 나한테 거짓말한 거네."

"난…… 나는 찾을 줄 알았어. 어딘가 놔두어서 찾을 줄 알았거든. 어디 있는지 모른다고 말해서 네 기분을 상하게 하고 싶지 않았어."

"그러니까 저게 네가 유실물 보관함에서 찾고 있었던 거지."

디는 고개를 끄덕였다. "저게 너희 누나 거라는 걸 아니까, 잃어버렸다고 하면 좋아하지 않을 것 같아서. 네가 잃어버린 걸 알 필요도 없게 찾으려고 했어."

잠깐 동안 오세이는 디를 믿었다. 그러고 싶었다. 디는 진실해 보였고 미안해하는 것 같았다. 다음 순간 한쪽 시야에서 무언가 움직임이 포착되었다. 이언이 로드와 함께 해적선에 앉아 있었다. 둘은 가장자리로 다리를 내려놓고 대롱대롱 앞뒤로 흔들고 있었다.

"아니, 말은 그렇겠지." 오는 끈질기게 말했다.

"진짜야!"

"그럼 어떻게 블랑카가 저걸 가지고 있는 거야?"

"나도 몰라. 쟤한테 물어보자."

"그럴 필요 없어. 이미 알고 있으니까. 블랑카는 캐스퍼에게 받았다고 했고, 캐스퍼에게 저걸 준 건 너잖아. 우리 누나 필통을 다른 남자애한테 줬어."

"아니야! 내가 왜 캐스퍼에게 줬겠어?"

"나도 모르지. 왜 캐스퍼에게 줬어?"

디는 영문을 모르겠다는 얼굴로 오를 보았다. 자기 말을 그대로 다시 던지는 오의 싸구려 속임수를 향한 분노가 번득였다. 오가 그토록 화가 나지 않았더라면, 자신을 창피하게 여겼으리라.

"나를 두고 양다리 걸친 거지? 너 캐스퍼랑 사귀잖아."

"뭐?"

"오늘 이전에도 벌써 그랬겠지. 어쩌면 네가 흑인 소년에게 거짓말하는 걸 보고 다들 참 재미있다고 생각하겠지." 오는 운동장을 돌아보았다. 이곳은 적들이 너무나 많은 전장으로 변해 있었다.

"오세이, 아니야!"

"이언이 유일하게 품위 있게 나한테 솔직히 말해 줬어. 적어도 진짜 어떤 일이 일어나는지 나한테 말해 줬어."

"이언이? 걔가 뭐……." 디의 얼굴은 믿을 수 없다는 표정에서 갑작스레 깨달음을 얻은 표정으로 바뀌었다. 디는 고개를 저었다. "이언이 하는 말을 항상 믿어서는 안 된다는 걸 알아야 해. 그 애는 자기 이익을 위해서라면 무슨 말이든 하는 애야."

"남을 깎아내려서 너를 변호하려고 하지 마."

"하지만……." 디는 자기를 도로 찾으려고 눈에 보이는 노력을 했다. "오세이, 나는 캐스퍼랑 사귄 적이 없어." 디는 조심스럽게 말했다. "평생 캐스퍼랑 알고 지냈지만, 쟤를 그런 식으로 느낀 적은 없어. 내가 너한테 느끼는, 느꼈던 것처럼. 그리고 봐." 디는 캐스퍼와 블랑카를 향해 손짓했다. "캐스퍼가 블랑카랑 사귀는 거 너도 볼 수 있잖아."

오는 디가 시제를 바꾸면서 더듬거리며 침묵을 남길 때까지 귀를 기울이다가 입을 열었다. "어째서 그 애 얘기를 나한테 그렇게 많이 한 거야?"

"너랑 좋은 친구가 될 수 있었으니까. 캐스퍼는 너를 도울 수 있었어. 이언이 그랬는데……." 디가 말을 멈췄다.

"이언이 뭐라고 했어?"

하지만 디는 해적선 쪽을 뚫어져라 쳐다보고 있었다. 거기서는 이언과 로드가 구슬치기하는 남자애들을 향해 무심히 자갈을 던지고 있었다.

오세이 안에서 다시 분노가 솟구쳤다. 중요한 일에 관심을 잃어버린 듯한 디를 보자 너무 화가 난 나머지 디를 흔들고 싶었다. 오는 손을 뻗어 디의 팔을 잡으려 했지만, 디는 벌써 아래 칸으로 내려가 버린 뒤라 닿지 않았다. "디." 오세이가 말했다.

디는 계속 내려갔고 땅에 다다르자 배에 앉은 이언을 향해 성큼성큼 걸어갔다. "나한테서 도망갈 생각 마, 디!" 오가 외쳤다.

오의 말에 구슬치기하던 남자애들이 고개를 들었고 여자애들은 줄넘기를 멈췄다. 오는 원치 않았지만 모두의 관심을 얻고 말았다. 하지만 이제 관심을 얻은 만큼 디를 벌주는 데 이를 이용하기로 했다.

"가지 마." 오는 목소리를 높여서 반복했다. 그런 다음 이전에 들어 본 적은 있지만 자기가 쓸 거라고는, 쓰는 법을 알고 있을 거라고는 상상도 하지 못한 말을 했다. "창녀!"

그 말이 마치 천둥처럼 운동장을 갈랐다. 귀를 기울이지 않던 사람들도 이제는 듣고 있었다. 심지어 블랑카와 캐스퍼도 포옹을 멈추고 돌아보았다.

디는 한 발을 뒤에 둔 채로 얼어붙었다. 한 가닥으로 땋은 머리카락이 등을 따라 강조선이 되었다. 로드가 해적선 갑판에서 뛰어내리려 했지만 이언이 제지했다.

운동장 반대편에서 로우드 선생이 책을 떨어뜨렸다. "내가 지금 들은 게……" 아이들이 자기를 돌아보며 응시하자 로우드 선생은 어안이 벙벙했고 동시에 당혹스러워하는 것 같았다. 로우드 선생은 침을 꿀꺽 삼키고 고개를 숙인 후 책을 집었다.

"너희도 얘가 창녀인 거 알아?" 오는 식식대며 청중을 향해 말했다. 구슬치기하던 남자애들, 줄넘기하던 여자애들, 캐스퍼와 블랑카, 이언과 로드. 마침내 적절한 유형의 관심을 얻다니, 힘을 느꼈다. 오는 옆면의 치아를 드러내며 미소를 지었다. 으르렁대는 늑대 같았다. "나랑은 끝까지 갈 수 있겠다고 말한 거 알아." 오는 다시 목소리를 높여 말을 이었다. "벌써 캐스퍼랑 했으면서!"

블랑카가 헉 하고 숨을 들이마시며 캐스퍼의 무릎에서 일어났지만 캐스퍼는 고개를 젓기 시작했다.

디는 천천히 돌아섰다. 휘둥그레진 눈, 크게 벌어져 떨리는 입. 정글짐 꼭대기에 앉은 오세이를 올려다보았다. 디는 손바닥을 위로 하고 두 손을 내밀었다. "어째서 그런 말을 해?" 디는 소리쳤다.

죄책감이 깜빡 훑고 지나갔지만 마침내 말을 할 수 있고, 남들이 그 말을 들어 준다는 힘이 더 강하게 오를 사로잡았다. 오는 이제 자기가 무슨 말을 하는지도 알지 못했다. "심지어 내 거기도 만졌어. 얼마나 하고 싶었는지 모른다면서. 백인 여자애들은 다 원한다면서."

구슬치기 소년들이 함성을 지르더니 불안한 웃음을 터뜨렸다. 줄넘기 소녀들은 집단적으로 숨을 헉 들이마셨고, 디는 그들에게, 자기의 일족에게 눈총을 보냈다. 아이들은 확실히 충격을 받았다. 어떤 애들은 손으로 입을 막았고, 다른 애들은 돌아서서 옆 사람과 쑥덕댔다. 그런 다음 아이들은 쿡쿡 웃음을 터뜨렸다. 미미만 빼고. 미미는 끈질기게 달라붙는 벌을 쫓듯 고개를 흔들고 있었다.

바로 그때 디가 무너졌다. 비명과 함께 디는 돌아서서 달리기 시작했다. 오가 상상한 것보다도 더 빠르게, 디의 발이 아스팔트에 찰싹찰싹 부딪쳤다. 디는 거리로 나가는 문을 더듬거리다 마침내 열어젖히고선 뛰어나갔고, 문은 그 애의 뒤에서 쾅 닫혔다.

디가 모퉁이를 돌아 사라질 때 로드가 배에서 뛰어내려 비척비척 그 뒤를 따랐지만, 디가 한참 먼저 출발했기 때문에 따라잡지 못하고 금방 되돌아왔다.

디가 사라지자 운동장은 마치 태양이 구름에 가리듯 바뀌었다. 운동장에 있는 아이들은 일제히 말문을 열었다.

"세상에. 처음에는 캐스퍼더니, 다음에는 디. 오늘 무슨 일이야?"

"쟤가 한 말 믿어?"

"믿을 수 있는데."

"그럴 리가!"

"디가 내 거기 만진대도 난 괜찮아."

"입 닥쳐!"

"아니, 네가 입 닥쳐."

"디 불쌍해."

"디가 그런 짓을 할 리가 없어. 안 그래?"

"난 모르지. 걔 오늘 아침에 저 남자애한테 두 손을 대고 여기저기 만졌잖아."

"그리고 점심시간에는 뽀뽀했어. 너 봤어?"

"어쨌든 저기 모래밭에서 뭘 하고 있었대?"

"디는 꼬리 잘 치잖아. 난 항상 그렇다고 생각했어."

"그래."

미미는 줄넘기 소녀들 사이에 서서 오세이를 노려보았다. 블랑카는 팔짱을 끼고 캐스퍼에게 소리쳤다. 로우드 선생은 책을 내려놓고 자신 없는 듯 서 있었다. 그리고 이 소란의 한가운데서, 이언은 배 위를 거닐며 미소를 지었다.

이 상황을 시시에게 어떻게 설명이나 할 수 있을까? 오세이는 생각했다. 누나는 이 백인들에게 어떻게 말해야 할지 알 터였다. "검은 것은 아름답다." 오세이는 웅얼거렸다. 이보다 더 믿고 싶었던 말은 없었다.

오세이는 누나가 곁에 있어서 그 어깨에 기대 울 수 있다면 얼마나 좋을까 생각했다.

오세이를 응시하면서 미미는 기시감을 느꼈다. 무언가를 이미 겪어 본 듯 기이한 느낌. 그 감각은 익숙한 느낌 이상으로 현실의 흐름과 단절된 기분을 안겨 주었다. 이따금 미미는 하루에도 여러 차례 이 기시감을 겪었고, 현실의 통로가 여기저기 흩어진 꿈속을 터벅터벅 걸어가는 듯 보이기 시작했다. 지금 그녀는 자신이 이미 디의 굴욕과 정글짐 꼭대기에서 전학생이 느끼는 부적절한 승리감을 경험한 기분이었다. 하지만 물론 이전에 그런 일은 없었다. 디도 이전에는 굴욕을 당한 적이 없었고, 오세이는 의기양양했던 적이 없었다.

미미는 방금 목격한 장면을 씻어 내려고 얼굴을 문지른 후 정글짐으로 걸어갔다. 곁눈질로 보니 이언이 배에서 주춤주춤 내려오고 있었으므로 시간이 얼마 없다는 걸 알았다.

"오세이, 왜 거짓말했어?" 미미는 위에 있는 오를 향해 소리쳤다. "그게 사실이 아니라는 거 알잖아."

오는 정글짐의 왕으로서 새로이 차지한 권좌에서 미미를 내려다보았다. "난 내가 아는 걸 알아." 오는 대답했다. "증거가 있어."

"무슨 증거? 디에게 그걸 말하는 편이 좋을 거야."

"올라와서 그 증거를 직접 봐." 오는 체육관 옆 운동장 구석을 가리켰다.

미미는 얼굴을 찡그렸다. 오의 말뜻이 뭘까 궁금하기도 했지만 그 말이 맞는다는 실제 증거를 볼까 봐 걱정도 되었다. 그렇다면 참을 수 없을 것이었다. 미미는 디와 평생 가장 친한 친구로 지내왔다. 자기가 친구를 잘 알지 못했다는 진실을 발견하고 싶진 않았다.

하지만 호기심, 그리고 이언이 접근하고 있다는 감각 때문에 미미는 위로 올라갔다. 그러다 땅에서 고작 1.8미터쯤 올랐을 때 오에게 물었다. "뭘 찾아야 하는데?" 그 순간 두 손이 미미의 발목을 잡고 홱 잡아당기는 통에 미미는 정글짐에서 떨어졌다. 잠깐 허공에 떠 있었을 뿐, 곧 목이 땅에 세게 부딪쳤고 온몸에 흐르는 고통의 충격이 너무 어마어마해서 머리가 아스팔트에 부딪쳤다는 것조차 느끼지 못했다. 눈앞에서 별들이 터져 올챙이처럼 헤엄쳤고 미미는 잠시 동안 그대로 정신을 잃고 말았다.

다시 정신이 들었을 때는 머리가 아팠다. 이제까지 겪은 어떤 두통보다도 더 심하고 훨씬 더 또렷했다. 미미는 숨도 제대로 쉬지 못하고 가만히 누워 있었다. 고통이 너무 심해서 고함을 지르거나 울 수도 없었고, 그저 물결처럼 쓸고 지나가 사라지기만 바랄 뿐이었다. 그런 후에 눈을 떠 보니 이언이 위에 서 있었다. 무표정한 얼굴로 고개를 아주 살짝 흔들었다. 미미만 알아볼 수 있는 동작이었다. 어두운 달처럼 이언 위에, 정글짐 저 위에 걸려 있는 건 오세이의 걱정스러운 얼굴이었다. "괜찮아, 미미?" 오가 외쳤다.

그때 블랑카가 이언을 옆으로 밀어 버리고 미미 옆에 무릎을 꿇었다. 어깨에서 배낭이 흘러 미미 옆 바닥에 떨어졌다. "어머나, 미미!" 블랑카는 소리치면서 미미의 뺨을 감쌌다. "너 죽었니?" 동시에 캐스퍼가 이언을 옆으로 밀치며 말했다. "대체 뭣 때문에 그런 짓을 한 거야?"

미미의 눈은 스르르 배낭 쪽으로 향했다. 바깥 주머니에 쑤셔 넣은 딸기 필통으로. 미미는 앵앵대는 소리와 고래고래 지르는 소리를 꺼 버리고 얼굴 가까이에 떨어진 딸기에 집중했다. 미미는 딸기를 보고 안심했다. 원래 있어야 할 자리에 있지 않았지만, 미미는 이제 그 자리가 어딘지 기억할 수 없었다. 잠시 생각하려고 눈을 감았다.

"얘 죽었어!" 블랑카의 비명이 들렸다. "내 바로 앞에서 죽어 가고 있어!" 미미는 눈을 떠서 애들을 안심시키거나 블랑카의 입을 막지 않았다. 그저 요동치는 고통에 올라타 어둠 속에 누워 있었다.

그때 로우드 선생의 목소리가 들렸다. 애들에게 물러나라고 외치는 소리. 하지만 선생의 목소리는 남자애들이 다투는 소리에 잠겨 버렸다.

"너 어떻게 미미에게 그럴 수 있어?" 캐스퍼가 고함을 지르고 있었다. "봐, 너 때문에 다쳤잖아!"

"손 떼라, 멍청한 자식." 이언은 대꾸했다. "네가 뭔데 운동장 경찰 행세를 해? 그리고 네가 말해 봐. 로드의 눈에 든 멍이 녹색이 되고 있어."

"어이, 야, 우리 모두 네가 미미를 끌어내리는 거 봤어. 넌 이제 큰일 났어."

"너보다 더 큰일 났겠냐? 너 정학 중 아니야? 내가 기억하기로 는 정학 중인 학생은 학교 안으로 들어오면 안 될 텐데. 넌 여기 있어서도 안 돼. 선생님들이 보면 퇴학시킬걸. 오늘이 네 제삿날 이야, 아미고. 그러니까 우리 모두에게 좋게 넘어가려면 지금 당 장 여기서 꺼져."

분노, 경멸, 공포, 교활함. 눈을 감고 있으려니 미미의 청력이 크게 증폭되어서 이언이 초점을 캐스퍼에게로 옮기려 애쓸 때 그 목소리에서 계속 변하는 말투를 관찰할 수 있었다. 그러더니 이언은 욕을 하고 있었다. 한 번도 욕을 한 적은 없었는데. **어째서 나는 얘랑 사귀었을까?** 미미는 생각했다. **세상에서 가장 어울리지 않는 한 쌍이었어.**

"얘들아! 그만 좀 해! 블랑카, 옆으로 비켜 봐." 로우드 선생은 이제 무릎을 꿇고 미미의 빰을 두드렸다.

미미는 눈을 깜박거리며 떴다. "살아 있어!" 블랑카가 외쳤다.

"미미, 기분이 어떠니? 어디 아프니?"

"머리가 아파요. 하지만 아무 느낌이 없어요." 미미는 다리를 움직이려고 했지만, 성공했는지는 알 수가 없었다. 얼어붙은 느낌이었다.

"로드, 뛰어가서 교장 선생님에게 구급차를 불러 달라고 전해." 로우드 선생은 여전히 침착한 목소리로 말했지만, 미미는 그 밑에 깔린 공포를 느낄 수 있었다. "아, 리처드는 어디 있지? 리처드라면 어떻게 해야 할지 알 텐데!"

로드는 미미를 내려다보고 있었다.

"빨리 좀 가." 로우드 선생이 목소리를 높였다. "가! 그리고 블랑카, 너도 뛰어가서 브라반트 선생님에게 여기로 좀 나와 보시라고 하렴."

블랑카와 로드가 몸을 떨더니 학교 현관으로 뛰어갔다.

아까 보았던 깜박이는 후광이 다시 미미의 눈앞에 돌아왔고, 미미는 자기가 모든 두통의 전조를 겪고 있다는 것을 깨달았다. 미미는 여전히 정글짐 꼭대기에 있는 오세이에게 시선을 고정했다. 그 애는 끔찍해 보였다. 그 애의 어두운 피부에 놀랍게도 회색빛이 감돌았다. 미미는 흑인들도 창백해질 수 있다는 걸 처음 알았다.

정글의 왕, 미미는 생각했다. **하지만 가엾은 왕이야.**

"오세이." 미미는 오를 향해 소리쳤다. "이게 나한테 보여 주려던 거야?" 아프긴 했지만 미미는 필통을 향해 고개를 돌렸다.

오는 고개를 끄덕였다.

"미미, 말하지 않는 편이 좋겠다." 로우드 선생이 끼어들었다. "그냥 쉬어." 선생은 다시 목소리를 높였다. "너희 모두. 이제 집에 갈 시간이야. 그리고 캐스퍼, 여기서 뭘 하고 있지? 너 정학이잖아!"

하지만 아무도 로우드 선생의 말에 집중하지 않았다.

"블랑카가 어떻게 저 필통을 가지고 있다고 생각해?" 미미가 말했다.

오는 얼굴을 찡그렸다. "캐스퍼가 줬겠지. 디가 캐스퍼에게 준 다음에. 디는 캐스퍼하고도 사귀니까. 캐스퍼도 양다리야. 디처럼."

캐스퍼는 고개를 저었다. "아니, 난 네가 무슨 말을 하는 건지도 몰라. 난 디랑 사귀지 않아. 사귄 적도 없고. 그러고 보니 블랑카도 저 필통에 대해서 계속 뭐라고 하던데, 내가 준 게 아니라고 해도 듣지를 않네."

이언도 고개를 젓고 있었다. "하지 마." 이언은 입 모양으로 미미에게 말했다.

미미는 이언의 말을 무시했다. 이언은 벌써 미미에게 상처를 입혔다. 무슨 짓을 더 할 수 있겠는가? "오세이, 블랑카가 그 필통을 이언에게 받은 게 확실해. 이언은 그걸 캐스퍼에게 받았다고 했겠지."

로우드 선생은 아이들을 번갈아 보았다. "너희 모두 무슨 얘기를 하는 거니?" 선생은 애원했다.

오세이는 미미를 응시했다. "네가 어떻게 알아?"

"왜냐하면 내가 그 필통을 이언에게 주었으니까. 디가 우연히 그걸 떨어뜨렸는데, 내가 그걸 디에게 돌려주는 대신 이언에게 주었어."

"하지만 왜? 왜 그런 짓을 했어?"

"너 미미가 뭘 했는지 알고 싶어?" 이언이 입을 열었다. "쟤는 진짜 쌍년이야."

"이언! 그런 말 쓰면 안 돼! 그만둬, 너희 모두! 아, 리처드는 어디 있지? 듀크 교장 선생님은 어디 계시지? 어떻게 해야 할지 모르겠어!" 로우드 선생은 이제 울기 시작했다.

"나랑 헤어져 주는 대가로 쟤한테 그걸 줬어. 그러지 않으면 언제나 저 애의 영향력 아래 있게 될 텐데, 그걸 참을 수 없었거든. 미안해." 미미는 덧붙였다. "그걸 너한테 불리하게 쓸 줄은 몰랐어." 하지만 그 말을 하면서도 미미는 자기가 진실을 회피하고 있다는 것을 알았다. 그 필통을 주었을 때 미미는 이언이 악한 목적 외에는 달리 쓰지 않을 것임을 알고 있었다.

오세이는 미미를 응시했다. **너를 믿어도 될까?** 그의 표정이 그렇게 말했다.

미미는 눈을 깜빡여 흐르는 눈물을 참았다. 자기가 평소 기질과는 달리 이런 일에 한몫했다는 게 너무 후회스러웠다. 평생 이를 안고 살아가야 할 것이었다.

이제 오세이는 이언에게로 눈을 돌렸다. "어째서 이런 짓을 한 거야?"

이언은 어깨를 으쓱했다. "할 수 있으니까."

로우드 선생은 아이들에게서 자기가 이해할 수 없는 수학 문제를 받은 사람처럼 대화에 귀를 기울이고 있었다. "미미, 이건 누구 잘못이니?" 로우드 선생은 나직하게 물었다.

"이언요." 미미는 대답했다. "전부 이언이 한 짓이에요."

로우드 선생은 심호흡을 하고 눈물을 닦은 후 일어섰다. "이언, 변명할 말이 있니?"

"없어요. 더는 할 말이 없어요." 이언은 입술을 꾹 다물며, 자기는 한 마디도 더 하지 않겠다는 뜻을 명확히 했다. 이언을 보면서 미미는 심술궂은 장난을 치다가 걸린 어린 남자애를 떠올렸다. 악한. 미미는 졸린 머리로 생각했다. 자기가 눈을 감으면 아무도 자기를 볼 수 없을 거라고 믿는 그런 남자애. 이언은 여기저기 눈총을 보내면서 물러나기 시작했다. 탈출구를 찾는 것 같았다.

어른의 무거운 발소리가 그들에게로 쿵쿵 다가왔다. "세상에 맙소사, 무슨 일이야?" 미미는 브라반트 선생의 모습을 보기도 전에 목소리부터 들었다. "디는 어디 있지?"

"집에 갔어요." 캐스퍼가 대답했다. "그런 것 같아요."

"걔는 괜찮니?"

"그럴걸요."

"'그럴걸요'라니, 무슨 뜻이지?"

캐스퍼는 아무 말 하지 않았다.

브라반트 선생의 사나운 얼굴이 시야에 들어왔을 때, 미미가 이제까지 본 중에 가장 추한 표정이 거기 떠올라 있었다. 선생은 땅에 누운 미미를 쳐다보는 둥 마는 둥 하더니 분노를 위로 돌렸다. "오세이, 너 미미에게 무슨 짓을 한 거냐? 당장 내려와! 경고한다!"

브라반트 선생의 말은 오에게 아무런 영향도 미치지 않는 것 같았다. 전학생은 정글짐 꼭대기에 걸터앉은 채로 무감각하게 선생을 내려다보았다.

저 멀리서 사이렌이 울리더니 차츰 가까워졌다.

"리처드, 제 생각엔 그게 아니라……."

"내 말 들었어, 너?" 브라반트 선생은 터지는 전구처럼 과열되어 빛을 발했다. "거기서 내려와, 이 깜둥이 녀석아!"

미미는 고개를 홱 젖혔다. 유일하게 움직일 수 있는 신체 부위였다. 미미의 부모님은 그 말을 절대로 쓰지 말라고 가르쳤었다. 절대, 어떤 일이 있어도. 생각도 하지 말라고.

나머지 학생들도 그런 말을 실제로 들었다는 충격에 굳어져서 꼼짝도 하지 않고 침묵했다. 이언만이 그 현장에서 슬금슬금 뒷걸음질 쳐 빠져나가려 했다.

"그만!" 로우드 선생이 소리를 질렀다. 선생의 얼굴이 벌겋게 달아올랐다. 미미는 로우드 선생이 이언에게 그만하라고 하는 줄 알았지만 그 순간 그녀가 말을 이었다. "당장 멈춰요! 그런 말을 쓰면 안 돼요, 리처드. 쓰면 안 된다고요."

브라반트 선생은 로우드 선생의 말을 들은 척도 하지 않고 오세이만을 쏘아보고 있었다. 전학생 소년이 마침내 움직이기 시작했다. 하지만 내려오지 않고 일어서서 정글짐 꼭대기 철봉 위에 아슬아슬하게 섰다. 오는 손을 놓고 운동장 위에서 휘청거렸다. 다음 순간 오는 한 손을 주먹 쥐고 높이 쳐들었다. 그러는 동안 내내 험악한 눈빛으로 브라반트 선생을 내려다보고 있었다. 미미는 그 동작을 이전에도 본 적이 있었다. 어딘가 사진에서.

"이거 알아요?" 그 목소리는 크지 않았지만 어쨌든 귀를 꿰뚫었다. "검은 것은 아름답다!"

"오세이, 제발 내려오렴." 듀크 교장의 고요하고 권위적인 목소리가 역한 향수 냄새와 함께 미미의 머리 뒤 어디선가 나타났다. "하루 치만큼의 드라마는 이제 질리도록 겪은 것 같구나."

오세이는 교장을 힐끔 쳐다보았다. "제가 내려가길 바라세요?" 오도 똑같이 고요하게 대답했다.

"그래, 내려오렴."

오는 시선을 브라반트 선생에게로 돌렸다. "선생님도 제가 내려가길 바라세요?" 이 말을 할 때는 목소리가 좀 더 컸다.

브라반트 선생은 여전히 오세이를 노려보면서도 고개를 끄덕였다.

"좋아요, 그렇다면 내려가죠." 여전히 주먹을 든 채로, 오는 앞

뒤로 비틀거리기 시작했다. 우연일까, 고의일까? 미미는 확실히 알 수가 없었다.

"그만해!" 브라반트 선생은 외쳤지만, 이제 자기에게 아무런 힘이 없음을 깨달은 게 분명했다.

미미는 덧붙이고 싶었다. **나처럼 되면 안 돼.** 미미는 다리를 움직일 수 없었으니까. 오늘이 이 운동장에서 보내는 마지막 날일 것이었다. 그리고 이언은, 캐스퍼가 이언의 양팔을 잡아서 도망가지 못하게 붙들었다. 이언은 분명히 정학을 받을 터였다. 아니면 더 심한 벌을. 그리고 디는…… 디는 이 모든 일들이 자기 이름으로 말해지고 행해졌는데도 돌아올 수 있을까?

오로지 오세이만이 남아 있었다. 왕좌에서 흔들리는 왕. 오는 선택해야만 할 것이다. 이미 선택을 해 버렸지, 미미는 깨달았다. 오가 뛰어내리기 직전에, 미미는 로우드 선생이 내지르는 비명을 들었다. "오세이, 안 돼!" 그런 후에 암흑이 미미를 덮쳤고, 그 장면이 검게 물들었다.

옮긴이의 말

"잘 자요, 잘 자. 부디 하느님께서 나쁜 것에서 나쁜 것을 배우는게 아니라, 나쁜 것을 고쳐서 쓸 수 있도록 힘을 보내 주시기를!"[*]

"푸른 눈의 괴물"인 질투와 그것이 가져오는 비극을 그린 작품을 말할 때면 가장 먼저 떠오르는 이름, 셰익스피어의 『오셀로』이다. 『오셀로』는 셰익스피어의 희곡 중에서도 선정적인 플롯과 격정적인 대사로 유명한 작품이기도 하다. 1604년 집필한 것으로 추정되는 이 작품을 400년이 지나 다시 쓰는 거대한 과업에 『진주 귀고리 소녀』의 트레이시 슈발리에가 도전하였다.

[*] 『오셀로』 4막 3장 중 데스데모나의 대사.

『뉴 보이』는 『오셀로』의 인물과 플롯을 그대로 가져왔다. 오셀로는 가나 출신의 소년 오세이 코코테가 되었고, 데스데모나는 이탈리아계 미국인 소녀 다니엘라, "디" 베네데티가 되었다. 책략가 이아고는 교활한 소년 이언으로 바뀌었고, 이아고의 아내였던 에밀리아는 남다른 감수성을 지닌 소녀 미미가 되면서 원작보다는 좀 더 강한 목소리를 얻었다. 금발의 청년 카시오는 순진하고 선량한 소년 캐스퍼로, 그의 연인이었던 비앙카는 요란하기는 하지만 열정적인 소녀 블랑카로 표현되었다. 원작에서 데스데모나의 아버지였던 브라반치오 의원은 브라반트 선생이 되어 엄격한 대리 아버지상을 수행한다.

이는 『뉴 보이』를 소개하는 가장 간단한 방식이다. 하지만 『뉴 보이』의 고유한 면에 대해서는 딱히 아무것도 말해 주지 않을지 모른다. 그간 『오셀로』의 번안과 현대식 변용에 대해서는 수도 없이 보았기 때문이다. 공연 외에도 회화나 클래식 음악, 발레 그리고 영화에까지. 무대와 화면에서 로런스 올리비에, 오손 웰스, 로런스 피시번, 추이텔 에지오포의 오셀로를 보았고, 이완 맥그리거와 이언 매켈런, 케네스 브래나의 이아고도 보았다. 매기 스미스와 줄리아 스타일스의 데스데모나도 있었다. 배경은 현대의 고등학교와 경찰청이 되기도 했고, 구소련은 물론, 싱가포르와 인도에서도 번안했다. 이 유명한 이야기를 어떻게 새롭게 쓸 것인가, 하는 질문에 대해 트레이시 슈발리에가 내린 답은 1970년대 워싱턴의 초등학교를 배경으로 삼는 것이었다. 그리고 이 선택에서『오셀로』의 충실한 번안인 이 소설이 어떤 각도로 작품을 조망하려고 했는지 그 의도를 짐작해 볼 수 있다.

　이 선택에서 가장 주목해 볼 만한 것은 사건이 펼쳐지는 시점이다. 셰익스피어의 현대적 변용을 목표로 하는 '호가스 셰익스피어 프로젝트'에서 작가가 굳이 40년 전인 1970년대를 배경으로 한 것은 인종차별주의에 대한 비판을 좀 더 강조하려는 의도임을 짐작할 수 있다.『뉴 보이』는 1954년부터 1968년까지 이어졌던 아프리카계 미국인의 시민 인권 운동 직후, 1966년에 창설된 블랙 팬서가 흑인 인권 운동을 이어가던 시기에 백인 학교에 던져진 한 흑인 소년의 심리를 따라간다. 그가 경험하는 고립은 전학생이라는 개인적 입장만이 아니라, 유일한 흑인이라는 점에서도 발생한다. 외교관인 오세이의 아버지는 계급적으로는 상류층에 속하지만, 그들은 먼저 피부색으로 판단받는다. 사람들이 유색인종 역시 동료 시민으로 인식해야 한다는 당위를 받아들인 이후에도 아직 체화하지 못하는 1970년대 대도시 근교 지역사회의 위선을『뉴 보이』는 선명히 보여 준다. 심지어 누구보다 공평무사해야 할 교사들조차도 흑인 아이가 전학 오는 순간 당연하다는 듯 말썽을 예상한다. 가령, 브라반트 선생이 흑인들이 소수민족 우대 정책으로 좋은 직업을 손쉽게 얻을 것이라고 말하는 대목에서는 그들의 평등 의식이 얼마나 부박한지가 뚜렷이 드러난다. 오셀로처럼 오세이가 겪은 비극은 그가 흑인이라는 상황에 본질적 뿌리를 두고 있으며,『뉴 보이』에서는 위선으로 덮은 인종적 갈등이 더욱 부각된다. 이 점은 다시 『뉴 보이』의 현재적 의미를 강조하기도 한다. 소설의 배경은 과거에 있으나, 진보주의자인 척하는 많은 이들이 2018년인 지금도 위선적인 태도로 소수자를 대하고 받아들인다. 즉, 17세기의 이야기를 20세기에 재현하지만, 그 의미는 21세기에도 여전히 유효하다.

　『뉴 보이』의 또 다른 특징은 주인공들의 연령이다. 셰익스피어의 원작 『오셀로』는 성적인 묘사가 특히 대담하고 노골적인데, 이를 초등학생들의 드라마로 바꾸면서 묘한 위화감이 발생한다. 그러나 슈발리에는 이러한 불편함이 사춘기의 성性에 대해 많은 이들이 갖는 태도라고 말하는 듯하다. 2차 성징이 시작되고, 자신의 성적 정체성과 욕망을 모호하게 이해하는 시기를 우리 모두 거쳐 왔으나, 여전히 그 본질에 대해서는 모르는 척하며 금기시하고 있다. 타인을 원하는 성적 욕망이 세상에서 자기 위치를 찾고자 하는 정체적 위기와 결합할 때, 사춘기의 불안이 생겨난다. 어린아이들이 단 하루 만에 이토록 강렬한 애정을 품고, 질투에 휩싸일 수 있느냐고 질문할 수도 있겠지만, 가장 사랑에 빠지기 쉽고 가장 환멸을 느끼기도 쉬운 어린 나이의 인간이었던 시절을 우리는 어느새 잊어버리지 않았는지. 『뉴 보이』는 그 시기의 욕망에 돋보기를 들이댄다.

　이런 개별성을 지닌 『뉴 보이』는 단순히 『오셀로』의 재연이라고만은 할 수 없다. 이 작품은 트레이시 슈발리에가 줄곧 추구해 온 고립과 연결이라는 주제의 연장선상에 있다. 『진주 귀고리 소녀』『여인과 일각수』『라스트 런어웨이』등 국내에 출간된 작품에서 등장인물들은 자신을 이해하지 못하는 사회와 주변 사람들로 인해 고독을 느끼고, 그로 인해 진정한 연결에 대한 갈망을 느끼는 사람들이었다. 국내에 출간되지 않은 『놀라운 창조물 *Remarkable Creatures*』의 메리 애닝은 뛰어난 화석 수집가이자 고생물학자였지만, 가난한 데다 여자라는 이유로 생전에는 공적을 제대로 인정받지 못한 실존 인물이었다. 『뉴 보이』또한 낯선 환경에 덩그러니 노출된 한 소년의 고독에서부터 시작된다. 그 고독은 단순히 전학이라는 공간적 변환에서만 비롯된 것은 아니었다. 자신과 다른 인종, 기질, 성별을 소외하는 제도적인 억압에서 발생한 이 외로움은 결국 서로를 상처 입히는 끔찍한 결과를 낳는다. 셰익스피어의 원작에서는 그저 악하기만 했던 이아고조차 이언으로 바뀌면서 가정 폭력의 희생자가 된다.

고전을 다시 쓴다는 거대한 작업은 그 안에 새겨진 메시지가 동시대에 얼마나 유효한지를 확인하는 일이다. 『오셀로』는 근본적으로 남편이 타인의 말에 속아 아내의 정절을 의심하고 살인에 이르는 폭력적인 이야기이다. 실제 유사한 사건들이 비일비재하게 발생하는 현실에서, 가해의 주체인 남성의 과실―그리스 표현을 빌리자면 하르마티아harmatia―을 더 간악한 인간의 책략에 넘어간 어리석음으로만 이해하기에 우리 시대는 너무 변화하였다. 그러나 트레이시 슈발리에의 해석은 이 고전적 플롯에 인종과 성별, 성숙과 구세대의 몰이해 같은 요소를 부각하며 각각의 인물을 이해할 수 있는 단초를 제공한다. 이 소설의 충격적인, 그러나 예상할 수밖에 없는 결말에 대해 독자들은 제각기 다른 입장을 보일 수도 있다. 하지만 문학은 다양한 질문을 던지는 역할을 수행할 뿐, 모든 이의 동의를 구하기 위해 쓰이지 않는다. 소설 속에서 일어난 비극을 보고, 독자들이 데스데모나의 대사처럼 나쁜 것에서 나쁜 것을 배우지 않고, 그것을 고쳐서 쓸 힘을 얻는다면 『뉴 보이』가 던지는 여러 불안한 질문들은 의미가 있을 것이다.

2018년 1월
박현주

슈발리에는 소설 속으로 시공간을 불러들이는 데 탁월한 재능을 보여주었고, 이 작품 또한 예외가 아니다. 꽃무늬가 수놓아진 나팔바지부터 운동장에서 뛰는 줄넘기까지, 『뉴 보이』는 인종차별이 만연한 시대상뿐만 아니라 1970년대 아이들의 일상 풍경마저도 섬세하게 포착해내며, 새로운 무대에서 원숙하고도 강렬한 다시 쓰기를 선보인다.

《샌프란시스코 북 리뷰》

오셀로를 파멸로 몰아넣은 이아고의 음모는 『뉴 보이』의 주 무대인 학교 운동장에서도 무서울 만큼 강력하게 작동한다. 아이들은 어른들을 통해 지역사회에 깊이 뿌리 내린 인종차별을 고스란히 흡수하고, 이를 특유의 순수함과 뒤섞어 재생산해 낸다. 그리고 이러한 행동들은 숨이 멎을 만큼 슬프고 비극적인 결말을 불러온다.

《타임스 리터러리 서플러먼트》

줄넘기, 정글짐, 발야구, 햄버그스테이크와 감자튀김 같은 전형적인 급식 메뉴들. 슈발리에는 평범하기 그지없는 요소들을 복잡한 계급과 이동하는 권력의 상징으로 바꿔 놓는다. 그러나 무엇보다도 인상적인 것은 인종적 차이로 인해 학교에서 고립된 한 소년의 심리를 세밀하게 들여다보는 이 소설만의 독특한 방식이다.

《피츠버그 포스트가제트》

슈발리에는 한정된 시공간 속에 훌륭하게 응축시킨 이 즉흥시로 인종차별과 성차별, 질투와 공포가 불러오는 악영향과 비극을 철저하게 드러내 보인다.

《북리스트》

불안한 십 대들, 인종 갈등과 구체화된 적이 등장하는 이 소설에는 시종일관 팽팽한 긴장감이 흐른다. 마지막 문장을 읽고 나면 숨이 멎을 듯한 놀라움과 충격으로 감정의 롤러코스터를 경험하게 된다.

《아이리시 인디펜던트》

슈발리에의 손에서 다시 태어난 현대판 『오셀로』는 우리 시대가 안고 있는 시련과 고통에 오롯이 빛을 비춘다.

《워싱턴 포스트》

교묘한 서술로 오늘날 미국에서 일어나고 있는 인종차별주의를 비틀어 비판했다.

《퍼블리셔스 위클리》

『뉴 보이』는 셰익스피어의 『오셀로』를 더 깊이 이해할 수 있게 도울 뿐만 아니라, 우리 사회에서 일어나는 차별의 문제를 지속적으로 고민해 볼 수 있도록 기회를 제공한다. 『오셀로』가 16세기의 인종차별적 분위기 속에서 흑인으로 산다는 것이 얼마나 끔찍한 일인가를 알려 주었다면, 슈발리에는 원작의 메시지를 가정과 지역사회라는 익숙한 공간으로 옮겨 와 "우리 사회가 정말로 오셀로의 시대보다 진보했는가"를 자문하게 한다.

《내셔널 포스트》

매우 흥미진진하면서도 세심한 역사적 고증이 돋보이는 이 소설은 배신과 폭력, 인종차별 등의 문제를 거침없이 파헤친다.

《토론토 스타》

HOGARTH
SHAKESPEARE

'그는 어떤 한 시대의 작가가 아니라 모든 시대의 작가이다.'
벤 존슨

지난 400여 년 동안 셰익스피어의 작품은 전 세계적으로 공연되고, 읽히고, 사랑받아 왔다. 그의 작품들은 새로운 세대마다 10대 영화, 뮤지컬, SF 영화, 일본 무사武士 이야기, 문학적 변형 등 다양한 방식으로 재해석되었다.

호가스 출판사는 1917년에 버지니아 울프와 레너드 울프가 설립했는데 당대의 가장 좋은 새로운 책들만 출판한다는 목표를 가지고 있었다. 2012년에 호가스는 그 전통을 계속 이어 가기 위해 런던과 뉴욕에 설립되었다. 호가스 셰익스피어 프로젝트는 셰익스피어의 작품들을 오늘날의 가장 인기 많은 베스트셀러 작가들이 다시 쓰도록 후원하는 계획이다.

마거릿 애트우드, 『템페스트』
트레이시 슈발리에, 『오셀로』
길리언 플린, 『햄릿』
하워드 제이컵슨, 『베니스의 상인』
에드워드 세인트오빈, 『리어왕』
요 네스뵈, 『맥베스』
앤 타일러, 『말괄량이 길들이기』
지넷 윈터슨, 『겨울 이야기』

옮긴이 **박현주**

고려대학교 영어영문학과와 동 대학원을 졸업하고 일리노이 대학교에서 언어학 박사 학위를 취득했다. 현재 고려대학교에서 강의하고 있으며, 작가와 번역가로 활동 중이다. P. D. 제임스의 『죽음이 펨벌리로 오다』를 비롯하여, 질 알렉산더 에스바움의 『하우스프라우』, 찰스 부코스키의 『고양이에 대하여』 『우체국』, 마거릿 밀러의 『엿듣는 벽』, 조이스 캐럴 오츠의 『악몽』, 트루먼 커포티의 『티파니에서 아침을』 『인 콜드 블러드』, 제드 러벤펠드의 『살인의 해석』, 페터 회의 『스밀라의 눈에 대한 감각』, 마이클 온다치의 『잉글리시 페이션트』 등 다수의 작품을 우리말로 옮겼고, 지은 책으로는 에세이집 『로맨스 약국』과 미스터리 단편집 『나의 오컬트한 일상』(전 2권)이 있다.

뉴 보이

초판 1쇄 펴낸날 2018년 2월 10일

지은이 트레이시 슈발리에
옮긴이 박현주
펴낸이 김영정

펴낸곳 (주)**현대문학**
등록번호 제1-452호
주소 06532 서울시 서초구 신반포로 321(잠원동, 미래엔)
전화 02-2017-0280
팩스 02-516-5433
홈페이지 www.hdmh.co.kr

ⓒ 2018, 현대문학

ISBN 978-89-7275-871-6 04840
       978-89-7275-768-9 (세트)

* 책값은 뒤표지에 있습니다.